小説は環流する

小説は環流する

――漱石と鷗外、フィクションと音楽

山本亮介

水声社

目次

凡例

一、作品名は「　」、書籍名、新聞・雑誌名は『　』で示す。
二、引用中の（……）は省略、／は改行を示す。
三、引用末尾に付した〔　〕内の漢数字は、作品中の章節を示す。
四、Ⅰの各章における作品等の引用は、『漱石全集』（岩波書店、一九九三～一九九九年刊）・『鷗外全集』（岩波書店、一九七一～一九七五年刊）による。ただし、「うたかたの記」・「ヰタ・セクスアリス」は、『鷗外近代小説集　第一巻』（岩波書店、二〇一三・三）所収本文を使用した。なお引用の際、ルビ、傍線等は適宜省略し、原則として漢字は現行の字体に改めた。
五、Ⅱの各章で取り上げた作品については、その内容・結末に触れるところがある。

はじめに

> とにかく處女作の祟り以来、僕は芸術創造の恐ろしさを知つたのだ。僕が作品の中に書く人物の名や、事件や、場所の選択は、僕がこの世へ生れたのと同じやうに偶然であり、また必然なのだ。僕が少しばかり宿命論者じみた神秘主義者になつたとしても、それは處女作の祟りのせゐだと思つてくれ給へ。僕の筆は自分ばかりでなく他人の運命までも支配する魔力を持つてゐるのだから。
>
> （川端康成「處女作の祟り[1]」）

小説は環流する――複数の世界の境を越えて。

世界のうちに紡ぎ出された言葉が、生誕の地から解き放たれるように離陸し、それ自体からなるもう一つの〈世界〉を織り上げていく。いまや自律した運動体としてある言葉は、しかし、さながら自由に飛び回る鳥たちが帰巣本能に突き動かされるかのごとく、その故郷たる場所へと流れ落ちてくる。

もとより、ひとたび他なる〈世界〉の一部となった言葉は、生まれたときとまったく同じ姿で還ってくるわけでない。元の世界には生起しなかったはずの何かを帯びて、みずからの出生の意味を変じながら、生誕の地に歪みと広がりをもたらすだろう。そしてまた、故郷たる世界に生きる者たちを引き連れて、もう一つの〈世界〉への巡回に赴こうとする。

小説の言葉は傍若無人の動きを見せる。時間を折りたたみ、空間を重ね合わせ、人の心のうちへと立ち入り、言葉の〈世界〉を語り成す。ときにその〈世界〉は、言葉なき者たち、たとえば動物や死者が発する言葉でできている。あるいは、言葉が原理的に達することのできない出来事——たとえば楽音の流れや人間の行為そのもの——の表現が、〈世界〉の重心を構成していることもある。

そうした無人称の運動機構が元の世界に浸み出し、二つの世界の論理や慣習が触れ合うと、その境界上に、野放図な権能を振るう者（「語り手」）の影が浮かび上がる。元の世界で小説の言葉の生誕に関与した者は、それが作り出す環流にのみ込まれるように、茫洋たる語りの時空へと、自身の存在を明け渡さざるをえない。小説から、「作者」が生み落とされるのだ。

自律した言葉の環流は、経験界のリミッターを解除する。そこで「作者」なるものは、果てしなき分裂——主体／対象、男／女、人間／動物、奏者／聴者、生者／死者、過去／現在——を重ねる。小説において無限と化した言葉が、有限の人間‐世界になだれ込んでくる。「作者」という顚倒した存在は、環流する言葉のまぎれもない〈主体〉としてあることに気づき、慄くだろう。環流の〈起源〉をめぐる無限の責任が立ちはだかる。それは、決して経験的に贖うことのできないものだ。であればこそ、小説の世界は、いま一度闘争の場へと反転しよう。その困難な言葉の闘いは、極めて不遜ないとなみとしてあらわれるはずだ。

「フィクション論序説」の副題を持つ蓮實重彦『「赤」の誘惑』[2]は、これまでになされた「フィクション」の定義、理論化における問題点を洗い出しながら、「フィクション」の言葉の「融通無碍」な姿を浮上させている。そこでは、「フィクション」とともにある書き手たちが、その言葉といかなる関係を生きているかについても、たびたび触れられる。

議論のなかで、二十世紀における「フィクション」の理論、および「フィクション」を材料に語られた思想が、次々と取り上げられる。蓮實は、分析哲学系の言語哲学者はじめ現代の文学理論家や哲学者たちが、それなりに精緻な理論を構築しながらも、肝心の「フィクション」の言葉について、素人同然の杜撰さで読んでいることを例証していく。結局のところ理論家は、「「フィクション」そのものよりもおのれの「理論」の方を遥かに深く確信している」(一三頁)のである。ただし、「「フィクション」の無言の抵抗」(一三頁)に遭う「理論」は、つねにあやういものとならざるをえない。問題となるのは、「時代ごとに変遷する思考の制度でしかない「フィクション」のあくまで本質を欠いた融通無碍なあり方」(一三頁)である。「フィクション」の「純粋形態」(一三頁)や「「フィクション」性の最小単位」(一四頁)など存在しない以上、それを定義するのは極めて困難と言うほかないのだ。

「理論」の言説を脅かす「フィクション」の言葉として、蓮實は「赤」にまつわるそれを浮上させる。理論的な諸言説が「フィクション」を提示するにあたって、なぜか繰り返し出現する「赤」の言葉。また、一般的に「フィクション」と扱われる文学作品はもとより、「フィクション」について語られた思想、あるいは「随筆」とされてきたテクストなどにも反復される「赤さ」の形象。「哲学的かつ文学的な「間テクスト」的な網状組織の上に素描されるこの異様に赤い形象」(二九頁)が、それぞれの文脈にあらわれたことを合理的に説明するのは不可能である。言表行為の主体の意志とは無関係に、無数の偶然の重なりから、「赤」の言葉が顔を出してくる。言説ジャンルを飛び越えて反復され、書き手の意図せざる符合を生み出す「赤」の言葉には、「言語の始末に負えなさ」(二一一頁)が示されていよう。それが「「主題論」的な体系」に配置され意味を生成しはじめたとき、「真のフィクション」が動き出すとも言える(二一一頁)。それゆえ蓮實は、「「フィクション」論的な考察は、言表と言表行為の主体との関係、あるいは、言表の主題とその指示対象との関係をめぐるしかるべき文学的な実践や理論を、批判的に分析する試みとなるだろう」(一九五頁)とする。

そこで着目したいのが、「言表と言表行為の主体との関係」をめぐる言及である。

たとえば、「フィクション」に「魅せられ」た者のひとりと言える森鷗外と、その小説「かのように」をめぐって、蓮實は、作品に示される思想的言説、およびそこに作者鷗外の態度を読み込む評言について批判的に論じつつ、「「フィクション」論的な考察」を展開していく。ファイヒンガー『「かのように」の哲学』の議論を歴史家五条秀麿が要約し、「「意識した嘘」」という「フィクション」観を提示していくこの「思想小説」は、あくまでも「フィクション的な実践」(九九頁)にほかならない。そこには、「「意識した嘘」」論を語る主体──「虚構の存在たる秀麿であれ、実在した作家の鷗外であれ」──における自己言及性の問題、いわば「「かのように」」の「無限の連鎖」が生じている(一〇五頁)。こういった「ラディカルな「危険思想」」の読み取りが、この作品にふさわしい「フィクション論的な読み方」とされる(一〇五頁)。ただし、「作者の森鷗外その人が」当の問題に「いたって無自覚」であり、「それがフィクションの始末におえぬ力学であるはずなのに、その厄介な文学的現実にすら鷗外は充分に意識的ではなかった」と指摘する(一〇五－一〇六頁)。一方、「みずからのテクストに何やら禍々しいものを感じとるだけの聡明さに恵まれていた鷗外」(一〇六頁)が、早々といわゆる「秀麿」ものを終えた点にも触れたうえで、改めて「かのように」にあらわれた「赤」の言葉が担う意味作用を論じている。

あるいは、正岡子規とその作品を例に語られる、「フィクション」の言葉に対する近代作家の「責任」。随想『墨汁一滴』の冒頭に入り込む「赤さ」(地球儀と七草の竹籠にまつわる)への言及は、「赤さ」の指示を超えた機能を持っており、「フィクション」論の対象たることは避けられない。こうした「フィクション」の言葉の配置は、あくまで偶然の出来事であって、著者子規はどこまでも受動的な存在と言える。一方で、この「赤さ」への言及は、異なるコンテクストの交錯を発動せしめていく。こういった偶然の力に、『墨汁一滴』の著者は無自覚だったかもしれないが、そのように書かれてしまったテクストの必然を(著者も読者も)否定できない。

「フィクション」とは、この偶然と必然のはざまに生起する瞬時のできごとにほかならず、子規を始め、誰ひとりそのできごとの責任をとることなどできはしない。子規がかろうじて「作家」たりうるのは、その一瞬のことにすぎない。「正岡子規」とは、その偶然と必然をはからずも組織してしまった主体ならざる主体を名付けるための、かりそめの名前だといえる。（一九七‐一九八頁）

「融通無碍」な「フィクション」自体はもちろんのこと、それに巻き込まれた者たちにとって、その「言葉」に対する「責任」など本来的に生じず、無い「責任」を取ることも不可能である。言表をめぐる「責任」とは、作者と作品の結びつきを極めて素朴な因果関係で捉えたときに想定される、架空の（人間中心主義的な）概念にすぎない――こうした批判的観点が、「言表と言表行為の主体との関係」を考える際の基本軸になっていると考えられる。もちろん、カフカの言葉とデリダの主張を取り上げ、「言表としての「責任」は、言表行為の主体にさえ責任のとりえぬ決定不能性として、虚構と証言のはざまに、あるいは告白と嘘のはざまに放置される」（二〇八頁）とも記されるように、単に「フィクション」一般における「責任」の不在を打ち出して事足れりとしているわけではない。とはいえ、書かれた言葉における不在の、ないしは「決定不能」な「責任」と、「フィクション」に「魅せられ」た者たち――「主体ならざる主体」――との関係について、この魅力的で繊細な著述が深入りすることはない。仮に非主体性が免責の条件になるとすれば、「主体ならざる主体」に「責任」はあるのか、ないのか。いや、やはりそう問うこと自体が、「フィクション論」的思考にそぐわないのだろうか。

近代作家が向き合った「フィクション」には、その者たちを強く魅了する力があった。「フィクション」に「魅せられ」、それを目指すことに理由などなかろう。そこには、「理論」化できない何かがあるというほかない。それと並行するように、書かれた言葉による偶発的な主体の仮構や、言表行為に生じる自己言及性を看取してなお、「責任」なるものが書き手たちを「融通無碍」に襲ってくるかもしれない。冒頭にあげた「フィクション」の「主体ならざる主体」（「作者川端康成」）は、いくら「理論」的に説得しようとも、「宿命論者じみた神秘主義者」との自覚を覆さないだろう。

蓮實の指摘を敷衍すれば、人が「フィクション」に「魅せられ」ることにも、ある歴史性が備わっていよう。とはいえ、魅了された当事者にとって、「魅せられ」た事実は事後的に自覚されるのみである。それはまさしく、「不意撃ち」（一二頁）の経験であり、言葉で説明することが困難な出来事なのだ。ここにこそ、「理論」のうえで不合理とされた「責任」なるものが滑り込んでくる。「人は、フィクションを書きたいという欲望に促されてフィクションを書く」（三八頁）と、蓮實は正しくも述べる。駆け足で言えば、「フィクション」に「魅せられ」た存在は、そのことをみずからの「欲望」と誤認することで、言表行為の〈主体〉――「主体ならざる主体」――になると考えられる。それはときとして、取れないはずの「責任」を取ろうとする言表（行為）となってあらわれるだろう。近代において「フィクション」に「魅せられ」たことの、理不尽な代償と言えるかもしれない。

この逆説的で不合理な「責任」の働きは、一般的な道徳観やヒューマニズムに回収されるものではなかろう。また、「言表と言表行為の主体との関係」に織り込まれたその作用は、作品世界から現実の作者に渡るさまざまな層へ広がっている。それら具体的なケースを直接、間接に辿っていくことで、小説（フィクション）の在る世界に生きることの実質に触れられるように思うのだ。

I

第一章　「吾輩は猫である」――「語り手」という動物

1　〈語る猫〉という虚構

小説「吾輩は猫である」（『ホトトギス』八－四〜九－一一、一九〇五・一〜一九〇六・八に断続掲載）の冒頭は、「吾輩は猫である。名前はまだ無い。」〔一〕との著名な一節に続いて、出生時の光景と身体感覚の「記憶」が記されていく。人間にとっては語りえぬ経験がここで描出されているわけだが、この場面をはじめ、もはや「問うてはいけない」、「言うと身も蓋もない」(1) ような問題含みの語りを受け入れられるのも、最終的に諸々の疑念を包み込んでしまう、〈語る猫〉という虚構の枠組みによると言えるだろう。小説世界の諸表現に見られる不可能性をいくら細かく分析しても、ひとたび〈語る猫〉の存在を受け入れてしまえば、それらの矛盾や問題点の指摘は逆にナンセンスなものとなる。たとえば芥川龍之介「河童」（一九二七年）には、同じように言葉と自他への認識を有する河童の胎児が登場するが、その存在の非現実性をあげつらったところであまり意味はないだろう。

一方、「永いあひだ、私は自分が生れたときの光景を見たことがあると言ひ張つてゐた。[2]」と語り出される三島由紀夫「仮面の告白」（一九四九年）では、その主張が大人たちの「かるい憎しみの色さした目つき」を招いたと述べられる。こうした小説世界を構築する告白（回想）の虚実が、ひいては一人称の作中人物－語り手と現実世界の作者との一致、不一致に係る虚構理論の課題を前景化しよう。[3]対して、作中人物との言語コミュニケーションを欠く「吾輩」の言葉は、小説世界において人間たちからの吟味にさらされることがない。のみならず、（当然ながら）人間である現実世界の作者と〈語る猫〉の間に、存在論的な真偽をめぐる問いが挿入されることもなかろう。小説世界における言表主体／言表行為の主体である猫――ここに生じるはずの亀裂もないものとされよう――と、現実世界における言表行為の主体である作者といった二分法は、〈語る猫〉の虚構性によってひとまず固定されている。

もとより、猫の出生を語るくだりに、漱石による幼少期の回想や実証的事実を重ねて、作者が内に抱えていたものを読み取るむきも多い。また冒頭以降へ目を転じれば、「苦沙彌」を中心的対象とする「吾輩」の語りは、その自己相対化と自在な批評性をもって、作者の視線、言葉に重ねられるところとなる。前者については、いわゆる作家論的関心にもとづくものとして、研究方法や受容フレームの一選択とみなすことが可能である。また後者については、「小説」というジャンルの自明性を問い、同時代の論説等に引き寄せて見なおすことで、[4]その裏付けを得ることもできるだろう。小説の語りと作者の内面、言葉とを同一視する読解モードは、諸種のレベルで機能しうるわけであり、また小説作品がそうした読解モードを利用して成立することも事実であろう。

ここではひとまずのところ、〈語る猫〉という虚構の成立――一人称の語り手と作者の不一致――と、「吾輩」の語りを漱石の言葉として読むこと――一人称の語り手と作者の一致――とを、排他的関係にあるものとみなすのでなく、むしろ相互依存的に機能しているものと見ておきたい。非現実であることが自明な作中存在の言表においてこそ、現実の作者の声を直接響かせることができるという逆説。小説世界がある作中人物によって語られているとき、まずはその人間にまつわる諸属性を現実の作者のそれと比べることで、虚実の内容や程度が判断されることになろう。ただし、語り手となる人物が、言葉で構築された小説世界に存在する以上、たとえ作者と等身大のキャラクターに見えようとも、そこには必然的に多種多様な差異が生じるはずだ。ある種の小説の言葉においては、そうした作中存在の虚構性と作者の声の直接性とが、未分化な形で絡み合っているものと言える。

〈語る猫〉という作中存在は、現実世界に比較することのできる対象を持たない。それでもなお現実のなかに〈語る猫〉の照応物を求めるならば、つまるところ、(虚構創造の意図を含む)作者の〈想像〉へと行き着くことになろう。飛躍を恐れずに言えば、〈語る猫〉という虚構が、現実世界における直接のモデルなしに成立している以上、たとえどれほど多声《ポリフォニック》的に見えようとも[5]、その言葉を作者の声へと還元することを妨げるものはないのである。虚実が問題化するような表象を「苦沙彌」という人間に委ねてしまえば、あとはまったき虚構である〈語る猫〉を通して、作者は直接みずからの言葉を発することができるだろう。

　しかしながら、たとえば冒頭部分でもひときわ印象的な表現と言える、「掌に載せられてスーと持ち上げられた時何だかフハフハした感じが有つた」(一)とは、いったい誰が、何の感覚を語ったものなのだろうか。小説を自立した世界と措定するならば、諸種の不合理を無化する〈語る猫〉‐虚構の言表主体に、その言表内容を帰属させることになる。あるいは、「吾輩」の背後に現実世界の作者を置くならば、漱石‐言表行為の主体が有する知覚経験と想像のアマルガムといった見方に帰着するだろう。だが、より微視的に問題を見つめたとき、虚構であれ現実であれ、そうした「主体」が成立する前の出来事である第三の何かの出現、言ってみれば、人獣や虚実の区別以前にあらわれる〈動物〉なるものの領野が切り拓かれるかもしれない。

　この点について、文学理論、とりわけ小説の語りとフィクション生成をめぐる議論の一端に照らしたうえで、理論と作品を相互に捉え返す作業を試みたい。そこから、〈語る猫〉の存在をイレギュラーなものとしてでなく、むしろ小説一般の構造に潜勢する力のあらわれとする見方を示していく。人間のいとなみにほかならない小説の基底に、〈動物〉なるものが作動することを明らかにできればと思う。

2　猫に擬装して語る作者？

フィクションの言語（行為）をめぐる哲学上の議論のひとつに、ジョン・サールが提示した「作者の擬装説」がある[6]。この主張は、さまざまな角度からの批判的検討を喚起するという形で、強い影響力を持ってきたと言える。サールは、言語行為論の観点から、フィクションの言語について、作者が通常の（真面目な）断言型発語内行為を遂行するふりをしているものとみなす。また、あるテキストをフィクションと決定するような表現上の特性は存在せず、フィクションか否かの判定基準は、あくまで作者の「複合的な発語内行為意図」にあるとした[7]。

むろんこの見解は、音声中心主義的主体を前提とする意図の現前の形而上学を温存し、また文学テキスト等を日常言語に「寄生」するものとみなす点で、ジョン・L・オースティンの言語行為論[8]についてジャック・デリダが指摘した問題[9]がそのまま当てはまる。言語行為論において提示された「行為遂行性《パフォーマティヴィティ》」の観点から、虚構言語の表現行為を捉えなおすことは重要な課題と言えるが、サール流の「作者の擬装説」にその探求を妨げてしまうところがあるのは否めない。一方で、その理論上の不備を踏まえるところから、現在へと至る諸種の虚構理論が展開してきた側面もある。たとえば、サールの議論の枠組みを批判的に摂取しながら、より複雑化した虚構言語行為の理論が考案されている。そこでは、フィクションを創造する作者の言表行為が、読者との間に成立する固有の言語コミュニケーションへと組み替えられる。すでにサールも作者と読者の「契約」[10]に論及していたが、その内実が細かく分析されるなかで、読者の虚構受容をも組み入れた発語内意図の様相[11]や、コミュニケーションを通じた現実世界から作品空間（可能世界）への移動[12]などの観点が提起された。

もとより、虚構言語行為の理論において、コミュニケーションモデルがどれほど複雑化されても、最終的な審級に作者主体の発語内意図を残さざるをえないのであれば、やはりサールの議論の範疇を超えるものとはならないだろう。とりわけ、フィクション成立の条件を現実の作者と作品の話者との不一致に求めるとき、作者の「発語内意図」はその支えとして脆弱であるはずだ。[13]ただしここでは理論の是非を直接問うのではなく、さしあたり、小説「吾輩は猫である」とその作者存在に対する分析手段として取り入れてみたい。そしてこのとき念頭に置くべきは、作品研究における次のような評言である。


作者は猫のふりをし、猫を演じ、猫の声色を使っているのである。「猫」は猫であって猫でなく、しかしまた、人間でもない。この猫でもなく人間でもない、異様な超現実の境界的存在を作り出し「吾輩は猫である」と最初の一句を語らせた時、『猫』の世界が成立し、作家漱石が誕生した。[14]

作者が「猫のふり」をしていること、すなわちサール流の擬装説に親和性を持ちながら、他方でその言語行為は、「猫でもなく、人間でもない、異様な超現実の境界的存在」、『猫』の世界」、「作家漱石」を（おそらく同時に）創出するものと考えられる。概ね妥当と思われるこの見方に対し、いったいいかなる理論的説明が可能だろうか。

さて、サールの論述で具体例として取り上げられ、以後議論の焦点のひとつとなったのが、「シャーロック・ホームズ」シリーズにおける作中の語り手「ワトソン」と、作者コナン・ドイルとの関係である。サールは、作者ドイルが作中人物「ワトソン」のふりをして語っていると捉え、読者との了解といった観点も含めて、「一人称の語りもの」における虚構言語行為モデルを説明した。[15]そこから、たとえば冒頭で触れた「仮面の告白」がそうであるように、作中人物である語り手と作者の同一性、その存在および言葉の虚実の判断をめぐって、さまざまな問題が交錯することになる。そしてつまるところ、小説言語とその言表行為の虚実をどのように受け取るかは、読者側のフレームによって左右されるところであり、また原理的に作者側においても確定へと至らない以上、〈擬装〉の成立やその意味はつねにあいまいなものとしてある。[16] 作中存在とその言葉に関する虚実の（暫定的な）決定は、テキスト内外で作用している無数の要素（そのなかには、サールの擬装説が排した虚構表現の特性も含まれよう）が絡み合って生じるものと言うほかない。このことを踏まえれば、作者の発語内意図や作者－読者のコミュニケーションモデルから説明される虚構言語行為論は、ある作品が一般的にフィクションとして通用している事実を、事後的に記述するにすぎないと考えられる。

逆に言えば、この意味において、「吾輩は猫である」を、作者漱石が猫（「吾輩」）のふりをして語ったフィクションとみなすことに何ら問題はない。フィクションの成立条件について論じる際、冒頭「吾輩は猫である。」以下の語りは、虚構性を示す自明な徴表としてしばしば言及される。[17] 一般的に言って、〈語る猫〉の存在と言表は、（おそらく作者・読者いずれの側においても）虚構性の認識に極めて強く作用する第一の要素となっているはずだ。確かに理論上、小説における虚実の区別は、連続的かつ相対的なものと言える。だが、いやそれゆえ、強固な虚構マーカーを持つ「吾輩は猫である」の虚構性は安定的（≠絶対的）であり、その一人称の語りに作者の擬装説、つまり猫のふりをする漱石の発語内意図や作者－読者間の契約了解を想定することは、いかにも自然に見える。

もう少し踏み込んで考えるならば、作者と〈語る猫〉の、現実と虚構の一致／不一致に関する（暗黙の）判断は、ある意味プラグマティックになされているとも言える。ここに、虚構言語行為論としての作者の擬装説と、小説「吾輩は猫である」の親和性の基底があるだろう。実際の問題として、〈語る猫〉という虚構表徴の背後には、理性的な言表主体である作者の「発語内意図」を想定せざるをえないはずだ。「天道公平（立町老梅）」からの手紙に慄く「苦沙彌」の姿は（「狂人の作に是程感服する以上は自分も多少神経に異状がありはせぬか」〔九〕）、言語表象の虚実をめぐる狂気の深淵に臨んで身をひるがえす、小説の作者、読者の態度に相当するものと考えられる。裏を返せば、言語一般の根元的な虚構性[18]を開示してしまう〈語る猫〉の暴力性から、かろうじて〈小説〉を括り出す枠組みとして、作者の擬装説が（事後的に）求められているのだ。

蓮實重彦は、森鷗外「かのように」（一九一二年）を取り上げ、フィクションの理論に関する批判的考察を展開するなかで、「一匹の猫がみずからを「吾輩」と呼び「名前はまだない」といいそえること」も例に挙げながら、「虚構であるがゆえに許される作者の自由という視点」に立つ「フィクション的許容度」の問題点を指摘している。[19]そこでは、フィクションの諸表象を作者の自由に委ねるような理解が、「「意識した嘘」の論理」の容認を意味するとして、作者の擬装説に重ねて批判されている。名無しの猫が一人称で語り、書くこと（「かう順々に書いてくると、書く事が多過ぎて到底吾輩の手際には其一斑さへ形容する事が出来ん。」〔七〕）は、いかに荒唐無稽といえども、それがフィクションである以上は虚構創造の意図を持った作者主体の自由である、そして、小説における一人称「吾輩」とは、そのような自由を持つ現実の作者が、虚構の存在〈語る猫〉を装って言表したものなのだ……。こうした見方が、「猫でもなく、人間でもない、異様な超現実の境界的存在」はもちろんのこと、小説（「『猫』の世界」）と作者（「作家漱石」）の生まれる瞬間に触れることができないのは言うまでもない。プラグマティックな事後解釈から離れて、いま一度問題を洗いなおしていく必要がある。

3　猫／作者から〈動物〉の言語行為へ

よく指摘されるように、小説を書く作者の「意図」とは、作品の言葉そのものから遡及的に仮構されるものにほかならない。中村三春は、「「正常の言語使用」と「寄生的」なそれとを区別する「作者の発語内的意図」や

「発語内的な力」の了解も、それじたいが区別の対象とされる文によって行われる以外にないという理由によって、単に循環論法となるに過ぎない。」としたうえで、「発語内行為は、発語行為の解釈に全面的に依存する」と述べている。(20)「吾輩は猫である」を対象に、そこでなされた虚構言語行為の実質へと迫るには、小説の基底にある「発語行為」に焦点を当てた検討が必要となるだろう。

ここでもサールの議論が、批判的媒介となる見方を提供している。サールによれば、フィクションを構成する「発語内行為」の擬装は、通常の言語使用で働く規則を保留する、「水平規約」の存在によって可能となる。すなわち、「水平規約を発動する意図を伴った発話行為の遂行」が作者の擬装の前提をなすわけである。ここでサールは、作者が「実際に文を発話する（書く）」といった「発話行為」を、あくまで「本物の行為」であるとし、「フィクションにおける発話行為は、真剣な話における発話行為から区別不可能であり、またこの理由により、ひとつらなりの話をフィクションに属する作品として同定するようなテキスト的特性は何一つ存在しない。」との考えを示す。(21)

この点について清塚邦彦は、「虚構的な発言においては、作者と語り手の分離という事態が、じつはすでに発話行為のレベルでも生じている」とし、批判的見解を記している。サールの分析は、「虚構的な発言が、作者の発言であると同時に、作中人物もしくはある実体の希薄な語り手による非現実の発言でもあるという二重性の認識」を欠いている。(22)また、虚構の作中人物の指示にとどまらず、小説を構成する「語りの全体」が、「（すでに発話行為のレベルも含めて）一面において非現実の言語行為だという点」についても同様である。小説においては、現実の作者による書く行為が、同時に「作者によって行われたとは見なしがたい非現実の語り」にもなっているのであり、そこから清塚は、「非現実の語りの創造という事態」を第一の問いに据える。(23)

小説の発語行為には、つねにすでに現実／非現実の「二重性」が生じている。ここで虚構性の条件について考えるならば、「非現実の語りの創造」の問題とは「発語行為の解釈」、すなわち小説の言葉を「非現実の言語行為」と受け止める読み手側の態度に、多く委ねられることになろう。ただし、虚構言語の行為遂行性に迫る試みからすると、小説の発語行為に認められる「二重性」もまた、言葉の背後に事後から措定される分類枠だと言える。そして、現実／非現実の「二重性」の観点から小説の発語行為を捉える際、その前提となるのはやはり、現実の作者と「作中人物もしくはある実体の希薄な語り手」といった言表主体（人間）の存在である。

確かに、「吾輩は猫である」における〈語る猫〉の設定は、「語りの全体」が「非現実の言語行為」となる小説ジャンルの原理を、明示的に表すものと言える。「非現実の言語行為」であるゆえ、たとえば冒頭にある出生直後の経験や末尾の溺死に至る内言（「其時苦しいながら、かう考へた。」〔十一〕）について、その発語行為がなされた〈場〉を問うことは無用となる。小説が一人称の語りの形態をとる場合、「非現実の言語行為」の〈現実性〉を担保するために、日記や手紙といった体裁をはじめ、発語行為の成立にまつわる諸設定がなされることも多い。だが、〈語る猫〉によって虚構性が明示されていることで、そうした設定を付加する必要性は低くなろう（語りの限定の逸脱に関する作中処理についてはすぐ後に述べる）。ただし、猫（動物）は言葉を話さないという〈現実〉によって、猫による小説の「語りの全体」が〈非現実〉となる点には、より注意深く考えるべきところがある。さしあたり、「吾輩は猫である。」という言表は、〈語る猫〉＝〈非現実〉の存在が、猫が話すという〈非現実〉の事態を、行為遂行的に言葉で示したものと見てよいだろう。これがいわゆる「嘘つきのパラドクス」――言表主体と言表行為の主体との間に生じる自己言及のループ――に陥ることがないのは、言表における現実／非現実（真／偽）の基準が、当の言表をなしている言葉そのものの〈現実〉（猫は言葉を話さない）に求められるからである。仮に、「吾輩は〈言葉を話さない人間〉である。」とはじまる小説があったならば、いかにそれがフィクションとしてあろうとも、その「語りの全体」には自己言及から発する不合理が終始ついてまわるはずだ。

こうした意味では、「吾輩は猫である」における「吾輩」＝猫の語りを、（発語行為を含んだ）全体として「非現実の言語行為」とみなすことはできないし、発語行為における「作者と語り手の分離」や「二重性」もかりそめのものとなろう。浮かび上がってくるのは、結局のところ、〈語る猫〉という虚構存在を指示する現実の作者の「発語内意図」であり、ひいては〈猫のふりをして語る漱石〉の構図である。作者への還元に帰着しないため必要なのは、語る動物は人間のみであるという〈現実〉＝基準を、小説における「発語行為の解釈」の前提条件から一度外してみることである。この思考操作は、現実の作者による書く行為および非現実存在による語りといった「二重性」の事後措定から、虚構の言語行為が生成する地点へと立ち返ることにつながるだろう。

「掌に載せられてスーと持ち上げられた時何だかフハフハした感じが有った」——。〈現実〉を生きる人間は、知覚する身体を持つ存在として、〈動物〉のカテゴリーに属する。むろん、言語によって分節化される以前の知覚とは、人間にとって語りえぬものとなっていよう。たとえば出生直後の身体感覚、言葉にされた瞬間〈非現実〉となるこの〈現実〉こそ、〈動物〉の語り－虚構の言語行為によって行為遂行的に創造されるにふさわしい。小説の言葉の発語行為に想定されるべきは、現実の作者／非現実の〈語る猫〉という二者択一でなく、またその「二重性」でもなく、〈動物〉（として）の言語行為という事態なのだ。それは、言語存在として主体が確定するより前の、またそうした主体を前提とする虚実の区別以前の出来事として生じる。そして実際には、人間以外の生き物の語りで構成される（特殊な）小説だけでなく、作者と語り手の分離が事後的に認められるフィクション一般にもまた、このような主体（人間）を欠いた言語行為が潜勢しているのではなかろうか。〈動物〉・〈語る猫〉とは、そうした言語行為の空位を充填するかりそめの姿であり、かつまた、語られた言葉を〈小説〉たらしめるに必要な存在としてあるのだ。

4 「語り手」という〈動物〉

小説「吾輩は猫である」においては、〈語る猫〉が語り手に据えられたことで、作中人物を語り手とする一般の一人称形式には収まらない描写が可能となっている。繰り返される他家に忍び込んでの盗み聞きをはじめ、「苦沙彌」の手紙や日記の覗き見、銭湯の光景〔七〕や泥棒現場〔五〕の実況、（当然ながら）動物のみが登場する空間など、〈語る猫〉の特性によって一人称小説における表現の幅が格段に広がる。ただし、こうしたなかでいわゆる形式の〈逸脱〉として残るのが、登場人物の内面に向けた語りのあり方である。つねに注目が集まる点であるが、他人である「苦沙彌」の心の内を語る不自然さについて、「吾輩」は「読心術」を持ち出して説明する。[24] その適否はともかくとして、「吾輩は猫である」では、そもそも他人の心中に対する語りの制御が完全に行き届いていたかと言えばそうでない。「読心術」なる言い訳が出る前にも、「苦沙彌」ほか登場人物の内部を、いくぶん断定的に示すようなところが見られる。とりわけ、人間たちの会話が中心となる場面――これが多くなるのも〈語る猫〉の特性のひとつと言えるだろう――では、基本的に、発言者の内心は地の文（「吾輩」の言葉）で推測表現とともに示されるものの、その形態が完全に維持されているわけではない。たとえば、「細君」の内心に直接言葉が及ぶ箇所[25]もあるように、ときに語り手「吾輩」の推測といった形式上の建て前が飛び越えられてしまう（小説表現一般が備える〈呼吸〉や〈語り口〉のようなものを考えれば、むしろ自然とも言えるが）。「読心術」とは、こうした些細な逸脱の積み重ねから浮上してくるものであろう。もとより〈語る猫〉の特性は三人称の語りと重なるところが多く、そこから生じる（一人称から三人称への）形式的逸脱を回収するものとみなせるかもしれない。

しかしながら、「吾輩は猫である」の語り手は、〈語る猫〉ただ一人（一匹）だけなのだろうか。「読心術」

云々を吟味する以前に、三人称小説のごとく「苦沙彌」らの内面を直接語りうる語り手が、〈語る猫〉の饒舌に隠れて並存していると考えることはできないだろうか。それでもなお、〈語り手〉とその人称形式を統一的に捉えるべきであるならば、「読心術」ほか前述の諸特性を具備し一人称で〈語る猫〉のほうに、三人称小説に措定される、いわゆる「無人格の語り手」が変異（逸脱）した姿を見てよいかもしれない。

大浦康介は、一人称小説と三人称小説における虚構性の違いについて次のように説明する。[26] 一人称小説では、作者は「真面目」に語るふりと語り手＝登場人物であるふりをしている。そこでは、語り手は「ふつうの発話」をしていることになっており、内容・形式ともに諸々の逸脱を避けた「本当らしさ」が求められる。対して、「三人称小説における、登場人物ではない語り手を作者と同一視してはならない確たる理由はない」[27]。三人称小説の作者は、「真面目」な発話の擬装などでなく、「何よりもまず「れっきとした」フィクション的発話行為を遂行している」のであり、それゆえ「トルストイはアンナ・カレーニナという人物にまつわる物語を読者に向かって語っている」との見方が成り立つとする。[28]

サールの議論では、「時としてフィクション上の物語の著者は、物語のなかに、フィクション上のものでもなければ物語の一部でもない発話を挿入することがある」とされ、「アンナ・カレーニナ」の冒頭の一節を例に、「これはフィクション上のものではなく、真剣な発話である。それは正真正銘の断言である。[29]」との見解が示されていた。この点についてもさまざまに指摘されるところだが[30]、三人称小説の「登場人物ではない語り手」とその語りの位相については、十分な吟味が必要となろう。マリー＝ロール・ライアンは、サールの議論における作者が、架空のものを指示するふりをするか、現実世界について「真面目」に指示するかの二通りしかできないことになると指摘したうえで[31]、次のように疑問を投げかける。

では無人格叙述のばあい、実際の話者〔作者〕はいったいだれの擬装《ふり》をしているのかという問題が発生する。

サールは「言語行為を遂行する擬装《ふり》をする」ことと「個人化した語り手である擬装《ふり》をする」こととを対置しており、一見、無人格虚構作品における代理話者を必要ないものにしているように見える。ところが、じつはサールの公式は、「遂行する」という動詞に論理上の主語が必要だという事実を隠蔽している。『アンナ・カレーニナ』のような古典的な三人称虚構物語の作者がべつの素性《アイデンティティ》を引受けていないなら、この作者は言語行為を遂行する自分自身であるふりをしているはずではないか。(32)

そこで、可能世界論に立脚するライアンは、作者（発話位置）の虚構世界における移動先となる「代理話者」概念を、「無人格叙述」からなる小説にも適用していく。つまるところ、「代理話者」には「心理的現実とでも呼ぶべきものを提示する、人格を持つ／個人化した語り手と、純理論的根拠によって存在が措定される、無人格の語り手」の二タイプがある。そして、前者が「作者の心と登場人物の心とのあいだに介在させられる自律した心として機能する」のに対し、後者については、「その存在はひとえに、テクスト発話の誠実性条件を充たす責任を、作者が負わなくてもいいようにするためだけに措定される。これといって特徴を持たない話者は人間としての厚みを欠いており、内包された作者の意見から離れて主観的意見を表明できないから、その人格・信念・判断を自律した私秘的領域として読者が再構築する必要はない。」と規定される(33)（なお、「内包された作者」の位置づけはさておき、無人格の語り手の言葉が現実の作者の見解とも重なりうると考える点では、先の大浦の説明と同様である）。また、河田学は、ライアンの主張に関する批判的考察をおこないつつ、自由間接話法など特に語り手の存在が希薄になるケースも踏まえて、「語りにかんするこのような状況は、われわれが「語り手」について語ることをいくらか難しくし、かわりに物語言説を作者に帰属させることを促すのである。しかしこのようなさまざまな語り手の事例は、存在論的に有限個に分節できるようなものではなく、むしろ一人称の語りも含めて、一つのスペクトル上に連続的に分布していると考えるべきであろう。(34)」としている。

語り手が明示されない三人称小説に、現実の作者による「「れっきとした」フィクション的発話行為」の遂行を見るとすると、そうした（真の？）虚構言語行為を遂行する「論理上の主語」には、〈物語を「真面目」に語る作者〉のふりをする作者自身――「意識した嘘」をつく主体――といったよりナンセンスな存在が出現してしまう。であればやはり、小説の言葉を虚構たらしめる「無人格の語り手」の措定が必要となってくる。ただし、この「語り手」とは、「他人の心を盗み読みできる超能力のようなもの」(35)を持つかのごとく語るものであり、また「どうやら心と言語能力〔competence〕とを備えたひとつの主体であろうとわずかに推し量られるくらい」(36)で、特定することができない存在である。こうした「人間としての厚みを欠い」ている「無人格の語り手」（「代理話者」）への移動を、虚構言語行為において生じる作者の行為遂行的《パフォーマティヴ》な変態――擬装ではなく――と捉えることはできないだろうか。このとき小説を／で語っているのは、「心と言語能力とを備えたひとつの主体」である〈動物〉、いわば「猫でもなく人間でもない、異様な超現実の境界的存在」のようなものにほかならない。こうした〈動物〉としての「語り手」からなる「スペクトル上」に、小説「吾輩は猫である」の場合は、一人称で〈語る猫〉から三人称の「無人格の語り手」までが分布しているとも言える。

5　小説の言語行為と〈動物〉への生成変化

言葉からなる虚構世界である小説には、「語り手」という〈動物〉が潜勢している。それは、〔言表行為の〕主体＝人間ならざる何かであり、行為遂行的にみずからを生み出すものである。小説を書く行為（小説の言語行為）とは、そうした「語り手」＝〈動物〉への生成に、否応なく巻き込まれることを意味しよう。

ここで依拠しているのは、ジル・ドゥルーズとフェリックス・ガタリが示したコンセプトである。主体以前にある経験の地平を芸術作品のうちに見出していくドゥルーズ＝ガタリは、「人間を突き抜け、引きさらっていくような、そして動物にも人間にも等しく作用をおよぼすような、きわめて特殊な〈動物への生成変化[37]〉」を鍵概念のひとつとする。「動物への生成変化」とは、動物の「真似」・「模倣」でなく、また「人間が「現実に」動物になるのでも、動物が「現実に」別のものになるのでもない」。人間や動物といった「固定した項」に依らない、生成変化そのものが「現実的」なのであり、「人間が動物に〈なる〉ということは現実だが、人間が変化した結果それになる動物は現実ではない」とされる[38]。本論に当てはめて言うならば、作者が「語り手」という〈動物〉へ生成変化することは「現実」の出来事であり、その結果作中にあらわれる〈語る猫〉は「現実」の存在ではない――ここにフィクションの言語行為の内実があるのだ。

　作家がれっきとした魔術師たりうるのは、書くことが一個の生成変化であり、ねずみへの生成変化、昆虫への生成変化、狼への生成変化など、作家への生成変化とは異なる不可思議な生成変化が書く行為を貫いているからだ[39]。

　小説の言語行為は、「固定した項」である主体なしに〈遂行〉される、「動物への生成変化」とみなすことが可能である。また、このとき芸術作品は、「諸感覚のブロック、すなわち被知覚態と変様態の合成態[40]」を示すものとなっている。ここで「知覚《ペルセプション》」と区別される「被知覚態《ペルセプト》」とは、「それを体験する者の状態から独立」したもののであり、同じく「情緒《サンチマン》あるいは変様《アフェクシオン》＝感情」と区別される「変様態《アフェクト》」も、「それを経験する者の能力をはみだしている」。すなわち両者は人間主体から自立しており、それゆえ芸術作品は、「或る感覚存在」にして「即自的に存在」するものとみなされる[41]。「芸術家」としての作家は、「語」や「統辞法」を手段に、知覚・体験主体から「被知覚態《ペルセプト》」・「変様態《アフェクト》」を「引き離す」ことで[42]、そうした芸術作品を創造している。この見方も、現実の作者と小説の「語り手」との不一致を要諦とする虚構理論、およびフィクションの発語行為の議論に重ね合わせることができよう。

そしてドゥルーズ＝ガタリは、「動物への生成変化」などに具現される「変様態《アフェクト》」に、動物と人間に渡る「不確定ゾーン」、「不可識別ゾーン」の所在を想定する。[43] この「ゾーン」に分け入ることができるのは芸術のみだが、そのために必要なのは、「形態《フォルム》〔図〕」を崩潰させることができる背景《フォン》〔地〕の力《ピュイサンス》」、「もはやどれが動物でどれが人間なのかがわからなくなるあのゾーンの存在を認めさせることのできる背景の力《ピュイサンス》」[44]だとされる。小説「吾輩は猫である」では、このような「背景の力《ピュイサンス》」が前面にあらわれ、言葉の有無による人間／動物の区別といった「形態《フォルム》〔図〕」を崩していると言えよう。〈語る猫〉の発話を中心とする作品には、その至るところに「あのゾーン」への孔が開いている。「吾輩は猫である」の（特殊な）表現形態には、小説という言語芸術に潜在する力のモデルが具現しているのである。

第二章　「心」——行為の主体／罪の主体

1　行為主体の形成と「後悔」

> 咄嗟の機が過ぎて、頭が冷かに働き出した時、過去を顧みて、あゝ云へば好かつた、斯うすれば好かつたと後悔する。と云つて、此後悔を予期して、無理に応急の返事を、左も自然らしく得意に吐き散らす程に軽薄ではなかつた。だから只黙つてゐる。さうして黙つてゐる事が如何にも半間であると自覚してゐる。
>
> 「三四郎」（『東京朝日新聞』・『大阪朝日新聞』、一九〇八・九・一～一二・二九）、〔五の十〕

誰しも少なからず身に覚えがあろう経験を記したこの一節は、美禰子の謎かけ——「迷へる子《ストレイ、シープ》」——にとまどう、三四郎の姿を表現したものである。この後、三四郎は、「黙ってゐ」たことをまたもや「後悔」することになる。往々にして〈成長〉の物語として語られがちな、過去の自分の言動に「後悔」を積み重ねていく〈人生〉経験が、ここではさらなる「後悔」を、より大なるそれを、生み出していくのだ。このとき、いわゆる「「消えぬ過去」の物語[1]」が生み落とされるのは必然であろう。

なぜ、こうした「後悔」を払拭することができないのか。問題の原点は、言動そのものの内容にではなく、言動がなされる際の瞬間性という行為の形式にある。何よりもまず、いまが「咄嗟の機」だと思ったそのとき、それはもはや行為すべき当の瞬間とは言えない。「咄嗟の機」は、そうと自覚したときにはすでに過ぎ去っているのであり――それゆえ「咄嗟」なのである――、行為する者が、いわゆる〈真の〉「機」をありのままに捉えることは不可能である。そして、それが「咄嗟」に過ぎ去った後で、過去のある時点が行為すべき「機」であったこと、自分がそれをいつのまにか逃していたことに気づくのだ。またこうしたことから、いまがチャンスといった自覚的な判断に続いてなされる言動は、すでに〈真の〉「機」から遅れた、時機外れのものとなって生じるほかないとも言える。

ここで重要なのは、〈真の〉「機」に対する意識の必然的な遅れにおいてこそ、人間がみずからの行為の主体となりうること、と同時に、その主体には「後悔」の感情が不可避的に刻み込まれること、である。確かに、「咄嗟の機」はそのままの形で把捉することができない。とはいえ、それが反省的意識の発生以前に存在しないわけでは、決してない。「咄嗟の機」は時空間として無ではなく、遅れて到来する主体的な自覚とは別に、その瞬間には必ず何らかの振る舞いが発生している。〈真の〉「機」とそれに対応する原‐行為は、いわば重なり合う〈出来事〉として、つねにすでに存在しているのだ。つまるところ、(主体と言える以前の)彼/彼女は、ある「機」において、何らかの行為をしていたのである(この観点からすれば、行為の不在もまた、何もしないことの選択として行為化される)。では、いかにして彼/彼女は、この原‐行為の主体となるのか。それは、原‐行為をみずからの選択の結果とみなすこと、つまり、「あゝ云へば好かつた、斯うすれば好かつた」と、他の行為の可能性のなかに過去の言動を置きなおすことによってである。〈真の〉「機」なるものへの遡及は、その「機」になすべき行為――ないしは少なくともよりましな行為――とは別の言動をしてしまったこと、あるいは行為をせずにやり過ごして「機」を逸したことの自覚をもたらす。換言すれば、原-行為の否定とそれに対する「後悔」が、過去に向かって切り開かれていくのだ。彼／彼女は、こうした過去の〈出来事〉の否定的な再構成（＝「後悔」）によって、逆説的にも原-行為をみずからのものとして引き受け、その主体になるのである。

三四郎は、こうした行為と主体のパラドキシカルな連関を、すでによく知っている。そして、その要諦である「後悔」を先取り（「予期」）した結果、「黙つてゐる」という行動をとることになる。ただし、この振る舞いが、そのまま主体としての行為であることにはならない。それは、「咄嗟の機」――三四郎の内省以前の――が過ぎた後にできる一瞬のエアポケット、すなわち原-行為と主体の事後形成とのはざまに堕ち込んだ、「半間」な様相の「自覚」とともにある。またここで明らかになっているのは、原-行為の主体化を促すのが、美禰子-他者の言動であるということだ。美禰子-他者は、〈真の〉「機」に生じた原-行為――三四郎の自覚的なそれより以前に、すでに行われていた沈黙――に応答することで、先に進んでいく（「私そんなに生意気に見えますか」〔五の十〕）。「半間」な三四郎はそれを待って、みずからの原-行為の存在とその意味-効果を知り（「此言葉で霧が晴れた。明瞭な女が出て来た。」〔五の十〕）、「後悔」を備給される（「晴れたのが恨めしい気がする」〔五の十〕）。と同時に、本当は他に何か言うべき、するべきことがあったのに、この行為をした主体として遡及的に自己を形成する。そしてこのとき、三四郎の原-行為は、美禰子-他者の言動や、「斯ういふときになると挨拶に困る男」〔五の十〕といった性格などの諸〈原因〉から独立した、端的に「黙つてゐる」意志のもとになされた行為として再構成されるだろう（行為の主体である以上、ただ黙っていようと意志したから黙っていた、という性質を排除できなくなる）。

ところで、「心」（『東京朝日新聞』・『大阪朝日新聞』、一九一四・四・二〇〜八・一一〔『大阪朝日新聞』は八・

一七〕）における「先生」の「遺書」において、こうした「後悔」の意識と行為主体のねじれた関係は、「罪」意識とその主体の関係へと突き進んでいく。「遺書」以外の場所に散りばめられた数々の評言のなかで、とりわけ、〔「いや考へたんぢやない。遣つたんです。遣つた後で驚ろいたんです。さうして非常に怖くなつたんです」〕（十四）という「先生」のことばは、そこに浮かび上がる主体の不可思議なあり方を端的に示している。それは、およそ「高貴なもの」(2)などとは言えない何か、である。

2 原-行為と世界の変容

私（「先生」、以下同様）は、ほかならぬ「私の過去」＝「私丈の経験」〔五十六〕を書き記すにあたって、現在の自分へと至る起点を、叔父による財産横領の経験に置く。それは、「知識」も「経験」も「分別」もないまま、両親の突然の死によって取り残された「子供」の私が、はじめて人間存在の暗部に触れた過去の一点であった。「世間的に云へば本当の馬鹿」〔六十三〕であった無垢な自分は、「塵に汚れ」る経験をくぐることで脱皮し、その後、「自分の過去」を積み重ねていくことが可能になった（ように語られる）。金によって人は容易に悪へと向かうのであり、自分はあやうくそんな「下卑た利害心に駆られ」〔六十三〕た人間に操られるところであった、という経験が、「他《ひと》は頼りにならないものだといふ観念」〔六十六〕を私に植えつける。むろんその内容は、「是より以上に、もつと大事なもの」〔六十二〕とされるKとの過去の、基調をなす要素、条件として持ち出されている。以下、そこで決定的に沁みついた人間不信、他人への猜疑心が、事件を導き出す素因のひとつとなるとともに、自己に対する不信へと折り重なっていくさまが辿られるだろう。

ただし、ここでの叙述は、単なる人生論的教訓譚を語るにとどまらない、いわば何かを経験するということそれ自体が孕む問題性を示している。焦点となるのは、私にとっての経験世界の変容とみずからがなした言動との連関についてである。叔父一家との休暇中の交遊から、一転財産横領の発覚へと至るいきさつにおいて、そのターニング・ポイントとなった私の行為は、叔父の娘と結婚するのを断ったことである。「後から考へると、私自身が既に其の組（家庭の事情からすでに結婚している、ないしは結婚問題を抱えているような学生たち…引用者注）だつたのですが、私はそれさへ分らずに、たゞ子供らしく愉快に修学の道を歩いて行きました」〔六十〕というように、みずからの置かれた状況や、従妹との結婚を拒むことが持つ意味合いを知らないまま、私は（実は「半間」に）過ごしていた。仮にその時点の自分を振り返るならば、結婚を断った「重な源因」としては、「其従妹に無頓着であつた」〔六十〕こと、決して彼女を恋愛対象にはできなかったことなどが、挙げられるにすぎないだろう。

しかしその後、帰郷した私の眼に、叔父一家の態度が突然「妙な」ものと映る。この事態の内実は、「何うして私の心持が斯う変つたのだらう。いや何うして向ふが斯う変つたのだらう。」〔六十一〕という記述が正確に表わすところである。「向ふ」の態度が変わったから、私の「心持」が変わったのではなく、その逆でもない。あくまで両者の関係性において生成する「私の世界」そのものが、ここで一挙に変容を遂げたと言うほかない。何が「私の世界」を変化させたのか。言うまでもなく、従妹との結婚を拒否した私の行為である。私は、「咄嗟の機」に、みずからの「世界」を変える原‐行為を果たしていたのだ（もちろん「機」も行為も後から判明することである）。ここで、叔父夫婦の意向を知っていたかどうかは、二次的な問題である。なぜなら、私の原‐行為が生起してはじめて、当の内容は「私の世界」にあらわれるのであり、厳密な意味で原‐行為より以前にそれは存在していないのであるから。

「世界」の主人たる私にとって、その変容の認知は「不意に」、つまり遅れて、訪れる。

私の世界は掌を翻へすやうに変りました。尤も是は私に取つて始めての経験ではなかつたのです。私が十六七の時でしたらう、始めて世の中に美くしいものがあるといふ事実を発見した時には、一度にはつと驚ろきました。何遍も自分の眼を疑つて、何遍も自分の眼を擦りました。さうして心の中であゝ美しいと叫びました。十六七と云へば、男でも女でも、俗にいふ色気の付く頃です。色気の付いた私は世の中にある美しいものゝ代表者として、始めて女を見る事が出来たのです。今迄其存在に少しも気の付かなかつた異性に対して、盲目の眼が忽ち開いたのです。それ以来私の天地は全く新らしいものとなりました。／私が叔父の態度に心づいたのも、全く是と同じなんでせう。俄然として心づいたのです。何の予感も準備もなく、不意に来たのです。不意に彼と彼の家族が、今迄とは丸で別物のやうに私の眼に映つたのです。私は驚ろきました。

〔六十二〕

思春期における異性への関心の発見という経験、そこで「驚ろき」を持って迎えられる、「女を見る」主体としての自己。異性に対する新たな感情に気づくことは、すでにみずからのうちに存在しているそれを発見することにほかならず、それゆえ、みずからの内面的変容を自覚することには、つねに「驚ろき」——知らぬ間にそのような主体となっていた自分に対する——が伴うだろう。同様に、叔父一家の態度が変わったことに「心づいた」とき、それに先立って、彼らを「今迄とはまるで別物のやうに」映し出すほどの変化が、「私の世界」に生じていたのである。

この変化をもたらしたのは、ほかならぬ私の原-行為である。もとより「異性」なるものはア・プリオリに存在しているわけではない。それでも、「今迄其存在に少しも気の付かなかつた異性に対して、盲目の眼が忽ち開いた」と考えるには、「異性」を「美くしいもの」と認知するみずからの変化（とその自覚）に先立って、すでに（主体以前の）私がそれを見ている必要がある（そうした原-行為の性質が翻ることで、「異性」なる存在に先験性が付与されるだろう）。つまり、私の見る行為は、あらゆる変化に先立ってすでに生じていたことになる。

それは「私の世界」の変容の〈原因〉ではないが――もちろん原‐行為が遡及的に〈原因〉化される場合もある――、ア・プリオリな条件、形式としてその変容の原点にあるのだ。従妹との結婚の拒否もまた、そうした「私の世界」を変える原‐行為の形式性において、捉えなおすことができる。主体であることの意識、自覚の遅れは、原‐行為をみずからの「世界」で有意味化する――そこで生じる主体化と責任の問題は後述する――際の遅れに根ざしていると言えるだろう。叔父による財産横領事件は、「子供」であった私の眼を開かせるだけではなく、「私の世界」においてすら、というより「私の世界」においてこそ、みずからの行為に「盲目」であることを、その経験の「不意」な到来をもって私に知らしめたのである。

また、原‐行為の意味づけがどのようになされたかについても、確認しておきたい。

私は従妹を愛してゐない丈で、嫌つてはゐなかつたのです。然し私は無邪気にそれを断つたのを後から考へて見て、多少快く思ふのです。胡魔化されるのは何方にしても同じでせうけれども、載せられ方からいへば、従妹を貰はない方が、向ふの思ひ通りにならないといふ点から見て、少しは私の我が通つた事になるのですから。〔六十三〕

「殆んど問題とするに足りない些細な事柄」〔六十三〕と自嘲しながらも、ここでは、みずからの原‐行為の結果を肯定的に意味づけている。むろん、叔父の「思ひ通りにならない」ことを目的として、私は結婚を断る行為を選択したのではない。もう少し言うと、「咄嗟の機」に生じた原‐行為と見るならば、それは従妹を「愛してゐない」という理由から生じたものでもない。原‐行為には、そうした他の〈原因〉から独立した端的な意志、ここでは従妹と結婚をしない意志の存在が想定される。そして、「私の世界」の変容以前の私にとって、その行為はあくまで「半間」なものとしてあったはずなのだ。

美禰子の言動とともに三四郎の沈黙が意味づけられるように、結局のところ、叔父一家の態度の変容（の認知）を伴う形でのみ、私の原－行為の意味は明らかになってくる。それはまた、他の行為の可能性（たとえば従妹と婚約するなど）があったにもかかわらず、結婚を断った自己を（再－）主体化（「少しは私の我が通つた事になる」）することでもある。以下見ていくように、叔父に騙された経験から、私は他人に操られないことを信条とするようになる。ただしその私の言動は、つねにこうした矛盾を抱えていくと言えるだろう。

3 「機会」をめぐる心的機構

人間不信から「厭世的」になった私であるが、奥さん、御嬢さんと暮らす新しい下宿生活に心癒されていく。そして御嬢さんを好きになるも、「些細な事」の積み重ねから、「何ういふ拍子か不図奥さんが、叔父と同じやうな意味で、御嬢さんを私に接近させやうと力めるのではないか」と「疑惑」を募らせ、「今迄親切に見えた人が、急に狡猾な策略家として」〔六十九〕見えてきてしまう。それはさらに、「奥さんと同じやうに御嬢さんも策略家ではなからうかといふ疑問」〔六十九〕に達し、私を強く「煩悶」させる。この「疑問」ゆえに、「思ひ切つて奥さんに御嬢さんを貰ひ受ける話をして見やうかといふ決心」〔七十〕をするたび、私はそれを「躊躇して、口へはとう〱出さずに仕舞つた」〔七十〕。その理由は次のように語られる。「私は誘き寄せられるのが厭でした。他《ひと》の手に乗るのは何よりも業腹でした。叔父に欺された私は、是から先何んな事があつても、人には欺まされまいと決心したのです。」〔七十〕。この第二の「決心」が告白の「決心」を妨げたことになるが、ここでは、私の言動が「他《ひと》の手」に操られるという危惧のみならず、私自身の〈こころ〉――御嬢さんに対する感情――の形成にもまた、自分には見えない「他《ひと》の手」が介在することを想定していると言えよう。言い換えれば、御嬢さんへの愛情において、およびそれに基づく告白という行動において、みずからが自律した主体であることを、私は確信できないのである。

このように整然と述べられていく内的葛藤の物語であるが、ここでもやはり、ある「咄嗟の機」の出来事を語るに至って、その説明に過剰な空白とも言うべき部分が生じてしまう。三人での外出を目撃した同級生に冷やかされ、そのことを奥さんと御嬢さんに話すと、私は「定めて迷惑だらう」と奥さんから「気を引いて見られる」。

> 私は其時自分の考へてゐる通りを直截に打ち明けて仕舞へば好かつたかも知れません。然し私にはもう狐疑という薩張りしない塊がこびり付いてゐました。私は打ち明けやうとして、ひよいと留まりました。さうして話の角度を故意に少し外らしました。　〔七十二〕

「他《ひと》の手に乗る」後悔を先取りすることで、「自分の考へてゐる通りを」「打ち明け」られない私のあり方は、冒頭に取り上げた三四郎の姿と部分的に重なるものであろう。さらに続いて、「話してゐるうちに、私は色々の知識を奥さんから得たやうな気がしました。然しそれがために、私は機会を逸したと同様の結果に陥いつてしまひました。私は自分に就いて、ついに一言も口を開く事が出来ませんでした。」〔七十二〕とその出来事が振り返られるとき、両者に共通する問題が前景化してくる。確かに、「人には欺まされまい」という「決心」を、あるいは「狐疑といふ薩張りしない塊」を、私に「打ち明け」るのを「躊躇」させた〈原因〉とみなすことは可能である。ただし、それが告白しない行為として積極的に位置づけられるとき、そこに諸〈原因〉とは独立した意志――「自分の考へてゐる通りを直截に打ち明け」ない意志――があったことを私は否定できなくなる。もとより、みずからの行動を、それに一致する意志のもとに語ることのできる者が、行為の主体と言うべき存在であろう[3]。重要なのは、そうした主体としての意志‐行為が、私が告白の「機会を逸した」という事実の後から、遡及的に定立されていることである。本当は告白するべき――この当為の由来については後述する――「機会」（〈真の〉

「機」）だった、にもかかわらずそのとき告白しないことを選んだ、といった形でなされる過去の出来事への遡及において、いつのまにか生じていた私の原‐行為は主体化される。告白を妨げた内的理由・〈原因〉は、あくまで原‐行為の事後的な主体化を前提とする、過去の出来事の再構成において析出されるものでしかない。仮に、「他の手《ひと》」に乗らない「決心」を前もって意識していたとしても、それを因果的に私の言動（沈黙も含めた）と結合できるのは、当の行為が実際に起こった後のことなのである（「他の手《ひと》」に乗って告白しないようにしよう、という「決心」と、本当に告白しない行為とは、本来まったく別の次元に属している）。

　ところで、先にも述べたように、そのときが「機会」であるという自覚は、原理的に〈真の〉「機会」から遅れてやってくる。その認知が主体化を促すことになる行為の「機会」とは、事後的に構成された過去の事実である。ここでも「三四郎」と同様に、そうした「機会」の過去における実在化は、他者（奥さん）の手によってなされる。「話の角度を故意に少し外らし」た「半間」な私の言動は、奥さんの言葉——私の原‐行為に応答する——によって「機会を逸したと同様の結果」となることで、すでになされた告白しない行為の一部として意味づけられるだろう。もとより、「他の手《ひと》」に乗らないという「決心」は、その発生において明らかに他者性を含んでいるとも言える。ただ逆説的にも、私は「他の手《ひと》」を介することによって、過去の出来事における主体として、みずからを位置づけることが可能になるのだ。

　ただし、ここでの告白の「機会を逸した」ことをめぐる主体的な意味づけは、Kとの間に生じた同様の出来事、その決定的な逸機から遡って形成されたものである。言うまでもなく、「打ち明けて仕舞へば好かつた」という過去の原‐行為に対する「後悔」は、Kの自殺によって導かれた私の感情にほかならない。失った「機会」の絶対的な回復不可能性——それは本来的に絶えず生じているはずなのであるが——を、決定的な現実として意識すること。それを始点とすることではじめて、私は過去の出来事（とみずからの原‐行為）について、他でありえた可能性の想起‐「後悔」を抱きつつ、主体的自己の経験として語ることができるようになるのだ（あのとき打ち明けることもできたのに、打ち明けない選択をした、そんな「私の過去」の物語……)。

4　過去の自分を主体化すること

みずからの手で下宿に引き込んだ畏友Kが、予想外にも御嬢さんと親密な関係になったように見えはじめると、元来Kに対して抱いていた劣等感も相俟って、私は焦燥にかられていく。そこで私は、御嬢さんへの気持ちを周囲に打ち明けてしまおうかと、幾度となく思い煩う。ただし、ここでの御嬢さんへの強い恋慕や、告白への切迫した感情そのものが、すでに「他《ひと》の手」(＝Kの存在)を媒介として形成されていることは明らかであろう(4)。

①私は思ひ切つて自分の心をKに打ち明けやうとしました。丈も是は其時に始まつた訳でもなかつたのです。旅に出ない前から、私にはさうした腹が出来てゐたのですけれども、打ち明ける機会をつらまへる事も、其機会を作り出す事も、私の手際では旨く行かなかつたのです。〔八十三〕

②然し私は路々其晩の事をひよい〳〵と思ひ出しました。私には此上もない好い機会が与へられたのに、知らない振をして何故それを遣り過ごしたのだらうといふ悔恨の念が燃えたのです。私は人間らしいといふ抽象的な言葉を用ひる代りに、もつと直截で簡単な話をKに打ち明けてしまへば好かつたと思ひ出したのです。〔八十五〕

③私はそれ迄躊躇してゐた自分の心を、一思ひに相手の胸へ擲き付けやうかと考へ出しました。私の相手といふのは御嬢さんではありません、奥さんの事です。奥さんに御嬢さんを呉れろと明白な談判を開かうかと

考へたのです。然しさう決心しながら、一日〳〵と私は断行の日を延ばして行つたのです。〔八十八〕

④肝心の御嬢さんに、直接此私といふものを打ち明ける機会も、長く一所にゐるうちには時々出て来たのですが、私はわざとそれを避けました。〔八十八〕

私は告白する「機会」を望みながらも、それを「遣り過ごし」、先に「延ばし」、「避け」、と同時に、後に告白しないことの選択として遡及的に構成される原‐行為を果たしている。あるいは、現実に告白が生じなかった（告白しないことが生じた）がゆえに、私は告白すべき〈真の〉「機会」を「遣り過ごし」、先に「延ばし」、「避け」たことになっているとも言えよう。繰り返しになるが、その原‐行為を主体による意志行為とするのは、行為と一致する意志記述の存在であり、以上の出来事において、端的に私が告白しない意志をもっていたことが想定されるようになる（〈告白しようと思っているが、しない〉という内面は、〈告白しない〉意志‐行為が成立した後になって語りうる）。私は、回想のなかで、それぞれにみずからの振る舞いの理由を語るだろう（①・②はふたりの関係の時代性やKの「変に高踏的な」〔八十三〕態度など、③は御嬢さんはKを好きなのではないかという不安、④は「日本の習慣」や「日本人、ことに日本の若い女」〔八十八〕の性質）。しかしながら、そうした諸〈原因〉から独立した、告白しない意志‐行為という過去の事実を、そこで主体となる過去の自分を、現在の私はどうすることもできない。もう少し言えば、原‐行為はあらゆる理由と結合可能でありながら、それ自体のうちに〈原因〉としての意志を有しているのである。

それゆえ、いまの私が語るのは、またしても、「打ち明けてしまへば好かつた」という「後悔」（「悔恨」）である。もとより、前節で確認したものと同様、ここでの「後悔」も、後に続くふたつの決定的な出来事なくしては存在しない。その意味で、ここまでに見た一連の私の言動（告白しないこと）は、やはり「半間」なものとしてあったのである。

決定的な出来事とは、もちろん、Kの告白と自死である[5]。Kによる告白の場面は、次のように記述される。

> 彼の口元を一寸眺めた時、私はまた何か出て来るなとすぐ疳付いたのですが、それが果して何の準備なのか、私の予覚は丸でなかつたのです。だから驚ろいたのです。彼の重々しい口から、彼の御嬢さんに対する切ない恋を打ち明けられた時の私を想像して見て下さい。私は彼の魔法棒のために一度に化石されたやうなものです。口をもぐ〱させる働きさへ、私にはなくなつて仕舞つたのです。／其時の私は恐ろしさの塊りと云ひませうか、又は苦しさの塊りと云ひませうか、何しろ一つの塊りでした。石か鉄のやうに頭から足の先までが急に固くなつたのです。呼吸をする弾力性さへ失はれた位に堅くなつたのです。幸ひな事に其状態は長く続きませんでした。私は一瞬間の後に、また人間らしい気分を取り戻しました。さうして、すぐ失策《しま》つたと思ひました。先《せん》を越されたなと思ひました。〔九十〕

いま、まさに「何か」が起ころうとしている、しかしながら、私にはその内容を「予覚」することができない。その「何か」とは、K‐他者の行為と、私の原‐行為とが生じる瞬間の〈出来事〉なのである。K‐他者の「準備」が原理的に不明であるように、みずからの原‐行為もまた、何ら自覚的な「準備」もなく「何か」として起きる。そして、「先《せん》を越された」ことが意識されたそのとき、私はこの〈出来事〉の主体として、つまり自分の気持ちを告白しなかった主体として、「私の世界」に出現するのである。ここにおいて、「先《せん》を越された」という認識自体に、非常にパラドキシカルな響きがあるのに気づくだろう。私は、まぎれもないKの告白によって、Kよりも先に告白する「機会」を逃したことになるのだ。このことは、Kの告白という〈出来事〉――それは私の原‐行為の瞬間でもある――より以前に、Kより先に告白するという意志‐行為そのものが、その「機会」ともども存在しえないことを意味している（これもまた、Kが御嬢さんを愛しているかもしれないと思うこととは別の問題である）。「先《せん》を越され」ることによって、〈真の〉「機」の喪失が意識されるとともに、またもや主体化への階梯がはじまるのである。

そして、「私の世界」の「不意」の変容に驚きながら、私は告白しない行為の主体となる。みずからの原‐行為を、Kより先に告白するべきだったのにしなかった〈失策〉（失錯）の行為として、その「後悔」とともに引き受けることによって。出来事における「半間」な自己は、現実には把捉することができない「一瞬間」の遅れのうちに、一挙に主体化される。引用にあるように、私の過去の物語は、主体として凝結していくその「一瞬間」のありようを仄めかしているのだ。

以下、私はたて続けに告白する「機会」を逸していく（正確には、〈真の〉「機会」に告白しなかったことの自覚を、繰り返し語っていく）。

> Kの話が一通り済んだ時、私は何とも云ふ事が出来ませんでした。此方も彼の前に同じ意味の自白をしたものだらうか、夫とも打ち明けずにゐる方が得策だらうか、私はそんな利害を考へて黙つてゐたのではありません。たゞ何事も云へなかつたのです。又云ふ気にもならなかつたのです。〔九十〕

> 私は当然自分の心をKに打ち明けるべき筈だと思ひました。然しそれにはもう時機が後《おく》れてしまつたといふ気も起りました。何故先刻Kの言葉を遮ぎつて、此方から逆襲しなかつたのか、其所が非常な手落りのやうに見えて来ました。責めてKの後に続いて、自分は自分の思ふ通りを其場で話して仕舞つたら、まだ好かつたらうにとも考へました。Kの自白に一段落が付いた今となつて、此方から又同じ事を切り出すのは、何う思案しても変でした。私は此不自然に打ち勝つ方法を知らなかつたのです。私の頭は悔恨に揺られてぐら

くしました。〔九十二〕

もはや自分が告白するべき「時機」は過ぎ去った。私はその「時機」に、いつのまにか告白しないことを繰り返し選んでしまっていたのだ。私は、「利害」などの〈原因〉なきみずからの沈黙について、ただ「何事も云へなかつた」と語るほかない。また、「Kの言葉を遮つて、此方から逆襲」すること――他の行為の可能性――ができたはずにもかかわらず、それをしなかった私の原-行為は、ここでもみずからの「手落り」として主体化される。「悔恨」の意識によって事後形成される告白しない意志行為に対して、もはや私は、別の理由を付け加えることすら放棄しているように考えられる。またこれによって、それまでの出来事が一挙に意味づけられることになる（Kが下宿に来る以前の「躊躇」も、Kより先に告白する「機会」を逃したものとして、意味づけられるだろう）。このとき、私にとって「不自然」に見えるのは、Kに「先《せん》を越され」ることなくしては存在しえないみずからの行為の可能性――それゆえ必然的に「先《せん》」の「自白」と「同じ事」を含んでしまう――の、その〈原因〉が、もとから自己のうちにあったかのごとく主張することなのである。「他《ひと》の手」を借りることで主体化した自己の原-行為の〈原因〉を、みずからの「手」で再構成することは、とりあえずのところ不可能であると言うほかない（この問題については後述する）。

ところで、「私は当然自分の心をKに打ち明けるべき筈だと思ひました」とあるように、この〈出来事〉から、「機会」を逃したことの「悔恨」とともに、みずからの原-行為の責任主体となるべくして、ある種の倫理性が発現していることを看取できる。ただし、ここでの意識を、以下に続く「利己心」に発する策謀とそれに対する道徳的煩悶と考え合わせて、すぐさま私の倫理観のあらわれとして意味づけてしまうと、テクストが示す行為主体とその責任の複雑な連関を見誤ることになるであろう。

この問題については次節で考察するとして、もうひとつの決定的な出来事であり、私の過去に拭うことのできない罪を刻印した、Kの自殺について瞥見しておこう。私は「卑怯」にも苦悩するKを追い詰めながら、逆にふたりの会話にあらわれた「覚悟」の一語に追い立てられるように、御嬢さんとの結婚を奥さんに申し出る。今度は、その裏切りをKに打ち明けるか否かが懸案となるが、ここでも、告白しないことの理由がさまざまな形で語られていく。そして私は、御嬢さんと自分の婚約を奥さんがKに話していたことを知って、「進まうか止さうかと考へて、兎も角も翌日迄待たうと決心した」〔百二〕のであるが、その晩にKは自殺してしまう。

其時私の受けた第一の感じは、Kから突然恋の自白を聞かされた時のそれと略同じでした。私の眼は彼の室の中を一目見るや否や、恰も硝子で作つた義眼のやうに、動く能力を失ひました。私は棒立に立竦みました。それが疾風の如く私を通過したあとで、私は又あゝ失策《しま》つたと思ひました。もう取り返しが付かないといふ黒い光が、私の未来を貫ぬいて、一瞬間に私の前に横はる全生涯を物凄く照らしました。〔百二〕

ふたつの出来事が重なり合う点について簡単に確認してみたい。まず、Kに打ち明けるのを先送りにすることで、私は告白の「機会」を決定的に逸してしまうのであるが、K－他者の自殺という行為こそが、〈真の〉「機会」を先送りにし、逃してきたことを、私の過去の事実にすると言える。同時に、いつしかなされていた私の原－行為は、告白しない〈失策〉の行為として意味を備給され、私は、Kの自殺より先に告白するべきであるのにそれをしない意志行為の主体となる（原－行為を主体化する隙間なき「一瞬間」は、この場面でも言語化されようとしている）。また、Kに「先《せん》を越され」ることが、（Kより先に告白する）「機会」の絶対的な回復不可能性を意味するのと同様、Kの死より先に告白する「機会」は、すでに失われたものとして私に与えられている。

ただし私は、過ぎ去った原－行為を「もう取り返しが付かない」ものとして〈いま〉受けいれることで、逆説的にも、過去においてみずからが主体であったこと、すなわち他の可能性のなかから〈自由〉にその行為を選択していたことを示すのである（主体と〈自由〉の関係については次節で扱う[6]）。言うならば、私は、依然「他《ひと》の手」を契機としていながらも、過去の自己をそこから自律して行動する主体とみなしているのだ。「他《ひと》の手」に操られることを峻拒する私の姿勢は、ここにおいてひとつの帰着点に辿りつく。そして「遺書」は、主体＝私の告白しない行為の軌跡を記した物語として、その姿をあらわすだろう。

5　罪と自由の倫理学

最後に、「遺書」に示された私の〈罪〉について考察したい。まず、〈罪〉の対象となるのは、あくまでもKに対して告白しなかったその行為である。もちろん、私の「利己心」に発する「狡猾」な策謀の言動なしに、〈罪〉の物語の具体的内容は構成されない。それゆえ、小説も全体として、人間存在におけるエゴイズムと道徳観の相克といった側面を、普遍的な〈罪〉の原理として強調しているかのように見えもする。ただし考慮したいのは、みずからの言動に対する道徳的煩悶が当時から存在していたことを語りながらも、私はそれらの言動について、〈～しなければ好かった、～すれば好かった〉という形で言及（遡及）してはいないことである。策動を止める可能性は、「私にも教育相当の良心はありますから、もし誰か私の傍へ来て、御前は卑怯だと一言私語いて呉れるものがあつたなら、私は其瞬間に、はつと我に立ち帰つたかも知れません」〔九十六〕といったように、いわば「他《ひと》の手」の存在を条件として想起されるのみである。やや雑駁に言えば、そこには〈罪〉意識は生じているものの、それを主体的に引き受けるだけの〈責任〉――〈罪〉の行為を選んだことに対する――の要素が欠如しているのだ。みずからを叔父に重ねていく私は、一方で、「利己心」がもたらす〈悪〉と「人間の罪といふもの」を、性急にも直結してしまうような印象を与えもするだろう。

しかし、叔父との一件もまた、みずからの行為と主体化の連関をめぐる問題系に直面する経験としてあったはずだ。それは、「私の世界」を変えた「異性」の発見という出来事に重ねられる経験であったが、そもそもが「恋は罪悪」〔十三〕とのテーゼにおいて、〈罪〉なる概念は提示されていた。このことを、金と恋とエゴイズムによる「悪人」生起説に収斂させるのでは、小説において「教育相当の良心」をなぞるにすぎなくなる。「恋は罪悪」のテーゼをめぐる会話が、われ知らずすでに身も心も「恋」に「動いてゐる」主体の姿を指摘することで展開されているように、〈罪〉の問題は、みずからの行為に主体が遅れて成立する不可避な構造とともにある。〈出来事〉として生じた原－行為を、〈～しなければ好かった、～すれば好かった〉と「悔恨」し、そこにみずからの〈責任〉を認めること（繰り返しになるが、このことは、「他《ひと》の手」からの自律を目指すことがもたらす必然的な帰結である）。それこそが、まさに人間存在が主体となることであり、小説においては、言うならば〈罪責〉の概念こそが、「人間の罪といふもの」として普遍化されるにふさわしいと考えられる。[7] また、こうした主体化のプロセスを経ることで、はじめて、エゴイズムなどを〈罪〉の〈原因〉とみなすことが可能になると言える。

　では、主体化以前の原－行為における倫理性の所在について、いったいどのように考えればよいのであろうか。一見あまりにも不自由な〈罪責〉の主体として、「遺書」の私を想定することに、どのような意味があるだろうか。こうした問いの地平において参考になるのが、「自由の原理」を根拠として普遍的道徳法則の存在を導き出す、カントの倫理学であるように思う。

　カントによれば、道徳法則とは、主観における格率が普遍的法則になりうることを命じる形式として見出されるが、それは、感性的なものから影響を受けずに、実践理性の主体が自己立法し、みずからを規定しうること、すなわち自律した意志の存在を原理とするものである。ただし、自然の因果律にもとづいている経験界において、意志の完全な自律はありえない（そこには必ず何らかの〈原因〉が存在すると考えられる）。そこでカントは、感性的世界（現象界）と物自体の領域（叡智界）という認識論上の二分法をもとに、叡智界における意志＝

実践理性を、絶対的な自発性としての〈自由〉の法則に従うと想定し、そうした意志の〈自由〉こそが普遍的道徳法則の根拠であるとした。またそれゆえ、人間の行為は、経験界の自然法則に従う現象であり、かつ道徳的主体の〈自由〉な意志にもとづくというような、相反するふたつの側面を持つことになる。

ところで、カントは、〈自由〉な意志を根拠とする道徳法則は、端的な「理性の事実」として存在しているとみなす。〈自由〉な意志そのものは直接認識できないのであり、あくまで道徳法則の存在を意識するという「理性の事実」たる経験を通してのみ、主体における意志の〈自由〉が想定しうる。もう少し言えば、道徳法則の存在を意識せざるをえないとき、すなわちみずからの行為に対する道徳法則からの圧力を経験するとき、そこに〈自由〉と道徳的主体の関係が浮かび上がってくるのである(8)。

この点について、もう少し詳しく見ていきたい。先にも述べたように、カント(『実践理性批判』)の考えでは、人間の行為が生じる現象界においては、時間の順序に即した自然必然性としての因果性が遍く支配している。このため、「過去の時間はもはや私の力のおよぶところではないから、私がなすあらゆる行為は、私の力のおよぶところではないもろもろの決定根拠によって必然的なものとならざるをえない」のであり、それゆえ、「私は、私が行為する時点において、けっして自由ではない(9)」と見るべきである。またカントは、過去の時間に属し、行為の決定根拠となる「もはや主体の力のおよばないもの」について、「かれがすでに犯した行いや、この行いによってかれに定められる、現象としてのかれ自身の目に映じた性格も、これに数えられなければならない(10)」としている。ここで、これまで用いてきた「他の手《ひと》」なる概念の内容を再確認する必要があろう。「遺書」の私が先取り的に懸念するように、私はみずからの感情や言動が、「他の手《ひと》」に操られている可能性をつねに否定しきれない。このことから、私の行為に対置される場合の「他の手《ひと》」を、私以外の人物の意図や言動であるとともに、そうした他者たちの存在によって形成された過去の「行い」や私の内面(現象としての「性格」)をも含んだ、(〈結果〉としての行為から想定される)諸〈原因〉の総体と考えてみたい。もちろんそこには、私が繰り返し強調する社会的要素（〈世代〉性など）も含まれる。この見方を前提としつつ、カント倫理学の文脈に引きつけるならば、他人の意図や言動に「誘き寄せられ」て行動することも、みずからの「利己心」や「愛情」に従って行動することも、「他《ひと》の手」を〈原因〉とする点において同義である。そして、それらの諸〈原因〉の存在によって、現象界における意志の〈自律〉の想定は不可能になると言えるだろう。

　では、現象界において、道徳法則を生み出す意志の〈自律〉は、いかにして立証できるのだろうか。カントはこう述べている。「しかし、まさに同一の主体、つまり他方で自分を物自体そのものとして意識してもいるこの主体は、また自分の存在を、それが時間の制約のもとにないかぎりにおいて見るし、しかもその際自分自身を、もっぱら自分が理性を通じて自分に与える法則を通じてのみ決定可能なものとして見るのである」[11]。すなわち敷衍すれば、みずからが現実において果たした行為を、時間的因果系列（において想定される諸〈原因〉）から独立した存在と捉えなおし、（自己立法した）道徳法則にもとづいてその主体－行為の倫理性を判断すること、それによって意志の〈自律〉に現実的な意義が付与される。さらに、このいわゆる「理性の事実」は、過去の行為を絶対的自発性としての〈自由〉な意志のあらわれとみなし、とりわけそれを不正の行為としてみずから引き受ける場面において、より具体的な「事実」となる。長い引用の前に先回りして言えば、これまでに見てきた可逆的時間性における原－行為の主体化を、ここでの問題系に重ねることができるはずだ。

　そこでいまやこの観点から、理性的〔存在〕者は、かれが犯す反法〔則〕的な行為のおのおのについて、この行為がたとえ現象としては過去において十分に決定され、そのかぎりで避けがたく必然的であるとしても、この行為をなさないことも可能であったと正当に言うことができるのである。（……）／われわれが良心と呼ぶわれわれのうちなる霊妙な能力の裁きが告知するところも、このことと完全に一致する。ひとは法〔則〕に反するふるまいを思い出すとき、それを故意ではない過失として、まったく避けることはどうしてもできないたんなる不注意として、したがってかれが自然必然性の流れで押し流されたかのような事柄としてとりつくろい、自分がそれについて責めがないと宣告するために、好きなだけ技巧を凝らすこともできるだろう。かれは、しかし、かれが不正を犯したときにそれでも正気であったこと、つまりみずからの自由を行使していたことを意識している場合は、かれに有利なように語る弁護人も、かれのうちに住まう原告をけっして沈黙させることができないのに気づく。(……)ずっと以前に犯した行いについて、それを思い出すたびに後悔することも、以上のことにもとづいている。〔それは〕道徳的志操によって惹き起こされた苦痛の感覚であるが、生じたことを生じなくさせるのに役立つことができないかぎりにおいては、実践的に空虚であり、しかも整合性を欠いてすらいるだろう(……)。とはいえ、後悔は苦痛としてまったく正当なものである。というのも、理性は、われわれの叡知的〔知性的〕存在の法則〔道徳法則〕が問題である場合、いかなる時間区別も承認せず、出来事が私に行いとして属するかどうかだけを問い、その際出来事がいま生じたかずっと以前に生じたかにかかわりなく、道徳的な観点からつねにおなじ一つの感受性をこれと結びつけるからである。(12)

これまでの文脈との接続を試みよう。主体に先立つ原 - 行為は、それが現象界の出来事である以上、過去のさまざまな諸〈原因〉の〈結果〉であると考えられる。つまるところ、それは(拡張された意味での)「他の手《ひと》」によって生み出されたものと言うほかなく、自己のうちに独立した〈原因〉- 意志を持たない当の存在を、その時点における行為の主体とみなすことはできない。それゆえ、「遺書」において、私にできることは、告白しなかったことの「説明」(13)——原 - 行為を必然とする諸〈原因〉の想定——を、自分に言い聞かせるように積み重ねることでしかないようにも見える。しかしながら、同時に、私は「理性の事実」として、〈告白できたはずなのにしなかった〉過去の行為について、みずからの責任を認めざるをえないのである。この「理性の事実」は、過去の原－行為をみずからの選択の〈結果〉とみなすこと、そしてその選択の原因性をみずからに帰することを意味している。むろん、これこそが告白しなかった行為を主体化することにほかならないが、最も重要なのは、こうした行為の自己原因化－主体化とは、あくまで実践理性としての〈自由〉の意志を根拠として成立することである。過去の原－行為をみずからの選択とみなすことは、そのまま道徳的主体として自己を規定することを意味している。自己の感性も含めた諸〈原因〉から独立した意志をもって、みずからに課した道徳法則のもとに行為する〈自由〉な主体であったと想定されるがゆえに、それに反する振る舞いの〈責任〉を受けとめることが可能になるのだ。

　それゆえ、原－行為の主体とは、つねに道徳的「苦痛」の感覚である「後悔」の念とともにあらわれるとも言えるだろう。ここには、事後的遡及にもとづく主体形成のあり方にすでに付着していた、いわば不合理な印象が、やはり付き纏っているように思う。しかし、〈出来事〉（行為）に対する「後悔」は、現象的な時間の前後とは別の次元に生じる感覚である。そして、「後悔」することはすなわち、過去の自分を主体化することでもあった。この主体形成における可逆的な時間構造においてこそ、「私の世界」が「他《ひと》の手」から〈自律〉していること、そこで私は〈自由〉な主体としてあることを、想定しうるのである。

「咄嗟の機」にわれ知らず起きた、告白しない行為－〈出来事〉における主体の位置、そのいわば〈空虚〉な場所に、私は「後悔」の感覚と自責の念をもってして、みずからを投げ入れた。「私の過去」は、〈罪責〉の主体である私の懺悔として語られるとともに、（絶対的自発性としての）〈自由〉な意志によって生み出された「私丈の経験」とみなされることになる。すなわち「人間の罪といふもの」の存在は、「世界」において私が主体である（であった）ことの必要不可欠な条件なのである[14]。このようなアイロニカルな形式においてこそ[15]、「他《ひと》の手」に対する私の拒絶は完遂することになるのだ。

このように「遺書」の内容を検討してきて、しかしすぐさま、私が「遺書」を書くという行為それ自体に関して、いくつかの問いが生じてこざるをえない。その点で、書くことの「自由」と「機会」について触れた次の一節が、やはり重い意味を持ってくるように思われる。(16)

「あなたから過去を問ひたゞされた時、答へる事の出来なかつた勇気のない私は、今あなたの前に、それを明白に物語る自由を得たと信じます。然し其自由はあなたの上京を待つてゐるうちには又失はれて仕舞ふ世間的の自由に過ぎないのであります。従つて、それを利用出来る時に利用しなければ、私の過去をあなたの頭に間接の経験として教へて上げる機会を永久に逸するやうになります。さうすると、あの時あれ程堅く約束した言葉が丸で嘘になります。私は已むを得ず、口で云ふべき所を、筆で申し上げる事にしました」〔五十三〕

あたかも、「私丈の経験」を語ることは、「あなた」——ひとまず「他《ひと》の手」と考えておきたい——の存在と切り離すことが不可能であるかのように、「先生」–私は述べる。そのようにして「物語る」ことを、「自由」なる語と結びつけることができるのだろうか。いやそもそも、「世間的の自由」(この言葉が何を意味するかももちろん争点のひとつであろう)とも重ねられる「明白に物語る自由」は、「私の過去」における(叡智的自己の)〈自由〉の想定とは何の関係もないのかもしれない。とはいえ、どうやらここでも、「物語る」行為は、「機会を永久に逸する」ことを潜在的な条件としているようである……。このくだりを、「「自由が来たから話す。然し其自由はまた永久に失はれなければならない」」〔五十三〕と心中に引き取る「あなた」–私は、果たしてそこに何を読み取っているのだろうか。

〈自由〉な意志による道徳的主体として、みずからを書き記すこと、その(原–)行為を支えるものは何か?

あるいは、過去の〈出来事〉の主体として語られた私と、そのような「私丈の経験」を語る〈私〉は、無媒介に、過不足なく一致していると言えるのだろうか？[17] そして、「物語る自由を得たと信じ」ることが可能な存在とは？……こうした一連の議論によって、原-行為なるものは、そのデモーニッシュとも言える〈出来事〉は、果たして〈罪責〉の主体のうちに回収し尽くせるものなのか、といったさらなる問題が浮上してくるちがいない。

第三章　「明暗」――お延と漱石の不適切な関係

1　作者／主人公、男／女の小説言説

夏目漱石未完の作品「明暗」（『東京朝日新聞』、一九一六・五・二六～一二・一四、『大阪朝日新聞』（夕刊）、五・二五～一二・二六）に対する評言には、ミハイル・バフチンに由来する「対話（性）」や「ポリフォニー」の語が頻繁に用いられるようになっている。(1) バフチンは、主体の自己同一性を前提とするモノローグの言語観に、自己と他者、ないしは他者相互の対話としてある小説の言葉を対置し、作者（の意識・言説）に還元しえないポリフォニー小説の概念を提示した。「明暗」では、階級的他者小林の存在や語る女性同士のやり取りもさることながら、やはり津田とお延に活写される男／女の対話性が第一の争点となってくる。漱石作品における語る主体と言うべき女性たちの出現や、言説の相対性を維持する中立的位置に作者ないし語り手を据える方法への評価と

合わせて、男／女相互の他者性を表出する「明暗」のポリフォニーは説明されてきた。男性作家漱石が女性主人公お延を語る主体として表現したこと、またそれを可能にした小説形式――広義における〈文体〉――の獲得。作品分析の深化を進める現在の批判的解釈もまた、この二点を軸に展開してきたと言える。

ところで、バフチンの言語論、小説論が広く知られていくきっかけに、フランスでのジュリア・クリステヴァによる紹介があったことは有名である。その後クリステヴァは、独自の言語・文学理論を追究するなか、〈女〉＝他者の問題を掘り下げ、フェミニズム批評とも接点を持つことになる。その活動を、バフチン理論から派生したフェミニズム的展開の一例と見ることも可能であろう。

クリステヴァは、バフチンの諸概念を論じた「言葉、対話、小説[2]」で、「言葉は対話を交している意味要素の集合としてあるいは対立しながら併存している要素の集合として、三つの次元（主体－受け手－コンテクスト）において機能している[3]」と述べる。そこで強調されるのは、「対立するものの併存［ambivalence＝両面価値性］」としてある「詩的言語」が、「少なくとも二重のものとして読み取られる」点である[4]。また、「書くという行為は、自己自身との（他者との）対話の痕跡、作者がかれ自身にたいして設ける距離、作家を言表行為の主体と言表の主体とに二重化すること」、「作者というのは、語りの体系に組み込まれてしまって変貌した、語りの主体のこと」というように[5]、小説テクストの対話論理がもたらす作者主体の分裂について詳しく指摘していた。

同論文でも精神分析の観点に言及しているが、仏訳『ドストエフスキーの詩学』に寄せた序文[6]では、対話性における主体の分割やイデオロギーの断片化を説明したうえで、バフチンの対話論理を精神分析の言語論の先駆として打ち出している。ドストエフスキー的ポリフォニーをめぐり、「主体の言説に対する関係、それゆえ生成する言説における前－主体［avant - sujet］を彼のテクストは分析する[7]」と指摘しているように、以下にみるクリステヴァの探究にも、バフチンの問題意識の反響があることを感じさせよう。

小説テクストを言語に備わる対話関係が外在化したものと捉え、その両面価値的な意味生成性を論じた『テクストとしての小説[8]』では、「小説の出生地は女性[9]」との言挙げがなされる。「自己および／または他者、擬似－他者であるという女性の非－離接的機能が、小説の母胎なのである[10]」、すなわち支配的言説で二重の位置にある女性＝他者が、小説言語の対話性の鍵を握ることになる。また、『詩的言語の革命[11]』においては、象徴秩序としてある言語体系「サンボリク」と、前エディプス期における身体的欲動の場「セミオティク」の概念を提出し、記号の意味生成過程を両者の不可分な作用として理論化した[12]。そこでは、サンボリクに対するセミオティクの攪乱、いわば両者の対話性の発現が、「詩的言語[13]」の意義であると考えられる[14]。また、主体化以前の母子融合状態をもとに、母の身体が前言語的な欲動を方向づける原理と想定された[15]。

クリステヴァによれば、語る主体とは、サンボリクとセミオティクの通時的・共時的な係争（対話）＝意味生成過程に生みだされる。それは、自己と他者、意識と無意識に分割され、亀裂と矛盾を抱え込んだ「過程《プロセ》にある主体」として存在する[16]。いったんバフチン－クリステヴァの議論に引き戻すと、小説における主人公の言説を、ふたつの語る主体（作者／主人公）が「対立しながら併存している」ものと捉え、二対のサンボリク－セミオティクからなる意味生成過程を読み取っていく方向が浮んでこよう。「明暗」で言うならば、ひとつの言説上に、主人公お延と作者漱石が「過程《プロセ》にある主体」となってあらわれる様子を見きわめること。このとき、「明暗」で語られた〈女の言葉〉の両面価値性を、改めて確認できるのではないだろうか。以下、クリステヴァのさらなる理路を参照枠としつつ、お延に描き出されたものを見つめなおしてみたい。

2　母の身体とお延－娘の語り

たとえば松澤和宏[17]は、「明暗」の語り手が実のところ津田と共犯的な役割を果たしており、「お延に沈黙を強いることによってではなく、方向づけられた言葉と欲望を彼女に与えることでジェンダー化した語りにお延を巧妙に取り込んでいる」と分析した。一方、藤尾健剛[18]は、家父長制下の言説・社会構造にあって、恋愛・結婚の主体たらんとするお延の困難を押さえつつ、「獅子身中の虫として家父長制権力の欺瞞を暴く可能性を潜めている」とみる。近代の結婚制度・イデオロギーのなかで、「専業主婦」お延が絶対的な愛を求めた際に浮上する課題の苛酷さついては、小森陽一[19]も詳述するところである。また飯田祐子[20]は、女性お延の特殊性が(叔父岡本に代表される)「男たちのコード」の学習に存することを重視し、複数的な主体お延がそうした言葉のコードを変容させる可能性について考察した。対して、大正期の主婦たるお延の言動に、システムへと従属する近代的な主体形成のあり方をみる池上玲子[21]の論がある。お延を囲繞する権力・言説・作品構造の理解、およびお延による抵抗の可能性が「明暗」の一争点と言えるだろう。[22]

さて、「明暗」における人物配置の作為的な対称性、なかでも津田とお延がともに実の両親から離れて育ち、それが結婚後も継続している点は注目されてきた。[23]実父との関係で言えば、互いの疎隔を意識している津田はもとより、お延もまた、津田を相手に「とても若い人には堪へられさうもない老人向の雑談」〔七十九〕を交わすその人とは――叔父岡本と比べればなおのこと――距離があるものと考えてよいだろう。実母に至っては、お延の場合、「両親」・「父母」として触れられるのみで、作品にその影をとどめていない(津田の母はわずかながら顔を出している)。

これに対し、東京の叔父・叔母夫婦のもとで育ったふたりは、その家庭の影響を強く受けたものと設定されている。津田と叔父藤井の関係は、「性質や職業の差違を問題の外に置いて評すると、彼等は叔父甥といふよりも寧ろ親子」〔二十〕と語られており、両者の近似する側面がたびたび示唆される(この点は妹お秀にも共通する)。また作品では、お延と叔父岡本が、濃密な擬似父娘関係にある様子が繰り返し強調されている。ただし、ともに叔父を実父代わりに自己形成したとはいえ、息子/娘というジェンダーの差異において、その影響の(実)質は当然ながら別物になっていると言えよう。

むしろ着目したいのは、実母と同じく比較的影の薄い叔母についてである。藤井・岡本の両叔父が、対照的なキャラクター像を持つ一方で、ふたりの叔母はどことなく似かよった印象を受けるほど、通りいっぺんに描かれているようだ。あくまで叔母は、藤井‐津田／岡本‐お延の擬似父子関係へ付随する存在にすぎないとも言えよう。ただ裏を返せば、作者が設定した人工的な構図、あるいは語り手による叙述の操作性をすり抜けるものが、叔母へと向けられた数少ない言説にあらわれてしまうとも考えられる。作品では、おそらく〈実母〉については現実化しなかったはずの言葉が、「第二の親子」〔二十〕なる設定において噴き出している。これを糸口に、お延＝〈娘〉が抱える問題の一端を手繰り寄せることができるだろう。

血縁のない叔父岡本との間により親しみを感じているとはいえ、お延にとって叔母お住は、「東京中で頼りにするたつた一人の叔母であつた」〔四十七〕。特に、津田との関係に悩む現状においては、「良人といふものは、たゞ妻の情愛を吸ひ込むためにのみ生存する海綿に過ぎないのだらうか」との疑問に答えてくれる「唯一の責任者」〔四十七〕と想定される。何よりもお延は、「人間として又細君としての大事な稽古」――「女」を「善く」しないが「研ぎ澄すもの」――について、「其初歩を叔母から習つた」のだった〔六十七〕。「此方の利害を心に掛けて呉れる」〔六十六〕叔母とは、「妻」のロールモデルを提供する代理の母の位置にあると言える。「「世間には津田よりも何層倍か気六づかしい男を、すぐ手の内に丸め込む若い女さへあるのに、二十三にもなつて、自分の思ふやうに良人を綾なして行けないのは、畢竟知恵がないからだ」／知恵と徳とを殆ど同じやうに考へてゐたお延には、叔母から斯う云はれるのが、何よりの苦痛であつた。」〔四十七〕とあるように、お延は叔母との擬似母娘関係において、家父長制下の「妻」の「知恵」を内面化したものと考えられる。

叔父、叔母の変わらぬやり取りに、「久し振で故郷の空気を吸つたやうな感じ」がしたお延は、そうした「一対の老夫婦」へと至る変化について思いをめぐらす〔六十〕。

お延は今の津田に満足してはゐなかつた。然し未来の自分も、此叔母のやうに膏気が抜けて行くだらうとは考へられなかつた。もしそれが自分の未来に横はる必然の運命だとすれば、何時迄も現在の光沢を持ち続けて行かうとする彼女は、何時か一度悲しい此打撃を受けなければならなかつた。女らしい所がなくなつて仕舞つたのに、まだ女として此世の中に生存するのは、真に恐ろしい生存であるとしか若い彼女には見えなかつた。〔六十〕

「未来の自分」へと横滑りしていく語りには、お延が直面していた問題の先に――見方を変えれば手前に――あるものが浮上していよう。いわゆるロマンティックラブ・イデオロギーに貫通された主体にして、移行する家父長制下の家庭で新しい主婦たらんとするお延。作品の前面にあって彼女を引き裂いていくこの矛盾は、言ってみれば、みずからが欲望される〈女〉であること、あり続けることを条件に発生している。〈女らしさ〉を失った叔母の「生存」に恐怖を感じるお延の視線が、男性原理の内面化において形成されているのは言うまでもない。制度化されたセクシャリティの外部に想定される叔母の身体は、ひとまず、お延が従属－主体化している言説を脅かすものとしてあらわれているように見える。血縁による容貌の相似は不明であるが、「水々した光沢のある眼」をした「年の割に何処へ行つても若く見られる叔母」〔六十一〕とも評されるゆえ、なおさら「若い彼女」に対し「未来の自分」を印象づけることになっているとも考えられよう。

類似の観点からなる叔母像が、津田の語りにおいてもあらわれている。「四十の上をもう三つか四つ越した」叔母の態度は、「愛想」のない代わりに「世間並の遠慮を超越した自然」を、さらには「殆ど性《セックス》の感じを離れた自然さへ」帯びている〔二十五〕。津田は、この点で叔母と吉川夫人とを比較するたび「其相違に驚ろいた」〔二十五〕とある。ただしそれは、「真に恐ろしい生存」といった主体的感得はもちろんのこと、お延のごとき複雑な心の動きを伴うものではなかった。以下は、「お前達先に入るなら入るがいゝ」〔六十九〕と言い残した岡本に合わせて、叔母が風呂へと立つ場面である。

　叔父の潔癖を知つて、みんなが遠慮するのに、自分丈は平気で、こんな場合に、叔父の言葉通り断行して顧みない叔母の態度は、お延に取つて羨ましいものであつた。女らしくない厭なものであると同時に、男らしい好いものであつた。あゝ出来たら嘸好からうといふ感じと、いくら年を取つてもあゝは遣りたくないといふ感じが、彼女の心に何時もの通り交錯した。
〔六十九〕

欲望される〈女〉としての態度が、「男らしい好いもの」へと変容していくこと。繰り返し津田に要求される〈男らしさ〉と重なる部分もあるが、女性にあっては、（自己）拘束的な異性愛主義・セクシャリティからの逸脱を含意するとも考えられよう。それゆえお延にとって、「真に恐ろしい生存」が帯びよう「性《セックス》の感じを離れた自然」は、羨ましくも忌まわしい、魅力的かつ嫌悪に満ちた両義的様態となって映るのである。少なくとも「明暗」において、実母の姿が「真に恐ろしい生存」と語られるのは、なかなか想像しにくいことだろう（あとで考察するように、おそらく〈息子〉漱石においても同様である）。叔母−姪関係を「第二の親子」とする作品構図こそが、母−娘間に横たわる不可視化された感性の一部を、言説上に引きずり出したとは言えないだろうか。

　クリステヴァは、『詩的言語の革命』などで、意味生成過程を駆動する否定の力＝棄却が、対象から主体を分割し、言語体系の産出を押し進めるとした[24]。この概念は、『恐怖の権力――〈アブジェクション〉試論[25]』において、「アブジェクション」の作用として主題化される。自他未分化の母子融合状態から、自己が語る主体へと向かう際、母なるものを「アブジェクト」（おぞましきもの）として分離・棄却する[26]。このとき、アブジェクトが恐ろしくも魅力的な母なるものの性格を暗示し、またアブジェクション（棄却行為）がサンボリク／セミオティクの相互形成へつながるように、語る主体は意味の生成／破壊という両義性をもって現出する[27]。そして、母の身体を排除して成立する象徴界の意味作用が、回帰するアブジェクトの誘惑と棄却の過程として捉えなおされる[28]。

こうした議論に照らせば、「真に恐ろしい生存」たる叔母の身体とは、家父長制・異性愛イデオロギーの象徴界で語る主体お延に対して、前エディプス期に棄却したおぞましき母なるものが形を変えて回帰した姿と言えるかもしれない。それは、語る主体であり続けるためにも、嫌悪すべき対象である。この直観的恐怖の奥底に、自己破壊的な母子融合の快楽への、支配的言説に従属する以前の場所への誘いを、お延が抑圧しているものと想定してみたい。お延の言説を決定的に揺り動かす要素が、叔母との擬似母娘関係にあったはずとは考えられないだろうか。

アブジェクションの概念は、支配的言説のもとに構造化されているテクストにおいて、母性的なものの力を可視化する。ただしそれは、否定的かつ断片的な表現によって暗示される以上、ときに支配的言説を補完することにもつながってしまう[29]。おそらく「明暗」において、お延－娘による愛の言説が、叔母の存在との交錯をもって根底から変容していくことはないだろう。先行論にもあるように、いくら愛の主体として自己実現を図ろうとも、それ自体が言説に働く力学の一部を構成してしまうことになりかねないのだ。

3　愛の言説から娘のメランコリーへ

「誰でも構はないのよ。たゞ自分で斯うと思ひ込んだ人を愛するのよ。さうして是非其人に自分を愛させるのよ」――愛の主体たることに「幸福」を求めたお延の名高い宣言である〔七十二〕。その「理想」は「完全の愛」、つまりは相手が「あたし丈をたつた一人の女と思つてゐて呉れ」る状態にあった〔百三十〕。ここにある非論理性や実現の難しさは、論争相手お秀の鋭く指摘するところであるが、「あたしは何うしても絶対に愛されて見たいの。比較なんか始めから嫌ひなんだから」〔百三十〕といったお延の言葉はやはり興味深いものがある。

比較抜きの絶対的愛情とは、何よりほかに、親子間のそれを連想させるだろう（むろんこの見方にも、ある種のイデオロギーが作用している）。そして、お延をめぐる語りに繰り返し示されるのが、叔父岡本との擬似父娘関係に生まれた恋愛のごとき感情であった。「親身の叔母よりも却つて義理の叔父の方を、心の中で好いてゐたお延は、其報酬として、自分も此叔父から特別に可愛がられてゐるといふ信念を常に有つてゐた」〔六十二〕とあるように、「たゞ愛する」ことで「愛させる」〔七十二〕関係が、ふたりの間には想定されている。たとえば、当初から「直観的に津田を嫌つてゐたらしい」叔父が発した「悪口」を、津田への「嫉妬」と解釈して「得意に」なるお延は〔六十二〕、叔父と自分の関係を一般化された異性愛のモデルで捉えていると言える。「男の子は女親を慕ひ、女の子はまた反対に男親を慕ふのが当り前だ」といった藤井の言を岡本が話題にした際にも、「親身の叔母よりも義理の叔父を好いてゐたお延は少し真面目になつた」とあるが〔七十五〕、作品の言説において、〈擬似〉親子間の愛は異性愛的なものにほぼ限定されていると言ってよい。これが、「親身の叔母」を愛の対象から除外することと同時に成立している点も、重ねて語られるところである。「年齢の若さから来る柔軟性」をもって、「殆ど苦痛といふものなしに、叔父を喜こばし、又自分に満足を与へる事が出来た」お延は〔六十二〕、まさしく父権制下の〈娘〉のエディプス神話を辿らされていると言えるだろう。

ただしここでも、叔父夫婦と姪による擬似親子関係という設定が、親子愛なるものに潜在する問題を明らかにしてしまう。石原千秋も指摘するように、お延は「感性の枠組みを決定した親と法律上の親とが別々なので、家庭の機能を対象化せざるを得」ず、「普通は人を文化の枠組みに無意識裡に馴致させる装置である家庭を、意識によって支配する場に変えてしまう」[30]のだ。お延の親子愛が抱える問題は、従妹継子との「比較」において顕在化する。自分たちの「稽古」（前述）で育てたお延を、叔父夫婦は「満足の眼で眺めてゐるらしかつた」〔六十七〕。そうした〈修養〉が足りない継子に、彼らが満足できるわけないはずだ……。

従妹の何処にも不平らしい素振さへ見せた事のない叔父叔母は、此点に於てお延に不可解であつた。強いて解釈しやうとすれば、彼等は姪と娘を見る眼に区別をつけてゐるとでも云ふより外に仕方がなかつた。斯ういふ考へに襲はれると、お延は突然口惜しくなつた。さういふ考へが又時々発作のやうにお延の胸を攫んだ。然し城府を設けない行き届いた叔父の態度や、取扱ひに公平を欠いた事のない叔母の親切で、それは何時でも燃え上る前に吹き消された。〔六十七〕

みずからの（擬似）親子関係に「解釈」を持ち込んだとき、「姪と娘」の「区別」に対する意識が生まれてしまう。以下お延の「発作」は、「性質」・「身分」・「境遇」といった要素を突き抜け、「容貌」の優劣〔六十七〕――父権制社会における〈女性＝商品〉価値の高低――の自覚に至って「燃え上る」。ここでは、「継子さんは得な方ね。誰にでも好かれるんだから」〔六十七〕と言い捨てるお延の「解釈」の真偽は問題でなかろう。親子間の感情を「解釈」の対象とした時点で、通常は愛の言葉で糊塗されてきた実態を、行為遂行的に暴き出していくこととなってしまうのだ。むろん、津田と実父の関係もまた、その一例としてあると言えよう。

こうしてみると、「絶対に愛されて見たい」というお延の願いには、近代の家族言説を生きる〈子〉が充足しえなかったもの――〈正常な〉親子間に理想化された愛――への渇望があらわれているとも考えられる。いわば精神的な孤児として、お延は喪失した愛の回復を求めているのだ。だが、たとえばロマンティックラブ・イデオロギーとして言説化されてしまうそれは、皮肉にもお延をさらなる孤独へと追いやっていく。

繰り返せば、問題のひとつは、お延－〈子〉における愛の原型が、叔父／叔母の非対称的な「比較」によって形成されていることにある。先に触れたとおり、作品で語られる親子間の愛とは、つねにすでにジェンダー化したものであり、そのオルタナティヴをお延の語りにうかがうことはたいへん難しい。そこでは、「叔父が鑑賞の眼を向けて、常に彼女の所作を眺めてゐて呉れるやうに考へた彼女は、時とすると、変化に乏しい叔母の骨は何うしてあんなに堅いのだらうと怪しむ事さへあつた」など、妻としての「利害」を娘に訓育する女親は、精神的な「慈愛の言葉」（お延は「叔父の眼の中」にそれを読み取る）のコミュニケーションから除かれている〔六十二〕。たとえば、先の「発作」が高じて泣き出した際、叔母は「何だね小供らしい」、「駄々ッ子ぢやあるまいし」と手厳しい「小言」を放つが〔六十八〕、それを甘受するお延に愛の言葉を期待するふしは見られない。一方、同じ場面で、叔父は「気の毒さうな様子」〔六十八〕をもって語られている。

では家父長制社会・異性愛主義に囲繞された母娘関係は、語る主体（お延‐女性）に何をもたらすのだろうか。クリステヴァ『黒い太陽――抑鬱とメランコリー』[31]では、主体における母なるものの決定的な喪失が主題化されている。アブジェクトたる母の身体は、主体を自他融合の快楽へと誘う嫌悪／魅惑の前‐対象であった。クリステヴァは、フロイトらの考えにもとづいて、その喪失がメランコリー（意識されない対象喪失が引き起こす症状）の状態に結びつくと論じる。かつて一体化していた〈もの〉（＝前‐対象たる母の身体）を、つねにすでに失っている自己。このことが「否認」された場合、主体は〈もの〉に囚われたままとなってしまい[32]、倒錯的な自己破壊が生じる[33]。喪失した母なるものが何らかの形で性愛化‐対象化されるとき、主体による「母殺し」は達成する[34]。ただし、母と同じ性をもつ女性は、前‐対象への同一化が強固となり、「母殺し」に困難を抱えることになる。複雑なプロセスを経て異性愛の主体となったにせよ、喪失した前‐対象に付きまとわれる女性は、メランコリーと隣り合わせにあるのだ[35]。

メランコリーの主体とは、セミオティクとサンボリクの緊張関係において語る主体、象徴界が支える自己同一性を解体する〈過程にある主体〉の一様態とも言えるだろう。津田の性質を見抜いたとするお延の主観も、「明らかな太陽に黒い斑点の出来るやうに」〔六十四〕数々の誤りで汚れてしまった。お延の個性を裏付ける「千里眼」的「直覚」が、また自家薬籠中のものと自認していた愛の言説が、決定的に翳りを見せはじめる。そして、「愛する人が自分から離れて行かうとする毫釐の変化、もしくは前から離れてゐたのだといふ悲しい事実を、今になつて、そろ〳〵認め始めたといふ心持の変化」〔八十三〕が兆す。絶対的な愛の関係を主体が語りうる潜在的条件に、自他未分化の母子融合状態があると仮定すれば、もとより象徴界で「愛する人」＝対象を存在せしめているのは、語る主体がその原初に喪失した前‐対象――「前から離れてゐた」〈もの〉――の影であったと言える。現在のお延にとって、それは何よりも、あの「真に恐ろしい生存」たる叔母の身体に暗示されるものであろう。〔異性〕愛の主体、ないしは愛を語る主体お延は、母なるものの喪失〔「悲しい事実」〕それ自体を、意識の外部へと排除することで生まれる。にもかかわらず、ジェンダー化された象徴界を生きるお延‐娘には、失われたはずのものが内側から付きまとい、自己とそれを愛憎なかばに重ねざるをえなくなるのだ。

　成立不可能な愛の関係に拘束され、自己変容を迫られるお延は、ついに「詰らないわね、女なんて。あたし何だつて女に生れて来たんでせう」〔百五十四〕と嘆く。家父長制・異性愛主義における母娘関係が潜在的要因となって、「女」であることのメランコリー〔同一化した対象‐自己への攻撃〕が生じる。そして、語る主体お延が「女」である自分を改めて問題化するに至って、〈過程にある主体〉たる姿が浮かび上がってくる。「女に生れて来た」ことをめぐる懐疑の発生は、象徴界での自己同一性に亀裂を刻む第一歩と考えられるだろう。「そりやおれに掛け合つたつて駄目だ。京都にゐるお父さんかお母さんへ尻を持ち込むより外に、苦情の持つてきどころはないんだから」〔百五十四〕といった津田の軽薄な返答は、しかしグロテスク――途方もなく非対称的な主体から発せられたという意味で――にも、お延に課された問題の一端を照らすものと思われる。

　メランコリーの淵から身を翻したお延が、「夫のために出す勇気」〔百五十四〕とはいかなるものであったか。理想化された夫婦愛の失効から、〔「昔」からの「云ひ習はし」とされる〕「男はやつぱり男同志、女は何うしても女同志」〔七十六〕といった方向へと、活路が見出されるのだろうか。ただ、作品にこれ以上の可能性を求めるのは難しいように感じる。[36]

4　異性装の文体に生じた言説のトラブル

母は私の十三四の時に死んだのだけれども、私の今遠くから呼び起す彼女の幻像は、記憶の糸をいくら辿つて行つても、御婆さんに見える。晩年に生れた私には、母の水々しい姿を覚えてゐる特権が遂に与へられずにしまつたのである。〔三十七〕

悪戯で強情な私は、決して世間の末ッ子のやうに母から甘く取扱かはれなかつた事を知つてゐる。それでも宅中で一番私を可愛がつて呉れたものは母だといふ強い親しみの心が、母に対する私の記憶の中には、何時でも籠つてゐる。愛憎を別にして考へて見ても、母はたしかに品位のある床しい婦人に違なかつた。〔三十八〕

この「硝子戸の中」（『東京朝日新聞』・『大阪朝日新聞』、一九一五・一・一三〜二・二三）に記された母千枝像は、誰しもが漱石作品の節々へと重ねたくなるものであろう。もとより、男性主人公における〈母の不在〉が漱石作品の特徴のひとつであるゆえ、[37]女性登場人物に実母の影を見ることや作中における〈母の不在〉そのものの意味づけが、往々にして論点となってくる。

三浦雅士は、漱石文学を貫く心の機制として、母の愛を疑う子の感情と論理を据えている。[38]〈母の不在〉をめぐっては、「硝子戸の中」と時期を同じくする作品「道草」（一九一五年）が注目されるところだが、三浦は、「実母について一語もふれることなく、しかし実母へのなまなましい感情をあらわに書いている」[39]と述べ、田中実[40]も「彼（健三…引用者注）は母への愛の希求を抑圧し、封じ込めて内向し、これが細君への期待へと屈折し、自ら疎外されている」と論じた。また、芳川泰久は、母の名「千枝」を「たゞ私の母丈の名前で、決して外の女の名前であつてはならない様な気がする」とした「硝子戸の中」の記述を重視し、清子と邂逅する「明暗」の場面を取り上げながら、「漱石的物語とは、母の名を語ることを回避しながら、「女」という匿名性と妻の名のあいだに可能となる揺らぎとして形成される」と分析している。(41) ちなみに三浦や芳川は、前‐主体に向けられる他者＝母の愛の働きを、それぞれ議論の要諦のひとつとしている。(42)

さて、「明暗」におけるお延の語りを、仮に男性作家漱石による異性装の試みと考えるならば、こうした母の問題はいかなる相貌を帯びるだろうか。芳川にならい〈名〉にこだわると、「道草」における健三の妻（実母の代理）の名が、そのまま「明暗」でお延の叔母（擬似母）の名として用いられている。この設定を鑑みたとき、作品の言説（特にお延の語り）を、〈息子‐夫〉漱石、〈娘‐妻〉お延の対話として二重化する可能性が浮上してこよう。

そもそもお延は、漱石作品における男性主人公の系列に並ぶ性質を持っていたと言える。たとえば、自分の結婚に関して「彼女は何時でも彼女の主人公」かつ「責任者」であり（このとき実の親を「保護者」とのみ表現していることは印象深い）、「自分の料簡を余所にして、他人の考へなどを頼りたがつた覚はいまだ嘗てなかつた」〔六十五〕とあるが、こうした自立的選択の執拗な要求は、「こゝろ」（一九一四年）の「私（先生）」の結婚観などを想起させよう。また、絶対的な愛の関係を渇望する点は、「行人」（一九一三年）の一郎などが代表するところだ。「貴方以外にあたしは憑り掛かり所のない女」〔百四十九〕といった孤立感――多分に孤児的要素を含んでいる――も、漱石作品で描かれた男性像とどこかで通じるものと言える。

他方、言うまでもなく、お延は女性主人公の資格で、作品世界の形成を担っている。それはまさしく、移行期の家父長制社会を生きる娘‐妻の語りでもあるのだ。ここには母娘関係にあらわれる言説、漱石作品に引きつけて言うならば、藤尾とその母、「御嬢さん」と「奥さん」、その他女性家族の間にありえたかもしれない（愛の？）言葉が胚胎している。このとき、息子の語りに特化されてきた母なるものは、決定的な変容を被る。異性愛をベースとする思慕でも、その裏面に醸成される負の感情でもない何かが、お延／漱石の言説に見えてくるのではないだろうか。

ところで作品には、鍵括弧でくくられたお延の長い内的独白が存在している。いずれも、相手に向けた訴えの形をとったものである。

継子を想像の受け手とする独白は、結婚による女性のスポイルがその主旨である。ただし、「幸か不幸か始めから私には今あなたの有つてゐるやうな天然其儘の器が完全に具はつて居りませんでしたから、それ程の損失もないのだと云へば、云はれないこともないでせうが、あなたは私と違ひます。あなたは父母の膝下を離れると共に、すぐ天真の姿を傷けられます。あなたは私よりも可哀相です」〔五十一〕など、従妹への同情を吐露しつつも、孤児意識的な自己卑下や攻撃性が見え隠れしている。三浦は、母の愛をめぐる漱石の葛藤が、「僻みの弁法」[43]となって作品にあらわれる機制を鮮やかに提示しているが、こうしたお延の語りもそのバリエーションと言えるだろう。もちろん、語る主体のジェンダーによって、「僻み」が持つ意味作用は決定的に異なってくるはずだ。〈僻む女〉（「言表の主体」）の語りは、息子（「言表行為の主体」）のそれを批評的にパロディー化していくように思われる。

また以下は、実の両親へ手紙をしたためた後、「心の中でそれを受取る父母に断つた」〔七十八〕とされる箇所である。

「この手紙に書いてある事は、何処から何処迄本当です。嘘や、気休や、誇張は、一字もありません。もしそれを疑ふ人があるなら、私は其人を憎みます、軽蔑します、唾を吐き掛けます。（……）私は決してあなた方を欺むいては居りません。私があなた方を安心させるために、わざと欺騙の手紙を書いたのだといふものがあつたなら、其人は眼の明いた盲目です。其人こそ嘘吐です。どうぞ此手紙を上げる私を信用して下さい。神様は既に信用してゐらつしやるのですから」〔七十八〕

唐突な感さえある激しい語りに、あるいはそのまま、実の両親との関係をめぐる鬱屈を読むべきと思われる。「憎み」「軽蔑し」「唾を吐き掛け」る「其人」は、「私」が「神様」を持ち出してまで「信用」を強要する（せざるをえない）「あなた方」になるとも考えられるのだ。家父長制社会の結婚において、夫婦の「消息」は「どの親も新婚の娘から聞きたがる事項」、「どの娘も亦生家の父母に知らせなくつては済まない事項」であり、お延〈娘／妻〉は「それを差し措いて里へ手紙を遣る必要は殆どあるまいと迄平生から信じてゐた」〔七十八〕。たとえ、お延の結婚がいかに自立した選択であろうとも、「生家の父母」＝「保護者」とどれほど感情の懸隔があろうとも……。他の漱石作品と同様、この背後には、親子愛の言説という緩衝材さえ用をなさない、むき出しの社会システム――〈女〉の交換／〈子〉の分配――の論理があると言えよう。この点からも、自分を捨ててなお実の親としてある者たちに対し、子（漱石）が抑圧してきた言葉の存在を触知できる。ただやはり、それが〈娘〉によって言説化されたことの意義を捉え返すことは必須であろう。

いま一度、「女らしい所がなくなつて仕舞つたのに、まだ女として此世の中に生存するのは、真に恐ろしい生存である」との語りに戻りたい。ここに読み取れるお延／漱石の対話性の一極には、「硝子戸の中」にあらわれた「御婆さん」の姿がある。「母の水々しい姿を覚えてゐる特権」の喪失を強調することで、セクシャリティを前提とする母性崇拝から、解き放たれているとの自己規定がなされる。そのうえで語られたのが、既存の言説をなぞるような慈母観であった。繊細にも、ここで語られた記憶を「夢」に近いものとする息子は、しかし決して、「御婆さん」としての母を「真に恐ろしい生存」などとは表現できまい。アブジェクトたる母の身体は、息子の言説において語りえぬものとしてある。

それは、娘の言説——異性装の文体——のうちにあらわれてしまった。この語りの出来事は、作者と主人公の、息子と娘の、また両者の意識と無意識の、サンボリクとセミオティクの、それぞれが複雑に交錯する対話の過程で生じた言説上のトラブルと言うほかない。性別化以前の領域を暗示する母の身体への言及において、語る主体の自己同一性は根底から問いなおしを迫られる。男／女に二重化された言説は、さらにその二項対立からずれていくものを照らし出そうとしているのだ。この場面において、テクストを／で語っている主体は、作者漱石（「言表行為の主体」）であって主人公お延（「言表の主体」）であり、あるいは男であって女であり、かつそのいずれのカテゴリーにも還元できない何者かである。ただし、語る主体のジェンダー配置を可能にしている支配的言説が、容易に動かされることはないだろう。先にも触れたが、アブジェクトの表象が、全体のコンテクストによって、そうした言説体系を補完してしまう可能性も否めない。とはいえ、男性言説の模倣‐反復のただなかに、表象困難なものを挿入していく女性の語りこそ、支配的言説を内側から攪乱する重要な起点となるはずだ。フィクションの言葉における異性装とは、そうした道筋を構想するきっかけであるかもしれない。

第四章　「うたかたの記」――初期鷗外の美学とヴァーグナー

1　「うたかたの記」における音楽

森鷗外のドイツ三部作のひとつとして知られる「うたかたの記」は、一八九〇年一月に発表された「舞姫」に続き、同年八月発行の『しがらみ草紙』第一一号に掲載された。作品は、同時代のバイエルンを舞台に、日本人画学生「巨勢」と美術学校のモデル「マリイ」の悲恋を軸として構成されている。「巨勢」が取り組む『「ロオレライ」の画』をはじめ、（西洋）美術に関する数々の作中表現、あるいは画家原田直次郎（「巨勢」のモデルとされる）との交友や当時の鷗外の美術評論などから、特に絵画芸術との関わりをめぐって作品の考証、分析が積み上げられてきた(1)。

また作品には、先の「ロオレライ」像とともに「マリイ」の姿と重ねられる、バイエルン王国の守護神「女神バワリヤ」ほか、ヨーロッパ、ドイツ古今の神話、伝説の要素が引き入れられている。そういった西洋芸術の基底にある神話、伝説の観点から、作品における「重層構造」[2]をめぐって、さまざまな絵解きが試みられている。加えて、美術と神話伝承という密接に関連するモチーフは、鷗外が受容したドイツ・ロマン派の志向にも結びつけられる[3]。

一方、バイエルン王ルートヴィヒ二世の横死といった、直近の史実が作品の要諦をなしている。「うたかたの記」は、同時代の事件である王の謎の死を伝説化する小説であり、鷗外が参照したメディア、文献などの検証もなされてきた[4]。「巨勢」と「マリイ」の奇跡的な邂逅は、彼女の母（「マリイ」と同名）に恋慕した狂王の存在によって、「マリイ」の死という悲劇の運命を辿る。このプロットと併せて、謎めいたルートヴィヒ二世の死が浪漫的な伝奇へと化している。

ルートヴィヒ二世の死（一八八六年六月）に際した現地の喧騒は、鷗外がミュンヘン滞在時に体験した出来事であったわけだが[5]、諸芸術への異様な耽溺でも夙に知られる王をめぐり、すぐさま想起されるのが音楽家ヴァーグナーの名であった。後に鷗外も、自作に対する談話「鷗外漁史が『うたかたの記』『舞姫』『文づかひ』の由来及び逸話[6]」のなかで、「音楽家ワグネルとの関係でも能く人の知つてゐる王様」、「バイロイトの芝居は此の人が建てたのです、ワグネルと交際してゐた当時から、既に頭があやしかツたらしい」など、両者の有名な関係を引き合いに出している。また、作品の世界観や散りばめられた諸モチーフは、ヴァーグナー作品との連想を誘うものでもある[7]。とはいえ、先に述べたように絵画に重点を置くこの〈芸術家小説〉では、予想されるような音楽への明示的な関連づけは見られない。「ヴァーグナーとの交友をもって知られるバイエルン王ルートヴィヒ二世を素材とした「うたかたの記」でも、文学的完成度とは別に、作者の興味は決して音楽家に傾いてはいない[8]」など、その不在が指摘されるところである。

ただし作品では、枢要なモチーフである「ロオレライ」の画想を語るなかで、ある〈音楽〉の所在が指示されていた。

我空想はかの少女をラインの岸の巖根に居らせて、手に一張の琴を把らせ、嗚咽の声を出させむとおもひ定めにき。下なる流にはわれ一葉の舟を泛べて、かなたへむきてもろ手高く挙げ、面にかぎりなき愛を見せたり。舟のめぐりには数知られぬ、『ニックセン』、『ニユムフエン』などの形波間より出でゝ揶揄す。

ここで「われ」を強く惹きつける「少女」の「嗚咽の声」－音楽（歌）は、「巨勢」と「マリイ」を結びつけるもの－「愛」の情動が持つ、宿命的な力を具現したものであったはずと考えられる。その力はまた、相似形を描くドラマの構造上、ルートヴィヒ二世を狂気へと誘った、母「マリイ」を求める激情に通底するものと言える。そのほか、馬車で身を寄せ合うふたりが、運命の地「スタルンベルヒの湖水」に向かう場面では、「鳴神のおとの絶間には、おそろしき天気に怯れたりとも見えぬ「ナハチガル」鳥の、玲瓏たる声振りたてゝしばなけるは、淋しき路を独ゆく人の、ことさらに歌うたふ類にや」と、雷鳴の合い間に美しくも不吉な鳥の「声」－「歌」が響いている。また、目的地「レオニ」に着いたふたりが、舟を出す前に立ち寄った「伶人レオニが開きしといふ、水に臨める酒店」とは、「バイエルンのオペラ歌手であったイタリア人のジュゼッペ・レオニ」が開業した店とされる。(9) このように、作品は西洋の音楽芸術とも接する表象を備えており、(10) その表現世界を構成するものに「歌」も含まれていたと言える。

ところで、鷗外におけるローレライ伝説受容の柱のひとつに、ハイネ作の詩が想定されている。(11) 立川希代子は、「歌中歌」である「ローレライの歌声」が、当該詩中で両義的な位置にあることを指摘したうえで、「ハイネのローレライ詩の核心であり、この詩のロマンティシズムを愛する人々にとっては、この詩のすべてである。おのおのの耳に聴こえるローレライの歌声に身をひたすことが、この詩を味わうことであった。そのようにしてハイネのローレライ詩は多くの受容者を魅了してきた。」と述べる。続いて、「この詩に含まれている醒めた、リアリスティックな視点は、異なった種類の受容者をもとらえてきた」ことも踏まえ、「歌の魔力を承認する詩人であり歌を感じとる能力に恵まれていたハイネは、弱まりつつあるからこそ、その歌を聞きとり、形象化しようと努力したのではないだろうか」との見解を示している。[12]

一方、小説「うたかたの記」における「ロオレライ」の歌「声」については、洋楽草創期にあった作品発表時の日本[13]で、「おのおのの耳に聴こえる」はずもなかったものと想像される。[14] いや、そうした文化的社会的条件もさることながら、そもそも小説という形態において表象された「音楽」が「聴こえる」とは、どのようなことを意味するのだろうか。厳密に言えば、「うたかたの記」の「ロオレライ」の場合は、小説（散文）の作品世界で製作中の絵画の、さらにその作者（「巨勢」）の「空想」においてある「声」、いわば「歌中歌」ならぬ〈小説中絵画中歌〉にほかならない。作品世界の〈現実〉においても鳴り響いていない（「聴こえ」ていない？）歌、すなわちそれは不在の様態をもって表象されているのだ。裏を返せば、音楽的なものを後景へと退けることで、作品の絵画的志向は強化され、「巨勢」を中心とする「眼差しの劇《ドラマ》」[15]への帰着がもたらされていると言えるかもしれない。

見方を変えると、小説「うたかたの記」は、歌（音楽－言葉）の支えによる伝説の美的具象化を希求しながら、その複数の意味での不可能性において形作られているとも考えられる。このことについて、本論では、特にヴァーグナー楽劇との潜在的な交錯を観点に検討してみたい。

2　鷗外のヴァーグナー言及

一八八四年から一八八八年にかけてドイツへ留学した森鷗外は、滞在した各都市で劇場に足を運び、さまざまな演劇に触れていた[16]。帰国以降の演劇に関する評論、翻訳、創作などの意義を踏まえ、「鷗外のドイツ留学こそが日本の近代劇の紀元でもあった」とも評される[17]。またそこに、小規模の演奏会から本格的なオペラまで、諸種の音楽体験が含まれていたことも、詳しい調査により明らかとなっている[18]。この点で、近代日本の知識人、文学者のうち、鷗外は西洋音楽の演奏を実際に体験した、数少ない最初期の人物と位置づけられる。ただし、「独逸日記」をはじめ各種の文章には、音楽体験に関する具体的な言及があまり見られない。とりわけオペラ（楽劇）に対しては、文脈はさておき、「余は正劇を愛し、又唱曲を愛すれども、楽劇に至りては、未だ其趣味を解すること能はざるところあり。余の西欧に在るや、楽劇の場に入ること数十回なりしが、「トリスタン」及「イゾルデ」の艶なるも楽劇「オセルロ」の励なるも、心に留まりしことなし。」（「再び劇を論じて世の評家に答ふ[19]」）と、否定的な反応を示していた。他の芸術に向かう姿勢と比べたとき、音楽への関心が薄く見えることは否めず、鷗外における西洋音楽受容の意義を積極的に捉えることは難しいと言える[20]。

他方で、帰国後の文学活動の出発点となる訳詩集「於母影」（一八八九・八）では、留学当時に人気を博していたオペラ「ゼッキンゲンの喇叭手」の原作詩を取り上げている[21]。下って、明治三〇年代なかば、文芸界をヴァーグナー・ブームが席捲し[22]、演劇、音楽方面でもオペラの創作、上演の気運が高まるなか、多分にオペラの要素を含む戯曲『玉篋両浦嶼』（歌舞伎発行所、一九〇二年一二月）を発表している[23]。さらに大正期に入ると、オペラ研究団体として発足した「国民歌劇会」（一九一三年）の文芸顧問となり、ライプツィヒの劇場で台本にメモをとりながら観たグルック「オルフエウス」の翻訳に精力を注いだ[24]。また、鷗外の蔵書には、ヴァーグナー作品をはじめとする複数のリブレットが残されているが、上演時に記されたと思われる書き込みは、オペラ体験の印象深さを伝えるものである[25]。オペラに限って言えば、鷗外は「我国にも歌劇の起り来らんとするは嬉しきことなり」、「我国の神話、口碑などにも歌劇の材料はいと多かるべし。追々此の方の盛んになりゆくはよろこばしきことなり。美くしき歌劇など次々に世に出でば芸苑の活気もひとしほなるべきか。」（「歌劇のことども[26]」）とも発言しており、その芸術的意義や魅力は十分に意識するところであったと考えられる。少なくとも、鷗外が明治二〇年代にあって、「当時の文人としてはずば抜けた「オペラ通」「洋楽通」であった[27]」のは間違いない。後のブームに先んじて、ヴァーグナー作品に直接触れることのできた稀有な文学者であった。

さて、西洋芸術・思想の啓蒙者としてあった鷗外の初期評論には、他の領域に比べるとわずかなものではあるが、音楽（特にオペラ）に関する著述も含まれている。なおそれらは、明治二〇年代に鷗外が依拠したE・v・ハルトマン『審美学』、および詳細な読書ノートが残る[28]ノール『一般音楽史』の内容を反映したものであった[29]。その早い時期の一文が、「思軒居士が耳の芝居目の芝居[30]」である。ハルトマンの用語、記述を参照しながら、主として、洋邦の演劇（芝居、能）およびオペラに関し、それぞれの構成要素を比較分析していく内容であった。

さらに、音楽家幸田延の帰朝を機に、「西楽と幸田氏と[31]」が執筆されている。発表後に上田敏との間で生じた「西楽論争」は、明治三〇年代に沸騰するヴァーグナー・ブームに先立つ議論として論及されるところである[32]。文章はまず、「節奏《リツトムス》」、「旋行《メロディ》」、「婉諧《ハルモニイ》」の三要素による音楽の段階的成立を説き、また「音曲」における、「形式もて組み立てたるもの」、「感情を含蓄するもの」というふたつの側面に言及する。どちらの側面を重視するかについて、近代の音楽美学上の対立に触れながら、「而して其の形式上の美を感ずるものは、其の個人としての素質によりて、楽の想髄を併せ味ふことに深浅あり。楽の想髄は即楽の含蓄したる感情なり。」と述べる。

以下、「希臘劇を再興せんとする企」による「楽劇」の発生、交響曲の成立に関する略述が続き、「（ベートーヴェンの…引用者注）第九交響曲等出でゝ終に想髄を主としたる純楽《アブゾルウテ、ムジック》の偉観を呈せり」としたうえで、ヴァーグナーの登場とそれ以後の問題点が述べられる。こうした内容のほとんどは、ハルトマンおよびノールの原書から引き写されたものであった[33]。これに対し、音楽批評の先駆者上田敏は、文中に示されたヴァーグナーの音楽技法への評言、とりわけレチタティーヴォの位置づけに関して疑義を呈した。以下、いわゆる「無限旋律」の問題にも及びつつ論争が展開するも、楽曲に即した具体的な指摘の要求に鷗外は答えず（答えられず）、論点は字義解釈へと陥っていく。文献からの引証のみで、実際の音楽を鑑みない鷗外側の欠点が指摘されるところである。(34) ただ、これらの不足を踏まえてなお、論難の対象となった箇所には、鷗外自身にとっても重要な課題が含まれていたと考えられる。

> ベエトホオフエンが曲の肉声は諸楽器の情ある音に添ふるに一楽器たる人の喉嚨の情ある音を以てしつるなり。／されど純楽は少く詩に対して継しき感あり。純楽の形式多くは詩の抒情の側を容るゝに宜けれど、詩の戯曲らしき側を容るゝに宜からねばなり。独り宣叙調《レチタチイウ》ありて能く後者に伴ふ。／グルック、モツアルトは既に乾《セツコ》宣叙調を発展せしめ、モツアルト、ベエトホオフエン等は既に楽劇の咏歎調《アリイ》を戯曲らしくせり。扨宣叙調をして肉声に戯曲らしき表情の能を賦せしめ、咏歎調の器楽をして宣叙調に純楽らしき比《ベグライツング》　奏（伴奏）を副へしむるにあらでは、詩と楽との権衡を保つべからず。此業はRichard Wagner（文化十年生明治十六年死）が初期の作に待つことありしなり。されどその後期の作に於ける咏歎調の擯斥と宣叙調の偏勝とは、楽を解するものゝ取らざるところなるべし。

諸楽器と歌唱それぞれの「情ある音」が織り成す「第九交響曲」に至って、「想髄」＝「含蓄したる感情」を主とする「純楽」（絶対音楽）の極みに達した。ただしその形態において、「詩」（歌詞＝言葉）が持つ「抒情」性は表現されるものの、ドラマを構成する「戯曲」的な働きがうまく発揮されない。そこで、「抒情」／「戯曲」、「宣叙調《レチタチイウ》」／「咏歎調《アリイ》」、「肉声」（歌唱）／「器楽」（伴奏）の三対が複綜的に融合する形態、すなわち「詩と楽の権衡」を目指す新たな「楽劇《オペラ》」が求められることになる。なお井戸田総一郎は、「楽劇材料」において、鷗外が「言葉と音楽の緊張した関係にたいして強い関心を持って記録している点」(35) を特記している。また、「思軒居士が耳の芝居目の芝居」では、ハルトマンを引くなか、「「オペラ」は芝居の如く戯曲の性を具へず、芝居は「オペラ」の如く叙情詩の性を具へず。」との一節が見られる。典拠の存在やヴァーグナー理解の問題はひとまず措くとして、明治二〇年代の鷗外が、文学（詩・戯曲）と音楽の融合といった、オペラが有する芸術的課題の圏域に接していたことを指摘できるだろう。

帰国後の鷗外は、翻訳による新体詩の創出、演劇改良論への参与[36]と戯曲翻訳、ドイツ三部作に結実する小説実践ほか、西洋芸術・思想の移入と近代日本文芸の試行を展開した。その遠景には、西洋の綜合芸術たるオペラ、なかんずく当時〈現代〉芸術としてあったヴァーグナー作品の存在とその体験があったと想定することもできよう。もちろん、その難解な芸術性は、すぐさま自家薬籠中にできるようなものではなかったはずだ。またもとより、明治期の日本において、本格的なオペラの移入、上演など望むべくもなく、そうした状況で起きたのが、活字での受容を主とする特異なヴァーグナー・ブームであった[37]。劇場における一回的なオペラ体験は、文学者鷗外において、また近代日本という場においても、不在のままとならざるをえなかったと言える。

ただしそこには、初期鷗外が美学上の理想としていた、普遍的な「想髄」の美的具象化を追求する芸術像があった。その実現へ向けた課題が、先に見たような文学（詩・戯曲）と音楽の融合にあるとするなら、小説（ここでは「うたかたの記」）とはやはり、オペラ音楽の問題圏から遠ざかった芸術形態だと言える。ここで改めて、啓蒙美学者鷗外の主張とヴァーグナー作品が持つ志向を結びつけながら、「うたかたの記」における音楽の不在が持つ意味について考察を進めたい。

3　初期鷗外の美学における散文芸術の課題

文学活動の最初期に発表された「文学と自然と[38]」には、ゴットシャル『詩学』を典拠とした[39]、次のような一節がある。

夫れ有意識の想は精神なり。無意識の想は自然なり。美は自然に眠りて精神に醒む。美の精神中に喚発する処を空想とす。空想の美を成すや、美は我躯を還せと叫ぶなり。これに躯を得せしむるは美術なり。されば美術は手を触れて春をなし、石を駆りて羊となす。彫工の斧斤、画師の丹青これなり。唯詩人は文を籍りて空想より空想に写すものなり。／かるがゆゑに美術には製造あり。美は製造せられたるために美術の美となりて、自然の美を脱す。これを点化《トランスズブスタンチアチオン》といふ。

ここでの議論が、「巨勢」による「ロオレライ」画の企図を想起させることは、従来から指摘がある。(40)「巨勢」が語るには、六年前に『カッフエエ、オリヤン』で「菫花うり」の「女の子」を助けた際、「そのおもての美しさ、濃き藍いろの目には、そこひ知らぬ憂ありて、一たび顧みるときは人の腸を断たむとす」との感にうたれた。そこから、「その面、その目、いつまでも目に付きて消えず」、「ヱヌス、レダ、マドンナ、ヘレナ、いづれの図に向ひても、不思議や、すみれ売のかほばせ霧の如く、われと画額との間に立ちて障礙をなしつ」と話すように、いわば「巨勢」の意識に「空想の美」が生まれる。「巨勢」は「此花売の娘の姿を無窮に伝へむとおもひたち」、その「躯」となる絵画の「製造」に向かう。それは、「マリイ」から得た「空想の美」を「美術の美」に具象化する試みと言えるだろう。

こうした「美術の美」の創造における「想」と「躯」(個物としての作品)の関係については、当時鷗外が挑んだ数々の論争中とりわけ著名な、坪内逍遥との「没理想」論争などを通して、さらに言が重ねられていく。そこで鷗外は、ハルトマンの美学に依拠して、芸術批評における「(理) 想」の意義を訴える。その根幹をなす芸術観とは、たとえば以下のようなものであった。

彼（ハルトマン…引用者注）は抽象的理想派の審美学を排して、結象的理想派の審美学を興さむとす。彼が眼にては、唯官能上に快きばかりなる無意識形美より、美術の奥義、幽玄の境界なる小天地想までは、抽象的より、結象的に向ひて進む街道にて、類想と個想（小天地想）とは、彼幽玄の都に近き一里塚の名に過ぎず。

（「逍遙子の諸標語[41]」）

ハルトマンから鷗外が吸収した芸術観の要諦は、普遍的な「(理)想」と具体的な作品表現との止揚、「(理)想」の具象化としての個物美（「小天地」＝ミクロコスモスの具象美）の創造にあった。理想的にして折衷的な美学思想とも言えるが、さしあたり、「個想（小天地想）」の具象美に重きをおく「結象的理想派の審美学」においては、具体的な芸術作品の背後に何らかの抽象的観念を想定する、二元論的な美的認識が退けられることになろう。鷗外は、「うたかたの記」における芸術性の把握をめぐって、批評家石橋忍月と交わした「幽玄論争」のなかでも、「我は実に此幽玄の想髄即外形中に存じて、これを詩形即文章と想髄即外形とを離れたる一種の内面といふものゝ中に求むることの非なるを知る」（「答忍月論幽玄書[42]」）との見解を打ち出し、いわゆる〈形式と内容〉を別個に捉えるような観点を否定している。

「うたかたの記」における「(理)想」ないし「空想」――愛・官能と狂気をめぐるロマン主義的情動、ないしヨーロッパ、ドイツの神話・伝説に淵源するそれ、死への願望に根ざした宿命の悲劇、異邦から来た日本人の挫折と罪障感、これらの綜合としてある全体的人間像……――の考察はともかくとして、いま仮に「幽玄論争」のごとく、鷗外の美学論の圏内に作品を引き付けるとすれば、ある素朴な問いが生じてこよう。それは、「想髄即外形」なる具象的理想主義の芸術観を、そのまま「うたかたの記」という言語テキストに、つまり視覚芸術でなく詩（韻文）、戯曲（演劇）でもない、小説作品（散文芸術）に適用できるのか、といった芸術ジャンルに関わる疑問である。たとえば、「今の評家の小説論を読みて[43]」では、「心理的小説」に言及するなか、「然れども心理的観察は固より作詩の方便にして、その目的にあらず。これをして美術の境を守らしめんとするには、勢多少の検束を加へ、想化作用によりて自然の汗垢を浄め、製作の興に乗じて、空に憑りて結構せざるべからず。」と述べる。このように当時の鷗外は、（ロマン主義的な「うたかたの記」よりさらに「美術」から遠く見える）心理リアリズム小説をも、自身の芸術観に包摂可能なものとして語っている。

その一方で、鷗外は、前出「文学と自然と」の改稿時に、「唯詩人は文を籍りて空想より空想に写すものなり」といった極めて問題含みの一文を、言葉足らずのまま挿入している。[44]「巨勢におけるロオレライの図題の定案は、暗〻のうちにいわゆる「小天地想」の領略の志向を語るし、また「うたかたの記」そのものも、文学の圏内におけるその志向の産物であった[45]」と考えることによって、鷗外の美学論が抱える問題点へ触れることにもなるだろう。

問題は、ハルトマンからの引証が、言語芸術の受容へと及んだところで明らかになってくる。

蓋し主観の美を生ずるは作者の上に限れり。吟者読者はおのが官能によりて、客観実なる字形若くは声波を受く。この時に当りて、客観想なる詩の美は、かの客観実なる字形若くは声波に即きて、吟者読者を侵すなり。外美術品は客観実なるを以て、自ら美なるにあらず。されど作者のその主観より生じたる美を、外美術品に移しおきたるために、外美術品は吟者読者に美なる空想図を現ぜしむべき因縁となれり。美は実にあらず。然れども実に即くにあらでは、主観に入ること能はず。その実に即いたる美の主観に入るに当りて、実より離れたるを美の映象《うつり》といふ。これを先天によりて実を立てたる論となす。（「逍遙氏と烏有先生と[46]」）

「結象的理想派」（先験的実在論／具象的観念論）の一元論的芸術観と、作品をはさむ〈作者 - 読者〉図式に基づく受容論とが、理論上さまざまに齟齬をきたすのは致し方ないだろう。ここでは鷗外の主意をいったん受け入れつつ、「吟者読者」と「客観実なる字形若くは声波」および「客観想なる詩の美」との関係に着目したい。たとえば絵画造形芸術において、「美」-「空想」の「躯」として「製造」された「外美術品」（個物）とは、さしあたり「想髄即外形」の態様をとるものと考えられる。対して、「詩人は文を籍りて空想より空想に写す」とされたように、「文」（言語表現）という「躯」（「外美術品」）は、作者の「主観の美」を読者の「美なる空想図」へと移送する「籍り」もの（「因縁」）と位置づけられる。と同時に、言語テキスト（「客観実なる字形若くは声波」）は静的に存在するわけでなく、「客観想なる詩の美」として具象化（作品化）されるために「吟者読者」の行為を必要とする。その意味で、「吟者」と「読者」が並べられている点は示唆的と言えよう。

鷗外は、「今の評家の小説論を読みて」で、詩学における散文（「小説」）と韻文（「結語」）の別に触れ、「唯だ彼結語なるものは、これを誦すれば琅然たる其声響、戛然たる其節奏、自ら一種の長処を具へたり。而れども美術の主として空想に待つことあるを詩となすときは、詩の本体は必ずしも音響と節奏とにあらざるべし。」と述べ、そこから、「苟くも詩の全体よりしてこれを言へば、散文は比較的に純潔にして、結語は比較的に雑駁なり。彼は空想以外の物に待つことなくして、此はこゝに待つことあればなり。[47]」とする。つまるところ、「唯詩人は文を籍りて空想より空想に写すものなり」といった言語芸術の特性は、詩的要素として「空想以外の物」をあまり含まない、「比較的に純潔」な散文（小説）にこそ当てはまると考えられよう。

散文芸術において、「客観実」たる「字形若くは声波」から、どのように「客観想なる詩の美」が現前するのか。小説は「比較的に純潔」であるゆえ、「想髄即外形」との定言ですませるわけにはいくまい。鷗外の主張に寄り添いつつ敷衍すれば、読者は、言語テキストとしてある人物像や情景、地の文と台詞で構成されるプロットほか、「外美術品」（の意味作用）を「因縁」に「美なる空想図」を描いていくことになる。このとき、言語テキストに内包される多種多様な要素が、〈作者-読者〉間における「美」の移送へと結実する保証はないはずだ。「空想より空想に写す」といった散文芸術の「純潔」さ——「琅然たる其声響、戛然たる其節奏」（音楽）の欠如

——によって、逆に「美」の「躯」たる「実」は雑なるものと化してしまう。そうした言語テキストの特性は、鷗外が志向する美学の統一理論に収まらないものと言えるだろう。

小説を美学の圏域へとどめるために必要なのは何か。鷗外は、詩（韻文）、小説ともに、「詩の材」を用いるにあたって、「情感」と「観相」、叙情性と叙事性の両面を有するものと論じる（「今の諸家の小説論を読みて」）。すなわち、「声響」・「節奏」の有無に関わらず、叙情叙事の二面が言語テキストに備わる特質であるとすれば、とりわけ小説においては、両者の十全な発揮が「（理）想」の美的具象化を支えることになろう。

加えて、「答忍月論幽玄書」中で「美」の階梯を説きながら、「学者の美を求むるに、曲線に於てするものあり。活動に於てするものあり。是れその比較的に抽象的なるものなり。単純なるものなり。浅近なるものなり。漸く進みて類想に至り、又進みて個想に至るときは、其境地次第に具象的になり、複雑になり、邃遠になる。」との理解を示していたことは見逃せない。「空想」－「美」が具象化されて「個想」へ達するとき、それは「複雑」かつ「邃遠」なものになっている。そこでは、「狭くいはゞ詩中の幽玄、広くいはゞ美術中の幽玄、是れ具象的の美に於て理路の極闇処に存ずるものゝみ。詩にても美術にても、此幽玄を会得するを悟といふなり。美術の天地には結象のために理路闇くなりたる外に幽玄あるべからず、此幽玄を知るより外に悟あるべからず。」というように、「具象的の美」における「理路の極闇処」こそが、普遍的絶対的なもの（「幽玄」）の在り処となる。「うたかたの記」を念頭に置いた言述とみるなら、こと小説においては、「抒情の側」と「戯曲らしき側」のそれぞれが「複雑」化し、その人間像世界像の把捉が「理路闇く」して「邃遠」となることが、美学的に必須であるということになろう。

ただいずれにせよ、ことは読者による「美なる空想図」の形成いかんへと委ねられている。「うたかたの記」について言えば、同時代の読み手には、作品に肯定的な評価を与えようとする場合でも、ローレライ伝説はじめ物語の深層を構成する諸種の意味作用はそれほど認知されなかったものと推測される。(48) 一節で触れたように、作品では、神話、伝説に由来する数々のモチーフがあらわれながら、狂王ルートヴィヒ二世、母娘の「マリイ」、そして東洋の異邦人「巨勢」らの情動が、場面を越えて宿命的に重なり合う(49)。数多の表象が複数の層で結び合い、愛・官能と死の物語およびそこから取り残された存在が表出されている。このように「複雑」化したことで、作品としての統一性や均衡が失われ、「二人の心情が愛において作品の深化にもう一つ綿密に織り合わされる形で描かれてはおらず、偶然的契機等否《ママ》運の色合いが濃く、伝奇性が勝っていることが否めない(50)」のも事実だろう。言語テキストが織り成す「理路の極闇処」のただなかで、読者が「美なる空想図」を描き上げるためには、言葉以外の何か、たとえば音楽の支えが必要なのかもしれない。もちろんそれは小説である以上、〈小説中絵画中歌〉として言葉のうちに閉じ込められた「ロオレライ」の「嗚咽の声」が象徴するように、現実世界で「個物」となって鳴り響く―現前することは決してない。

4 楽劇を憧憬する小説、歌われない歌詞

後期作品へ至る間に執筆された主著のひとつ、『オペラとドラマ』（一八五二年初版刊行）において、ヴァーグナーは、従来のオペラを「表現の一手段（音楽）が目的とされ、／表現の目的（ドラマ）が手段とされていた(51)」と批判し、詩と音楽が有機的に結びつく「未来のドラマ」の構想を語る。ヴァーグナーによれば、絶対音楽に基盤を置くオペラの旋律は、詩と音楽が不可分な民謡から遊離し、詩（台本）を軽視することになっていた。またヴァーグナーは、「人間のもつ普遍的な芸術受容力に訴えかけ、想像力にではなく完全な感覚器官に伝達しなければ、真の描出を実現することはできない」、「真の芸術作品は、まさしく想像から現実、つまり具象性 Sinnlichkeit の中に進展することによってのみ生み出される(52)」とする。「真の芸術作品」としてのドラマの範は、神話を芸術的に実現したギリシャ悲劇に求められる。

ドラマの基礎となるのは、人間の声による本能的な感情表現としての「音＝言語」である。それは近代社会へと至る歴史のなかで、感情から抽象された「コトバ＝言語」に変貌している。そこでは、悟性の道具となった「コトバ＝言語」を用い、想像力に訴えて感情を説明的に表現する小説が発生する。そうした「現代ドラマ」とは、「文学的機構の考え抜かれた媒介を通じてしか文学を生み出せない」、「魂の抜けた文学、音調の欠けた音楽[53]」となっている。

理想の芸術としての「未来のドラマ」を導く主概念が、「詩人の意図」である。「無意識的な感覚を志向してやまない過渡的なものの明確化、つまり反省する悟性によってはもはや規定も阻害もされない真の感覚という目標を目指して遮二無二前進するものの明確化こそが、ドラマにおける詩人の意図の内容[54]」とあるように、「詩人の意図」とは悟性的なものから「真の感覚」へと向かう過程としてある。「詩人の意図」を実現するために、感覚と悟性を一体化した音楽的ドラマが必須となる。詩（言葉）は、その表現内容と必然的有機的に結びつくメロディーをもって、「コトバ＝音＝言語」へと止揚される。音楽的ドラマは、詩と音楽が一体化した「詩のメロディー」からなる諸単位が、「筋」として結合することで構成される。オーケストラの奏でる和声がそれを支える。器楽は「音＝言語」としての原音を生み出すゆえ、オーケストラの言語能力は「コトバ＝言語」で「語り得ないもの[55]」を表現するのだ。ここに、同じく語りえないものを表す「肉体の身振り[56]」が加わる。さらには、「詩のメロディー」とオーケストラの音楽によって、追憶、予感といった非現前的な想念も感覚に結合される（いわゆるライトモチーフの技法につながる）。劇場の観客とは、こうした綜合芸術＝音楽的ドラマを、直接その感覚器官で受容する視聴覚主体に位置づけられる。

ハルトマンの見方をなぞって、鷗外が批判的に論及した後期ヴァーグナーへの道筋は、こうした思索を背後に持つものであった。むろん、「明治二十九年の時点で、鷗外は、いわば現代音楽に向かい合っていた」わけで、「アリアやレチタティーヴォの区別をようやく覚えたばかりの彼に、それらの区別を超越した段階に達していたヴァーグナーがどうして理解できよう[57]」というのが実情であった。またもとより、ヴァーグナーの描いた理想像が、そのままの形で作品に達成されていると考えるのは、あまりに短絡的であろう。ちなみに鷗外は、「歌劇のことども」で、バイロイトに集う聴衆の様子を冷笑的に記し、またトルストイが「ワグネルのニイベルンゲンを観て口さがなく罵しりし」ことに触れている。大衆的な支持を集めたヴァーグナー楽劇とは、つねに賛否、愛憎が入り混じる問題作でもあった。

ただ創作理論に限って言うなら、パトスを基盤とする神話、伝説に材をとりつつ、「咏歎調」と「宣叙調」が一体化した〈散文音楽〉へ進む後期ヴァーグナーの志向に、同じく神話、伝説を組み入れた「うたかたの記」が潜在的に求めている、理想的な芸術様式を想定しうるように思う。「うたかたの記」の「理路闇く」なるほど複雑化した表象構造が、読者による「美の空想図」の形成へ直接響くために必要なこと。その究極の（実現不可能な）解答が、ヴァーグナーの目指す綜合芸術であったと言えるかもしれない。逆に言えば、（ヴァーグナーが乗り越えようとした）「コトバ＝言語」からなる小説という芸術形態は、「うたかたの記」の世界を構成する諸要素に対して、いかにも不都合なものであった。

「有意識の想」たる精神に捉えられた「美」－「空想」は、個物へと「製造」されて「美術の美」をなす。このとき、現前する個物が「具象美」として確実に感受されるためにも、当の作品における悟性的なものと感覚的なものの融合、統一が求められよう。ただし、「文を籍りて空想より空想に写す」言語芸術、とりわけ小説家が「籍り」る「文」＝散文は、悟性の道具たる「コトバ＝言語」に偏重せざるをえない。戯曲的叙事的側面を主とする小説表現（個物としての作品）は、音と感情が不即不離に一体化した「音＝言語」、言葉の感覚的叙情的側面を欠くことになる。「空想より空想に写す」悟性の活動－小説の「製造」と、「真の感覚」の具象化を目指す「詩人の意図」との背反を乗り越えようとしたのが、音楽と言葉が渾然一体となった新たな楽劇のあり方であった。美学移入者鷗外の思想圏において、小説「うたかたの記」の理想化された姿を追求するとき、当時その鷗外が遠ざけた（ヴァーグナー）楽劇との接合面が浮上するのである。

「うたかたの記」の表現構造については、「地の文はト書きもしくは状況設定の指示、登場人物による会話文はセリフ、と見做すこともできそう」で「戯曲的である」[58]、「ト書き・台詞」や「場面構成」が「現在ならばそのままミュージカルに仕立て上げることが可能な程、きちんと書き分けられている」[59]など、その戯曲性を指摘する向きもある。確かに、「マリイ」と「巨勢」の訴えかけるような長セリフをはじめ、各場面のドラマチックな雰囲気は、演劇として演出、上演されるに適しているとも言えよう。また鷗外は、「思軒居士が耳の芝居目の芝居」で、ハルトマンの枠組みに照らしながら、洋邦の芝居（演劇）、オペラはすべて、第一義（「首」）の要素を「空想」（「詩（正本）」）に置くものとしている。言語テキストとしてある「うたかたの記」は、舞台上で演じられる形をもって、その「空想の美」の具象化が果たされる質のものであったかもしれない。むろん、「マリイ」、「巨勢」の姿や表情、バイエルンの街や自然の情景など、作品における絵画的表象の意味作用を軽視してはなるまい。しかしながら、深層をなす神話、伝説の力動に促されるように、過去と現在を行き来しながら発せされる「巨勢」と「マリイ」の言葉、特に複数の相貌と情動が重なり合う後者については、「詩のメロディー」となって歌われる――語りえぬものを奏でる和声をともない――にふさわしいと感じるのだ。

「こゝちよの此遊や。むかし我命喪はむとせしも此湖の中なり。我命拾ひしもまた此湖の中なり。さればいかでとおもふおん身に、真心打明けてきこえむもこゝにてこそと思へば、かくは誘ひまつりぬ。『カッフエ、オリアン』にて耻かしき目にあひけるとき、救ひたまはりし君また見むとおもふ心を命にて、幾歳をか経にけむ。先の夜『ミネルワ』にておん身が物語聞きしときのうれしさ、日頃木のはしなどのやうにおもひし美術諸生の仲間なりければ、人あなづりして不敵の振舞せしを、はしたなしとや見玉ひけむ。されど人生いくばくもあらず。うれしとおもふ一弾指の間に、口張りあけて笑はずは、後にくやしくおもふ日あらむ。」かくいひつゝ被りし帽を脱棄てゝ、こなたへふり向きたる顔は、大理石脈に熱血跳る如くにて、風に吹かるゝ金髪は、首打振りて長く嘶ゆる駿馬の鬣に似たりけり。「けふなり。けふなり。きのふありて何かせむ。あすも、あさても空しき名のみ、あだなる声のみ。」

「マリイ」にまつわるライトモチーフに導かれ、「咏歎調」と「宣叙調」の境なき「詩のメロディー」が歌い上げられる。そのとき、「コトバ＝音＝言語」として具象化された「「けふなり。けふなり。きのふありて何かせむ。あすも、あさても空しき名のみ、あだなる声のみ。」」の歌声は、人間の感情を全的に表現する個物となり、それを感受した者に「美なる空想図」を描かしめるだろう……。対して、「こなたへふり向きたる顔は、大理石脈に熱血跳る如くにて、風に吹かるゝ金髪は、首打振りて長く嘶ゆる駿馬の鬣に似たり」といった、「コトバ＝言語」がなす「文を籍りて空想より空想に写す」表象は、いかにもこれ見よがしで、窮屈な印象が否めない。

国王の横死の噂に掩はれて、レオニ近き漁師ハンスルが娘一人、おなじ時に溺れぬといふこと、問ふ人もなくて止みぬ。

この小説の末尾に、ある種の余韻が漂うことは確かである。ただ、言わずもがなの説明を加えざるをえないところに、小説の美学的な限界が感じられよう。[60]「うたかたの記」は、近代の散文芸術たる小説の創造に歩みはじめた日本で、伝説と悲劇、愛と死のロマン主義的表現を敢行するものであった。後に主流をなすリアリズム小説とは、傾向の異なるジャンルが志向されていたと言える。本論では、当時鷗外の主戦場であった美学の圏域に、〈作者鷗外〉の意図とは別に）小説「うたかたの記」を引き入れて検討してきた。「うたかたの記」という言語テキストは、潜在的には言葉と音楽の統一体としてある楽劇を憧憬しながら、他方でその志向と可能性を忌避するように、小説なるフォルム——音楽の不在あるいは歌われることのない歌詞——へと不器用な形で収められているのだ。

第五章　「ヰタ・セクスアリス」――権力と主体

1　性・告白・権力

これまで、作品「ヰタ・セクスアリス」（『昴』一―七、一九〇九・七）を分析、評価するにあたって、いくつかの先行研究が、ミシェル・フーコーの権力論を直接、間接の参照枠としてきた。

たとえば千葉一幹[1]は、フーコーの議論を踏まえて、作品に「まさに近代社会における権力装置の一部として機能すべきものとして書かれたとも言える」面がありながら、一方で「リベルタンとして権力と戦い性の解放を謳う芸術家の行為が、権力の望むことだということを（……）白日化してしまう」からこそ、それが「発禁処分にされねばならなかった」と論じる。加えて、「告白すべきセクシュアリティのない告白」としての作品が、「セクシュアリティについての自己告白という形式を生み出しつつ、その基盤を突き崩す」とした。また新井正人[2]は、衛生学者鷗外のドイツ語圏性科学受容を検証しつつ、「性科学＝制度的言説を内面化した主体が性を言説化しようと企図して挫折する様を呈示してみせるテクストの戦略とは、ともすれば制度的な知＝言説による性の再生産に与してしまいかねないテクスト自身の営為に対して自己批判を加えるところにある」との見方を示し、さらに、作品が自然主義文学の反措定となることで、「性の告白＝主体の真実の生成という図式の自明性の疑義や、性の告白を統御＝管理しようとする知＝言説の存在を示し、性というトポスをめぐって主体が絡め取られている権力のありようを可視化する」と指摘している。直接フーコーの議論に言及していないが、井上優(3)は、手記の書き手「金井湛」が、性欲に関する「科学的な知の言説」の「権力性」を有しながらも、回想のなかでその言説が排除するものを顕在化していると指摘し、手記の記述に対抗的な言説同士による「亀裂」を読み取っている。さらに、作品における「男色」表象が異性愛の言説体制を攪乱する可能性について考察する諸論考(4)も、理論的背景を共有するものと言える。

いずれの論考も、フーコーの権力論をベースとする言説分析の枠組みを前提に、「ヰタ・セクスアリス」の内容やその執筆行為に認められる両面価値性を検討する点で共通している。本論では、こうした先行研究の方向性をより理論的な角度から追究し、作品および作者が有する両面価値性の論理的内実に迫りたい。その際、フーコーの権力論が抱える課題を精神分析の観点から展開した、ジュディス・バトラーの議論を主に参照する。考察を通して、作品内容と検閲・発禁処分という事態との構造的関係を明らかにし、さらには〈鷗外森林太郎〉という（抵抗の）主体の在り処に触れることができればと思う。

2　「主体化＝服従化」する「金井君」とその心的機構

「金井湛君」による作中手記「VITA SEXUALIS」の執筆動機は、自然主義文学の流行、出歯亀事件といった同時代事象への言及、あるいは西洋の学芸を主とする諸種の「性欲」言説の衒学的な披瀝とともに、こう記される。

おれは何か書いて見ようと思つてゐるのだが、前人の足跡を踏むやうな事はしたくない。丁度好いから、一つおれの性欲の歴史を書いて見ようかしらん。実はおれもまだ自分の性欲が、どう萌芽してどう発展したか、つくづく考へて見たことがない。一つ考へて書いて見ようか知らん。白い上に黒く、はつきり書いて見たら、自分が自分でわかるだらう。さうしたら或は自分の性欲的生活が normal だか anomalous だか分かるかも知れない。

折々「何か書いて見たい」、とりわけ「小説か脚本かを書いて見たい」と考えていた「金井君」は、「おれの性欲の歴史」の記述に、自己のオリジナリティや主体性を賭けていたとひとまず言えよう。と同時に、それは、「自分の性欲的生活」が「normal」か「anomalous」か認識することを目指す試みでもあった。そこではあくまで、「性欲」をめぐる諸規範との関係においてある「自分」が前提となる。新たな文学作品の創造主体（自己の「性欲の歴史」を書く主体）を志向することと、当の主体が性規範によって形成、認識されること。こうした背反性が、小説「ヰタ・セクスアリス」を貫いているものと考えられる。

さて、フーコーは『監獄の誕生』(5)において、近代の権力のあり方を規律・訓練の観点から分析し、それが「個々人を《造り出す》(6)」技術であることを示す。権力の効果とは、もはや抑圧や検閲といった否定的側面ではなく、「現実」・「真実」や諸個人を産み出すところにある。(7)ここでは、解放されるべき「人間」なるものも、「すでにそれじたいにおいて、その人間像よりもはるかに深部で営まれる服従（＝臣民）化の成果(8)」にほかならない。また、こうした規律・訓練権力とは、「〈規格〉を旨とする権力(9)」であり、それは監獄のほか、教育施設、病院、家族などの場に担われる。(10)

さらに『性の歴史Ⅰ　知への意志』[11]では、性を語ることと主体化の関係が考察される。近代において、性は隠匿されるよりむしろ、語るよう煽動されている。[12]このことは、「権力による個人の形成という社会的手続きの核心」にある「真実の告白」[13]と深く関わる。「人は、他の人間では不可能な告白を、快楽と苦しみのなかで、自分自身に向かってし、それを書物にする」が、それは「強いられた」告白としてある（「文学」も、自己の内なる真実の告白を使命とするものへ移行する）。[14]自己の「真理」と性が告白行為において結ばれることで、「人間の《assujettissement》（服従＝主体－化）」が果たされ、[15]また「主体についての知」が形成される。[16]加えてここでも、「〈権力である快楽〉の網の目」[17]とされる家族や、学校制度（「教室や寄宿舎」）の機能について言及される。[18]

これらの観点は、手記の執筆動機を分析するうえで有効と思われる。また、記述の内容にも当てはまるところが多い。

たとえば、手記中の「僕」は、性的な見聞、体験にあたって、たびたび両親、特に「お母様」の視線を意識する。両親の性交（「秘密」）に関する仄めかしを「褻瀆」と感じる「僕」でもあり、家族関係に働く規律・訓練の内面化が表現されていると言えよう。また、多くの記述がさかれる「寄宿舎」は、「年長者」の「入智慧」から「悪い事」（自慰）を覚えるなど、少年期の性的体験の中心的な場であった。そこではじめて「男色」に触れた「僕」は、「硬派」と「軟派」に分かれる寄宿生たちのなかで、規格化した主体として形成されていく。

性欲に関する「教育」の観点は、もとより執筆動機を説明するくだりで触れられていた。それは、「書いたものが人に見せられるか、世に公にせられるかより先に、息子に見せられるかといふことを検して見よう」というように、「おれの性欲の歴史」の価値基準へと位置づけられる。ことは告白の真実性に係わっていよう。手記中の「僕」は、「少し書きにくいが、真実の為めに強ひて書く」、「これは甚だ書きにくい事だが、これを書かないやうでは、こんな物を書く甲斐がないから書く」、「併し少しも偽らずに書かうと云ふには、ここに書き添へて置かねばならない事がある」、「今度は事実を曲げずに書かれる」など、再三に渡って書くことの困難に触れつつ、

「真実」・「事実」の記述に徹する姿勢を打ち出す。実際には、内面化された権力による「真実」の告白の自己強制であるところに、正確な自己認識（「はつきり書いて見たら、自分が自分でわかる」）や、息子への教育的価値（権力関係の再生産でもある）といった志向を纏わせていると言えるだろう。

さしあたって、規律・訓練権力のもと「主体化＝服従化」した個人の表現、自己の「真実」＝「性欲的生活」の告白を煽動された主体の表現として、作品の記述を捉えることができる。ここではさらに、「作者がどういふ心理的状態で書いてゐるかといふことが面白い」という「金井君」の小説の読み方で、当の「金井君」（「僕」）の手記およびその執筆行為に向かってみたい。というのも、『監獄の誕生』[19]であれば、「自分が同時に二役を演じる権力的関係を自分に組込んで、自分がみずからの服従強制の本源になる」、『知への意志』であれば、「性に到達したい、性を発見し、解放し、言説に表わし、真理として表明したいという欲望」が、「我々の一人一人をして性を知るべしという命令に、性の掟＝法と権力とを明るみに出すべしとの命令に結びつける」[20]とあるように、フーコーの権力論にあって、「主体化＝服従化」をめぐる「心理的状態」もまた重要な論点と考えられるからである。「金井君」・「僕」を、近代の権力関係のもとで「主体化＝服従化」する存在と見るとき、その語る行為と語られた言説には、いかなる心的機構の働きが想定されるだろうか。

「金井君」が手記執筆の前提として強く打ち出すのは、「自分が人間一般の心理的状態を外れて性欲に冷澹であるのではないか、特にfrigiditasとでも名づくべき異常な性癖を持つて生れたのではあるまいか」、「自分は到底人間の仲間はづれたることを免れないかも知れない」といった「疑惑」である。自己のオリジナリティを「性欲」の否認において捻出しているとも言えるが、他方で、ここにどのような「真実」が存すると考えられるだろうか。少なくとも、手記中で「僕」が語る「性欲」の否認や、それに代置する「Neugierde」や「負けじ魂」といった行動原理は、その語りの執拗な反復において症候的なものと言えよう。経験した「事実」を隠さず記すとする回想の主体も、「心理的状態」の語り手としてはそのまま受け容れるわけにいかないと思われる[21]。

自己の「性欲」について語る主体そのものが、権力への服従化において形成されていること。こうしたフーコーの「主体化＝服従化」論を、ジュディス・バトラー『権力の心的な生――主体化＝服従化に関する諸理論[22]』は精神分析の観点と合わせて捉えなおしている。抑圧、禁止と断念において欲望は（再）生産、保持され、またその循環は良心、反省性を手段として自己省察の回路を形成する。強調されるのは、このなかで「その回路そのものへの、反省性への、そして究極的には服従化への欲望[23]」が生じることである。

ここで私たちは、主体化＝服従化の反省的構造を形成する、主体化＝服従化への愛着を理解するよう促されている。否定されることになる衝動は、その否定の行為そのものによって、意図せざる仕方で保持されるのである。／（……）リビドーの抑圧は常にそれ自体リビドー的に備給された抑圧として理解されるべきである。従って、リビドーは抑圧を通じて完全に否定されるのではなく、むしろそれ自体服従化の道具になっている[24]。

つまりは、「自分自身の従属化の諸条件を欲望することが、自分自身として存続するために必要とされる」のであり、「人は自分自身の形成そのもののために権力に依存し、その形成は依存なしには不可能であり、大人の主体の地位はまさしくこの依存の否認と再上演に存する[25]」。こうして（フーコー的）主体は、「主体化＝服従化において反復的に構築される[26]」ことになる。

「性欲」の発動を可能なかぎり否定しながら、なお「性欲的生活の歴史」を語ろうとする「金井君」・「僕」とは、いわば「リビドー的に備給された抑圧」による「主体化＝服従化」の反復に駆り立てられた、欲望の主体と考えられる。ここで、反省的に「性欲」（「衝動」）の存在を否認することは、語りとともに進行する欲望の（意図せぬ）再生産、強化を、ないしは「真実」と「性欲」を結ぶ権力体制への依存を、逆説的な形で示すことでもある。

その意味で、特徴である分析的で平静な語り口は、「自分自身」の存続に係わる「主体化＝服従化への愛着」のアンビバレンツなあらわれにも見えてこよう。「金井君」・「僕」による一見ねじれた「真実」の告白（「性欲」なき「性欲的生活」）は、その「再上演」効果――オリジナルな「自分自身」を語りうる「大人の主体の地位」にあること――も含めて、「主体化＝服従化」を反復する存在の心的機構に見合うものと言えるのではないだろうか。

3　検閲・禁止する権力と作品／作者の形成

手記の「僕」は、性体験を回想するくだりで、「負けじ魂」や「例の未知のものに引かれるNeugierde」を心的要因に挙げつつも、結局は「僕の抗抵力を麻痺させたのは、慥に僕の性欲であつた」と「白状」する。また手記の後、「金井君」はドイツで「悪い事の限をした」のを、やはり「穉い Neugierde と余計な負けじ魂」によるものとするが、結局は「自分は無能力では無い。Impotent では無い。（……）自分は性欲の虎を馴らして抑へてゐる。」と考えなおす。曲折はあったものの、つまるところ、規格化された性主体として「主体化＝服従化」する内容と言えるだろう。

一方、手記を読み返した「金井君」は、「世間」に公表できないこと、とりわけ「Prudery」に支配せられている「教育界」にいる自分にとっての困難を思う。加えて、息子（読み手）に対する教育的な「効果」や価値も判断できないため、「文庫の中」へと放ってしまう。[27] 言ってみれば、言説上で権力への服従（＝主体化）を反復しながらも、それゆえなおさら、語りの主体は検閲の視線、他者の視線を意識せざるをえないのだ。果たしてそれは実際に、作者森林太郎の作品として、法による「禁止」を招くことになろう（なお『昴』掲載時の署名は「森林太郎」であった）。この事態が意味するところは、少々複雑と思われる。

フーコーは、近代の権力を、法の表象、機能から切り離している。たとえば『監獄の誕生』では、規律・訓練権力が、「個々人のあいだに《私的な》絆をつくりあげ、その絆たるや、契約の義務とは全く異なる一つの拘束関係」であること、また「法律体系が普遍的規範にもとづいて法的主体を規定するのに対して、(……)〔人々の〕特色をしめし、分類をおこない、特定化する」ことを理由に、「その機構上は一つの《反＝法律》である」[28]と規定する。また『知への意志』でも、「規範となるものが本質的に法律的であり、ただ法の発言と禁忌の機能のみを中心に作られたもの」となっている「限定的」な権力観[29]――当然ながら「検閲の論理」[30]も含まれる――を退け、「権力の法律的かつ否定的な表象というものを手放してみよう」[31]と説く。

対して、フーコーの権力論のうちに、法の役割を再定位する議論がある。ベン・ゴールダー、ピーター・フィッツパトリック『フーコーの法』は、「究極的に自らを強制しえない」規律・訓練権力が、「その行きすぎを抑制するために構成的に法に依存している」[32]と指摘する。また関良徳『フーコーの権力論と自由論――その政治哲学的構成』でも、規律・訓練権力は「常に法や法的合理性という衣をまとうことで正当化の問題を予め免れている」とされ、「法の規律権力正当化機能と規律権力の法システム維持機能との循環的関係」が措定されている[33]。

バトラーもまた、フーコーが「法的権力――所与の諸主体に働きかけ、それを従属化させる権力――が生産的権力、つまり諸主体を形成する権力の能力に歴史的に先立つと論じようとする」点に対して、「主体の強制的生産は主体そのものの統制の形式である」[34]と指摘し、法と主体形成の関係を検討している。「倫理的な法の圧力の下」で、自己省察の主体が出現し、禁止への愛着を通じた「主体化＝服従化」がなされる。それゆえ、「主体は権力の体制によって形成され、セクシュアリティを備給される」というフーコーの考えは、「主体はセクシュアリティの禁止を通じて形成される」との見方に結びつく。ここで「禁止」とは、「セクシュアリティを形成すると同時に、それを引き受けるとされる主体を形成する」ものであり、また「(欲望の…引用者注)保持の奇妙な形式、つまり法――エロティシズムを廃棄するか、エロス化を強制することでしか機能しないような法――をエロス化する方法」ともなる。[35]
「性欲的生活の歴史」の「真実」（「秘密」）を、規律・訓練化された「性欲」表象をもって語る作品内容は、実際の法によって「風俗壊乱」と意味づけられ、公表を禁じられる。そこでは、衝動の否定それ自体を欲望、反復するような告白行為を、あるいは生産的権力のもとに生じる「主体化＝服従化」への愛着を、法的権力による禁止が（逆説的に）「正当化」しているとも言えよう。反対から見れば、「エロス化」した法の存在こそが、「性欲的生活の歴史」を語る作品「ヰタ・セクスアリス」の表現を支え、そこで形成される主体性の維持——禁止を通じた欲望の保持にもとづく——を可能にしているのである。バトラーは別のところで、「検閲が明白かつ暗黙の規範にしたがって主体を生産しようとしていること、また主体の生産が発話の規制と深く関わっていること」を指摘し、「主体になるということは、主体の発話として読み取られるのは何かを決める暗黙かつ明白な一連の規範に従属するということ[36]」だとしている。検閲には、生産的権力と法的権力の相互関係が具体化されていると考えられよう。規格化した個人が、それでもなお自己の「性欲」を書く主体として存続できるのは、その記述を主体の発話とする検閲－法のもとで、あらかじめ「主体化＝服従化」している（主体として産出されている）からである。実際の検閲－法の前にさらされ、禁じられることは、こうした構造の反復、維持を意味していよう。

それでは、この作品に関するすべてが、いわば予定調和にすぎないのだろうか。この問いは、フーコーの権力論の枠組みにおいて、「抵抗」の可能性を考えることと関連している。そこに、検閲・禁止の対象となるのは〈だれか〉——哲学者「金井君」なのか、作者森林太郎なのか、それとも多くの肩書きを持つ〈鷗外森林太郎〉なのか——、といった問題性も浮上してこよう。

『知への意志』には、「権力のある所には抵抗がある」、すなわち、権力関係に抵抗は「排除不可能な相手として書き込まれている[37]」とある。それゆえ「言説」には、権力の作用とそれに対する抵抗の両面が備わる[38]。つまり、権力は内在する抵抗の力で、みずから瓦解する可能性を持つと想定される。

バトラーは、「規律的言説」が「主体の脱－構成のための条件を構成」すると見て、「主体が主体であり続けるのは、自分自身を主体として反覆あるいは再分節化することを通じてでしかない。そして、主体が一貫性を形成するための反復にこうした形で依存することによって、主体の非一貫性、その未完成の性格が構成されるだろう。[39]」と述べる。たとえば「衝動は、絶えず告白の場として、従って潜在的な管理の場として生産されるが、この生産は、告白の場を生み出す統制的な目的を超出してしまう[40]」というように、生産的権力－法的権力の目標とする規範化に対して、そこで産出された主体、言説が抵抗する可能性を持つことになる。

さて、フーコーの表現を借りるならば、検閲－法は「普遍的規範にもとづいて法的主体を規定」しながら、禁止の権力を行使する。「僕」の手記「VITA SEXUALIS」が「文庫」に隠匿されようが、「金井君」の存在ほか「ヰタ・セクスアリス」の内容がフィクションであろうが、つまりは禁止の対象となる言説の性質がいかなるものであろうと、法の力は（発話の、発表・刊行の）行為者－主体を狙って発動することになる。ここで法の執行が成立するのは、法的権力の対象となる主体が、「一貫性」を持つ存在として同定可能とされるからだ。さしあたり、「ヰタ・セクスアリス」の作者とは、当の言説を書き記し、署名を付して発表することで、それ――〈小説「ヰタ・セクスアリス」の作者森林太郎〉――になる主体と言える。ここで「主体化＝服従化」する〈何ものか〉については次節で見るとして、一般的には、小説「ヰタ・セクスアリス」が（厳密に言えばその掲載誌が）検閲によって発禁処分を下されることは、すなわちその「作者森林太郎」が処分の対象になりうることを含意するだろう。

周知のとおり、「ヰタ・セクスアリス」を掲載した『昴』第七号（一九〇九年七月一日発行）の発禁処分は、発行から一カ月ほど後（七月二八日）に下された。この理由については、文学博士号授与との関連など諸説あるが[41]、少なくとも〈鷗外森林太郎〉という特異な主体のありようが、何らかの影響をもたらしたものと推測される。〈小説「ヰタ・セクスアリス」の作者森林太郎〉とは、首相、文部大臣の文士招待会に参加し、「文芸院」構想の中核的存在と目された作家森鷗外[42]、文学博士号授与予定の学者ないし授与後の文学博士森林太郎、陸軍軍医総監・陸軍省医務局長の立場にある軍人官僚森林太郎、「性欲雑説」などの性科学論文の著者でもある医学博士・衛生学者森林太郎、……などの諸主体からなる〈鷗外森林太郎〉の一部を構成することになる。それらはみな、各々の形式において、権力関係のただなかで、すなわち生産的権力－法的権力のもとで「主体化－服従化」を反復する主体としてである。ただし、複数の反復による複数の主体＝〈鷗外森林太郎〉の形成は、主体の「非一貫性」・「未完成の性格」を構成することになる。ここに、権力が目標とする規範化を攪乱する可能性が生じてこよう。

小説「ヰタ・セクスアリス」の検閲－発禁処分は、権力のもとで「主体化－服従化」する主体形成を予定調和的に補完すると同時に、権力の効果の一端として出現した抵抗点に対する反応とも考えられる。規格化された「性欲」を語る「ヰタ・セクスアリス」は、しかし〈鷗外森林太郎〉――服従の諸反復によって「非一貫性」を帯びる〈主体〉――の文学作品であるゆえに、隠蔽されねばならない。ここで、「普遍的規範にもとづいて法的主体を規定」する法が直接その作者へ発動せずに、陸軍官僚森林太郎が「戒飭[43]」されるに至ったことは、権力の攪乱状態を示して興味深い。上役同士のやり取りに端を発し、密室で告げられる「戒飭」には、公私の権力が錯綜する官僚システム内の「《私的な》絆」、「契約の義務とは全く異なる一つの拘束関係」のもとになされた側面があろう。複数化された主体を前にして、法と規律・訓練権力との依存関係が崩れ、「正当化」しえない剝き出しの強制力が発動する。フーコーが見出した近代の合理的な権力関係－技術は、このとき内側から綻びを見せていると言えないだろうか。

4 主体の文法と作者の身振り

最後にいま一度、小説「ヰタ・セクスアリス」の側から、あるいはその作者森林太郎の側から、問題の所在を探ってみたい。「おれの性欲の歴史」を語る主体＝「自分」とは、当の告白を煽動する権力関係の効果として、もう少し言えば、「主体化＝服従化」を反復する語りの行為そのものにおいて形成されている。こうした循環構造にあって、対象－主体（「自分が自分でわかる」）としての自己表現は可能なのだろうか。

『知への意志』に「告白とは、語る主体と語られる文の主語とが合致する言説の儀式[44]」とあるが、主体形成の語りに関しては当の〈文法〉自体が問題化される。バトラーは、「主体化＝服従化の逆説」が「指示性の逆説」、すなわち「私たちはいまだ存在しないものに言及しなければならない、という逆説[45]」を含むとし、「主体化＝服従化」の理論に生じる文法上のアポリアを強調する。主体形成を説明する語りは、「その発生の説明に先立つ文法的「主体」を前提」とする「逆説」を抱える。そうした語りの文法は、「主体化＝服従化を経験する主体なしではいかなる主体化＝服従化も存在しない」ことを前提とするゆえ、「時間性が正しくないことを余儀なくされる[46]」。つまり、文法の成立以前に想定される「主体化＝服従化」が、その帰結であるはずの文法において語られてしまうのだ[47]。こうした論理的アポリアを抱えた主体形成の語りは、いかなる形式で、何を遂行することになるのだろうか。

主体化＝服従化を語る物語は、それが説明しようとする主体そのものを前提とするがゆえに、避けがたく循環的である。一方で、主体は、自分自身について三人称の視点を取ることによってのみ、つまり、自らの発生を語る行為において自分自身の視点を剝奪することによって、自分自身の発生に言及することができる。

他方で、いかにして主体が構成されるかをめぐる語りは、構成が既に生起しており、従って、構成は事後的に到来する、ということを前提としている。主体は、自分自身についての物語を語る自分自身を喪失しているが、自分自身の物語を語りつつ、何が語りの機能を既に明白にしているのかを説明しようとする。[48]

語りの文法はいまだ存在していないもの＝主体の文法的位置を前提とし、なおかつ、語る行為そのものが語りに必要な文法を生み出している。不在の主体が先取りされることと、その先取りを遂行する主体が事後的に到来すること。ゆえに、主体形成の説明は「それ自体と矛盾した二重の虚構[49]」と見られる。ただしそれは、「語りに抗するものを反復的に症候化する[50]」。なぜならその「虚構」性は、権力の効果としてあらわれた主体が、同時に、「根源において条件づけられた行為能力の形式にとって可能性の条件[51]」ともなっていることを明らかにするからである。

「おれの性欲の歴史」を書く「金井君」の手記は、むろん（「僕」の）回想の形式をとる。「解いた帯を、縦に敷布団の真中に置いて、跡から書くので譬喩がanachronismになるが、樺太を両分したやうにして、二人は寝る」といった自己言及も見られるが、語りの時間錯誤をめぐる問題性は、手記の記述のみならず、作品全体を侵蝕していると考えられる。それはとりわけ、「はつきり書いて見たら、自分が自分でわかるだらう」といった、自己認識を目指す語りの構造に深く係わる。これから説明されようとしている（過去の？）「自分」は、当の語りの文法上の主体＝（現在の？）「自分」として、すでに前提とされている。つまり、「はつきり書いて見たら」あらわれるであろう対象＝「自分」は、その「主体化＝服従化」の過程を語る（反復する）行為の条件となっているのだ。別の角度から見れば、主体形成の説明そのものを通して、語りの文法、およびその行為主体＝「自分」が生み出されていることにもなる。[52] 過去の「自分」を現在の「自分」が語る構造のうちに、文法的な時間錯誤が潜在していると言える。こうして説明される主体－「自分」とは、文法上要求された「虚構」にすぎないと見ることもできるだろう。
この見方の延長に作者森林太郎を置いてみよう。[53]小説「ヰタ・セクスアリス」の作者森林太郎は、（性の）「真実」の告白の舞台となった近代文学の制度下にあって、（いかに否定的、パロディ的な姿勢を装おうとも）自己表現の主体に位置している。小説の言説形態を遂行することは、「主体化＝服従化」による主体形成の反復の一環をなすものと考えられよう。作品において、作者森林太郎‐主体は、まず「金井君」という「三人称の視点」を取ろうとしている。つまり、「主体化＝服従化」の「物語」を語る際の循環性から遠ざかるために、形式のうえで「自分自身の視点を剝奪」するのだ。一方で、主体形成の説明にあって「金井君」と発話する位置、すなわち語りの文法の主体が、当の語りそのものにおいて生み出される。「金井君」の主体形成をめぐる語りは、その文法上の主体‐不在の「自分」の構成が、すでに生起していることを前提とする。さらに、手記の主体である「僕」が、三人称「金井君」の物語「ヰタ・セクスアリス」を語る不在の主体位置を、反復的に症候化‐侵犯しているとも言える。それゆえ、「語る主体と語られる文の主語とが合致する言説の儀式」たる告白は、時間錯誤をはらんだ「虚構」となるだろう。そして作者森林太郎もまた、こうした語りの遂行において出現する文法上の主体にほかならない。その存在は、語る主体としての「自分自身」を一度喪失しながら、「虚構」の告白としてある主体形成の語りを通して、権力の効果である「自分自身」の、その主体としての「行為能力」を顕在化するのだ。

僕はどんな芸術品でも、自己弁護でないものは無いやうに思ふ。それは人生が自己弁護であるからである。あらゆる生物の生活が自己弁護であるからである。木の葉に止まつてゐる雨蛙は青くて、壁に止まつてゐるのは土色をしてゐる。草むらを出没する蜥蜴は背に緑の筋を持つてゐる。沙漠の砂に住んでゐるのは砂の色をしてゐる。Mimicry は自己弁護である。文章の自己弁護であるのも、同じ道理である。

ここで、「Mimicry」＝「自己弁護」としての人生を[54]、権力のもと「主体化＝服従化」する主体の論理に重ねることは、あながち牽強付会とは言えないだろう。権力関係がもたらす効果として出現する主体とは、言うならば、つねにすでに擬態として存在するのだ。ただしこの見方は、すぐさま、擬態となっている〈何ものか〉——青や土色になる以前の「雨蛙」、緑の筋や砂の色をまとう以前の「蜥蜴」——を要求することになろう。この逆説に満ちた〈何ものか〉を主体－「自分」とし、そこから事態を顧みるとき、服従することで主体となる「擬態」の人生とは、まさしく「自己弁護」と形容すべきものとなるはずだ。告白の権力システムのうちで文章を書くこともまた、当のシステムこそが書く行為とその主体を産出しているゆえ、「自己弁護」の「道理」を辿ることになろう。前節で見たように、その文章が検閲によって禁止されることも、こうした「自己弁護」の構造の一端を形成していると考えられる。

しかし同時に、その文章と表現行為は、主体形成を「自己弁護」して語る主体－「自分」の所在、もう少し言えば、権力が産出した主体の「行為能力」に備わる抵抗の可能性に、微かな光を当てることにもなる。

よく知られるように、フーコーは講演「作者とは何か」で、始原的主体による言説の創出といった見方を退け、現実の作家や個人に還元されない「機能としての作者」の概念を提示した。フーコーによれば、それは言説を規定する諸システムと結合し、「複数の自己」、「複数の立場＝主体」の成立を可能としている[55]。ところでジョルジョ・アガンベン「身振りとしての作者」は、講演の導入をなすサミュエル・ベケットの言葉「《だれが話そうとかまわないではないか、だれかが話したのだ、だれが話そうとかまわないではないか》[56]」（「作者とは何か」）と、そこからフーコーが引き出す「作家の刻印とは、もはや作家の不在という特異性でしかない[57]」との認識を問題化する。アガンベンは、「匿名で顔がないままとはいえ、言表されたものを口にした誰かがいるのであって、その誰かがいなければ、話す者の重要性を拒否する身振りそのものが定式化されえない[58]」と指摘したうえで、「作者という主体は存在する。しかしながら、彼の存在が証明されるのは彼の不在の痕跡を通してのみである。しかし、どのようにして不在が単独的でありうるのだろうか。[59]」と問う。そしてこうした「フーコーのアポリア」に、「ひとつの主体性が生み出されるのは、生きているものが言語活動と出会い、そのなかに留保なく自らを賭けながら、ある身振りのなかでそれへの自らの解消不可能性を提示するところにおいてである[60]」との見解で応じている。

告白の言説としてある小説の語りを——その成立の不可能性に繰り返し言及しながら——遂行した「ヰタ・セクスアリス」に、作者森林太郎、さらには作家森鷗外の「不在の痕跡」、「自らの解消不可能性」の「身振り」を見ること。それは、「主体化＝服従化」を「自己弁護」して語る主体の「行為能力」そのものに、つまり作品に書かれた事柄だけでなく、それを書く行為自体に意義を見出す試みとなろう。小説に賭けられた鷗外森林太郎の「主体性」は、いわば表現の内と外の閾に存するのである。書かれたものに向けられる検閲は、この主体の権能を取り逃し続けるにちがいない。

第六章　「青年」——小説における理想と現実

1　鷗外のシュティルナー言及

一九一〇年、大逆事件を機に言論弾圧が強化されるなか、森鷗外は、持ち前の啓蒙的身振りをもって、無政府主義に関する知見を小説その他に披瀝していく。一連の記述では、基本的に無政府主義の思想と切り離すことで、西洋近代の個人主義の意義を「レアクション」(「森鷗外氏の文芸未来観」(1))の風潮から擁護する試みがなされていた。この取り組みにおいて、ごく短い期間ではあるが繰り返し鷗外の論述にあらわれ、その戦略の要諦に据えられた思想家がいる。

原来個人主義といふものはスチルネルあたりが元祖でそれが又ヘーゲルに淵源し、フオイエルバハに連繫してゐるのであらうが、スチルネルなんぞの思想は新時代を劃したものなので、殆どあらゆる思想家が其影響を受けてゐる、一時一般に賞賛せられて今も我邦にゐるキヨーベル博士なんぞが殆ど神のやうに尊信してゐるハルトマンなんぞの哲学中でも、有名な無意識哲学のイルジオンの三期なんぞは、あの思想を基として書いたのである、スチルネルは其物はさういふ思想家であるが、それが一方に向つて発展したものはどうかと云ふと、最も危険で、最も忌むべき無政府主義にもなるのである、バクニンとか、プルウドンとかいふやうなものが其影響を受てゐる、そこで為政者がバクニンやクロポトキンや、タッカアのやうな人の書いたものを撲滅するのは好いが、若しスチルネル迄溯るとなると少し遣り過ぎるといふことになるだらう、(……)

(「鷗外森博士と語る」[2])

持ち上げられている人物は、『唯一者とその所有』(一八四四年)の著者として、日本でも後に一部の人々に強い影響を与えるマックス・シュティルナーである。引用部のほか、みずからの活動により引きつけた記述(「文芸の取締」は「スチルネルとバクニンとの間にはつきりと一線を劃するやうに、境界を立てることにしなくてはなるまい」)、「アルチバシエフなんぞはスチルネル崇拝者である」)も含めて、「沈黙の塔」(『三田文学』一―七、一九一〇・一一)、「食堂」(『三田文学』一―八、一九一〇・一二)、「妄想」(『三田文学』二―三、四、一九一一・三、四)へと続くシュティルナー言及の要点が、ほぼここでの発言に出揃っている。[3]ちなみにそれは、後に定着する『唯一者とその所有』という訳語の初出が「食堂」であるとも言われるように、[4]日本では最初期の紹介のうちに入るものであった。

いずれの文章でも、「スチルネルは哲学史上に大影響を与へてゐる人で、無政府主義者と云はれてゐる人達と一しよにせられては可哀相だ」(「食堂」)など、論述のストラテジーにおいてその評言を付していると見られる。それにしても、シュティルナーを「個人主義の元祖」(「沈黙の塔」)とする点をはじめ、鷗外の説明はいささか大げさに感じられよう。確かに発表当時、ヘーゲル左派の人々に強い衝撃(「シュティルナー・ショック」[5])を与えたその思想は、「新時代を劃したもの」のひとつとなった。とはいえ数年後には忘れられた存在となるシュティルナーを、「殆どあらゆる思想家が其影響を受けてゐる」とするのは難しいだろう(十九世紀末期から、一部の個人主義的アナキストによる再評価ははじまっていたが)。

もとより、「今では Reclam 版になつてゐて、誰でも読む」(「食堂」)とした『唯一者とその所有』に直接当たっていたかも不明であるが[6]、少なくとも鷗外自身が特別それに親炙していたとは考え難く、直接の影響という点では同時期に多く言及された思想家たち(ニーチェ、ハルトマン、ショーペンハウアーら)に及ぶべくもない。結局のところ、「極端な個人主義」(「食堂」)と言うべきグレーゾーンにあった思想は、「スチルネルを読んで見ると、ハルトマンが紳士の態度で言つてゐる事を、無頼漢の態度で言つてゐるやうに感ずる。そしてあらゆる錯迷を破つた跡に自我を残してゐる。世界に恃むに足るものは自我の外には無い。それを先きから先きへと考へると、無政府主義に帰着しなくては已まない。/自分はぞつとした。」といった「妄想」の著名な一節[7]を経て、「Stirner の人生観のやうに、あらゆる観念を破壊して、跡に自我ばかりを残したものがあつて、それを個人主義とも名づけたことがある。あれは無政府主義の土台になつてゐる。併しあれは自我主義である。利己主義である。」(「文芸の主義」[8])と、反動勢力と共有しうる仮想敵に仕立てられる[9]。

一方で、シュティルナーという固有名の戦略的使用は、鷗外の記述にまた別の側面をもたらしている。それは、「鷗外森博士と語る」引用箇所をはじめ、「Hegel 派の極左党で、無政府主義を跡継ぎに持つてゐる Max Stirner の鋭利な論法」(「沈黙の塔」)と表現し、またプルードンと対比して「スチルネルと同じやうに、Hegel を本尊にしてはゐるが、ヘエゲルの本を本当に読んだのではないと、後で自分で白状してゐる。スチルネルが鋭い論理で、独創の議論をしたのとは違つて、大抵前人の言つた説を誇張したに過ぎない。」(「食堂」)と述べるなど、後ろ盾としてヘーゲル(とヘーゲル左派)を持ち出す点にある[10]。ここには、一部のアナキストが信奉する『唯一者とその所有』の「随分極端な議論」（「食堂」）を政治の文脈から切り離し、学術文化の領域に引き寄せる狙いがあったと見るべきであろう（このこと自体の問題性はとりあえず置くとして）。ただ事実において、ヘーゲルを中心とするドイツ観念論哲学とヘーゲル左派の議論を前提にシュティルナーの主張はなされていたわけで、鷗外の記述には、その思惑を超えた意味合いを読み取る余地もあろう。「極端な個人主義」は無政府主義に帰結する、といったおよそ実感を伴わぬ整理とは異なり、「舞姫」（『国民之友』六九「附録」、一八九〇・一）や「ヰタ・セクスアリス」（『昴』一―七、一九〇九・七）――現実と小説表象の境界で〈個〉なる存在の可否を試験するような――の作者鷗外を心底から「ぞつと」させる何かが、そこに明らかな形をもって浮上してくるかもしれない。

そこで本論がとる方向は、鷗外の戦略に乗る形でシュティルナーの思想を把握しつつ、その創作に対する読解の方途とすることである。そのなかで、「芸術が人の内生活を主な対象にする以上は、芸術と云ふものは正しい意義では個人的である。此意義に於ける個人主義は、哲学的に言へば、万有主義と対してゐる。家族とか、社会とか国家とか云ふものを、此個人主義が破壊するものではない。」（「文芸の主義」）といった鷗外の主張の基本線が、文学的実践において裏切られ、かつ同時に立証される様子が窺えればと思う。

分析対象に取り上げるのは、文学と個人主義をめぐる議論を、創作家志望の青年の姿に投影した作品「青年」（『昴』二―三～三―八、一九一〇・三～一九一一・八）である。一見、いくつかのテーマが有機的関係を欠いたまま並存しているこの作品の読解に、右の視点はひとつの見通しを与えるものになるだろう。

2 理想化される個人主義

「理想主義の看板のやうな」「黒く澄んだ瞳」（壱）を持つ小泉純一は、上京後に得た見聞や交際を通して、その理想の内実を少しずつ調整していく。

資産家の家庭に生まれ、「優等の成績」で中学を卒業した純一は、「自信」や「抱負」は持っていたもののエリートコースを辿ろうとしない。特に就きたい職業もないことから、「創作家」への道を志す。ただ、「親類の異議のうるさいのを排して」〔五〕それを志望することは、「因襲や前極め」〔八〕を否定する身振りでもあった。そうした純一の「決心」を支えていたのは、「因襲」の「破壊」をもって現出する、自律した自由な個人の観念であり、それが理想の一部をなしていたと考えられる。

その具体像と想定された自然主義作家大石の言葉は、純一の表面的な考えを困惑させる。みずからの「内生活」を「自省する態度」に基づく「真の告白」〔弐〕、といった記者の賞賛に対し、大石はシニカルな応答を繰り返す。また、その「志願」を話した際、大石から「只書いて見る丈の事だ」と言われた純一は、「何の掴まへ処もない話だと思つて稍や失望」〔四〕する。「因襲」否定のうえに「正しい意味」での「生活」が築かれるといった理想を、創作家の実践に重ねて実体化していた純一だが、結局「大石の言つたより外に、別に何物かがあらうと思つたのが間違で、そんな物はありやうがないのだと悟つた」〔四〕。後に「日記」には、「何の目的の為めに自己を解放するかが問題」〔十〕と記すことになる（「解放」以前の「自己」を措定せざるをえない点にアポリアが生じるわけだが）。個人の形成において否定の働きが自己目的化すること——それはひとつの必然でもある——を、純一が思い描く理想は想定していなかったと言える。

みずからが抱く理想の「空虚」さ、あるいは書くべき「自己」の不在ゆえ、焦燥感に駆られる純一は、拊石の講演を聞いて「これまで蓄へて持つてゐる思想の中心を動かされ」〔七〕ることになる。いわく、イプセンの個人主義には、「あらゆる習慣の縛を脱して、個人を個人として生活させようとする思想」である「世間的自己」と、「始終向上して行かうとする」「出世間的自己」の二面があり、後者の存在によって、その思想は単に「放縦を説く」〔七〕にすぎぬものとなるのを免れている。

イブセンのブラントは理想を求める。（……）此理想はブラントといふ主人公の理想であるが、それが自己より出でたるもの、自己の意志より出でたるものだといふ所に、イブセンの求めるものの内容が限られてゐる。兎に角道は自己の行く為めに、自己の開く道である。倫理は自己の遵奉する為めに、自己の構成する倫理である。宗教は自己の信仰する為めに、自己の建立する宗教である。一言で云へば、Autonomie である。それを公式にして見せることは、イブセンにも出来なんだであらう。〔七〕

能動的主体としてより理想化された個人は、ここで、いわばカント的な叡智的自己（「出世間的自己」）として措定されている。(11) それは、完全に自由で自律した理性的主観性による、自己立法の可能性を伴う。純一は、こうした見解を示す拊石が、「何物をか有してゐる」〔八〕と判断する。ただし、自律した自己の「理想」の中身を「公式にして見せること」ができない以上（カントは主観的格率と普遍的法則の一致を定言命法として形式化する）、「その何物かが気になる。自分の動揺は、その何物かに与へられた波動である。」〔八〕とあるように、やはりそれは抽象的な状態で滞留していた。それゆえ、「新しい人は詰まり道徳や宗教の理想なんぞに捕はれてゐない人なんでせうか。それとも何か別の物を有してゐる人なんでせうか。」といった反語的問いを起点に、「積極的新人」〔八〕をめぐる大村との対話がはじまる。叡智界では完全な自由・自律のもとにある理性的自己も、具体的な現実（現象界）においてはみずからの所作を「道徳や宗教の理想」として示すほかない。結局のところ、「新人も積極的になつて、何物かを建設したら、又その何物かに捕はれる」ことになろう。二度目の対話でもこの矛盾を問おうとする純一に、大村は、「因襲」の「縛」とは「本能的で、無意識」なものだが、「新人が道徳で縛られるのは、同じ縛でも意識して縛られる」のだと述べる。そう捉えれば、「その道徳といふものは自己が造るものでありながら、利他的であり、social である」〔十一〕（純一）と見えるだろう。こうして、否定性とともにある理想の積極的な具体化、および個人（の自由・自律）と社会（の規範・利益）の背反の解消が、ひとまず同時に可能となる。[12]

ここから、有名な「利他的個人主義」なる言辞が引き出される。[13] 大村は、利己的な個人同士の闘争は「無政府主義」〔二十〕に行き着くとしたうえで、おおよそ次のように語る。「利他的個人主義」における自己は、「我といふ城廓」を保持しつつ「人生のあらゆる事物を領略」する。そこではもはや「忠義も孝行も、我の領略し得た人生の価値に過ぎない」のだから、それを遵守する「国民としての我」・「人の子としての我」も（近代的）個人であるはずだ。さらに、「個人主義」の徹底が「万有主義」に達するならば（「生が万有を領略してしまへば」）、個人はみずからが「領略」した「人生の価値」のために「死ぬる」こともあろう……。近代社会に至った以上、「個人主義を退治ようとする」のは現実的でない。この認識を前提に、何らかの理想状態を想定するならば、その可能性のひとつとして、全体＝「万有」の下での活動において（のみ）、個人がみずからの存在原理たる自律・自由を確認していくあり方が挙げられよう。しかし、当初より純一の躓きの石であったように、個人とは、周囲の価値を否定することで自己を認識／形成する存在ではなかったか。

それゆえ、個人の成立に先立つ根源的な否定の働きを、個人と全体の一致を導き出す原動力に変換する論理が要請される。この点に、個人主義を肯定的に語るなかで、ヘーゲルの名を特権的に持ち出した鷗外の戦略は関わってこよう。ともに主観的自己の自律と自由を根底に据えながら、叡智界・現象界の二元論からある種の形式主義に陥ったカントに対し、意識の否定作用が生み出す弁証法をもって、主観的（抽象的）意識が理性的自己を経て客観的（具体的）精神へと達する論理を構成することで、具体的現実における個人と全体（国家）の和解を企図したヘーゲルの思想こそ、「青年」における懸案を払底する可能性を有していたと言える。たとえば、『法の哲学』（一八二一年）では、自由な個人の欲求が形成する市民社会を、近代家族とともに、〈人倫〉の体系たる国家の基盤として位置づける。そのなかで個人の自律した理性は、自己と全体を通底する普遍的精神の運動を認め、みずからがその理念を具体化する国家の一部としてあることを発見する。もとより、こうした思想を、日本社会の現実を飛び越えて、かつ文学作品に重ね合わせることは乱暴であろう。ただ、一連の大村の議論にひとまず我が意を得たように見える純一ゆえ、[14] みずからの揺れ動く理想を、その観念性の赴くままに、ヘーゲル的な理念にすり合わせていくことも想像できなくはない。

3 〈この私〉が生み出す「事実」

個人主義の理想化を模索する議論は、坂井夫人との関係とそこに生じる純一の内面記述が主軸となる小説において、副次的な要素にすぎない印象を与える。ただ、積極的に関連づけるならば、人間の理性的側面に収束する前者の観念性を、後者に示される感性的自己の記述が相対化する形において、両者を図式化することもできる。先述の内容に即して言えば、大村が述べた「万有」を「領略」する「我」も、実質的には理性的存在として限定されており、感性的自己の強調はそうした「領略」のあり方を否認するものとなるだろう。だが、こうした理性-感性二元論（霊と肉の分裂、というほどの）は、内容のかみ合わなさの必然性を、小説といういとなみの問題性において説明するものとはならない。考えるべきは、純一の内面記述が、理性や感性で括れないような自己の〈何か〉に触れようとしている点である。この地平に、自律した個人、すなわち自己をも「領略」した「我」という存在の論理を捉えなおしてみたい。

ひとつ目の「日記が断片」で、「容赦なく自己を解剖」しようとする純一は、坂井夫人訪問に至った過程を次のように記す。

午後から坂井夫人を訪ねて見た。有楽座で識りあひになつてから、今日尋ねて行くまでには、実は多少の思慮を費してゐた。行かうか行くまいかと、理性に問うて見た。（……）所が、理性の上で pro の側の理由とcontraの側の理由とが争つてゐる中へ、意志が容喙した。己は往つて見たかつた。（……）／己はあの奥さんの目の奥の秘密が知りたかつたのだ。／（……）実は理性の争に、意志が容喙したと云ふのは、主客を顛倒した話で、その理性の争といふのは、あの目の磁石力に対する、無力なる抗抵に過ぎなかつたかも知れない。／とうとうその抗抵に意志の打ち勝つてしまつたのが今日であつた。〔十〕

純一は過去の行為の原因を、反理性的なもの（「意志」でも無意識でも本能でもよいが）による理性の凌駕に還元する。[15]坂井夫人の「謎の目」も純一の欲望の投影にほかならず、反理性＞理性の説明図式に収まると言えよう。ひとまず押さえるべきは、同時に純一が、その「主客」の「顛倒」を指摘していることである。この見方からすれば、先行する自己の感性に「抗抵」する〈反感性〉として、理性は再措定されることになろう（先回りして言えば、感性的自己もまた、実際に起きた行為の原因として、事後的に遡及されたものである）。そして以下、坂井夫人に向けられた行為は、「内面からの衝動、本能の策励」〔十〕、「動物的の策励」・「反理性的の意志の叫声」〔二十二〕と、「自衛心」〔十〕、「自制力」〔十五〕とが、ときどきの「刹那」[16]にせめぎ合い、結果前者が勝利したものとして振り返られる。しかも、表にあらわれた逡巡とは無関係に、それは「意識の閾の下」〔二十三〕ですでに決定していたとされる。

作品に記された理性に対する感性の優位や、反理性的自己の決定論的措定は、純一の個人主義の理想とセットで考えるべきだろう。ドイツ観念論の前提に立つならば、自律した個人とは、みずからの感性からも自由な理性的主観を意味する。「因襲」否定が抱えるエゴイズムに拘泥する純一の理想は、こうした個人のあり方をモデルとしていよう。また、自己の感性的側面を統御する主観的理性が、何らかの普遍的法則に一致することを、近代個人主義はひとつの理想とする。

ただし、ひとたび現実を生きる人間に視点を移せば、ときどきの出来事に生じる自己の二面性とは、自己反省のうちに一般論を適用することで、あくまで事後的に認識／形成されたものとしてあらわれる。このことは、坂井夫人をめぐる純一の内面を、「日記」として記述する小説表象の形式に象徴されていよう。そして、そうした反省的思考における先験的前提となっているのが、「事実はどうもすることが出来ない」〔十五〕となかば投げやりに純一が記した、この「事実」なのである。この「事実」には、一回的な出来事として生じた自己の行為が含まれる。そこで、この「事実」の境域において、仮に行為主体たるべき自己を想定するならば、理性‐感性の二元論に腑分けされる以前の、〈この私〉なる存在様態に突き当たるだろう。蠱惑的な未亡人を前にした若者の内面を、欲望と理性の綱引きとして説明することは容易である。だがそれは、この「事実」を形成した〈この純一〉の行為を、一般論へと解消することでもある。

　二元論的分析以前の「事実」の場面に措定される〈この私〉を、自由で自律した個人として考えることは可能か。シュティルナーの「極端な個人主義」は、〈この私〉なるものを前景化することで、個人の概念に変更を迫るものであった。『唯一者とその所有』では、神、国家、およびそれらの支えである普遍的精神といった観念を、人間に取り憑いた「幽霊」であると退ける。さらに、人間の感性的側面を重視したフォイエルバッハの思想（「類的存在」としての人間観）についても、その観念性が指弾される。シュティルナーが説く〈この私〉＝「唯一者」とは、あらゆる概念に包摂されることのない無二の存在、いわば完全に自由で自律した「理想」の、究極の個人であった。それゆえ、〈この私〉＝「唯一者」は、みずからの力でゼロから「万有」を生み出す「創造者的虚無」であり、そうした自己を「所有」しかつ「消費」する主体／対象存在と想定される。[17]

　この議論の標的のひとつが、具体的現実において「利他的個人主義」へと帰結する理性主義のあり方である。理性的主観としての個人において、その自由と自律は全体との一致をもって完成する。これに対して、極めて身体的な存在である「唯一者」は、支配的イデオロギーのうちで「犯罪者」となってあらわれる。単純化を承知でまとめるならば、純一が求める「真の充実した生活」〔十〕という理想は、前者の論理によって内容をほぼ充填されながらも、かろうじて後者の方向にも開かれていたと言えよう。ただそれ以上に重視したいのは、いかなる事後分析とも無関係に――すなわち理性的、感性的という以前に――、〈この純一〉こそが（作品）世界における「事実」を生み出した行為主体である、という点だ（その意味では、坂井夫人との関係性や個人を形成する社会関係もまた、「事実」の後から――それに先行する事態として――見出されたものと言える。むろん科学的には関係や構造のほうを重視すべきであろうが）。「唯一者」の自己所有とは、そうした一回的な出来事にあらわれるロゴス以前の〈この私〉を、そのまま肯定することにほかならない。このとき、「万有」は「唯一者」による自己創造のうちに出現するだろう。それは普遍的理性の足枷を外され、「エゴイスト」たる個人＝〈この私〉の関心に即したものとなる。

大村の話をどれほど頭（理性）で受け入れようとも、純一の世界は、みずからの行為を含むこの「事実」において創造／消費されていく。だが純一は、「事実はどうもすることが出来ない」ことに気づきながらも、やはりその理想を「事実」の肯定をもって徹底化してはゆかない。確かに、個人主義的アナキズムの源流として発見される「唯一者」の「極端な個人主義」は、作品の方向性とは――もちろん鷗外自身の考えとも――相容れない思想であっただろう。ただそれに加えて、作品には個人と小説をめぐる表象の問題が横たわっているように見える。

4　「極端な個人主義」における表象不可能なもの

〈この純一〉による「事実」の創造と青年たちの理性主義的言説は、ともに個人主義の問題圏にありながら、作品のなかではすれ違ったままになっている[18]。この分裂自体に、小説家鷗外が到達していたところを考えられないだろうか。そこで問題となるのは、〈この私〉を原理とする個人主義の理想を、どのようにして小説で表象するかである。創作家志望の純一は、ここに存するアポリアを体現しているものとも見られる。

純一が理想とする「真の充実した生活」を、主体／対象としてある「唯一者」の生だと仮に見るならば、形式上そこに「ライフとアアト」〔六〕が一致した創作家のいとなみを重ねることは容易であろう。ただ現実には、その創造は往々にして「自省」内容の「告白」として表象＝言語化される。このとき〈この私〉なるものは、書く‐書かれる存在としてある。それはすなわち、事後的な理性的主観の前景化による分裂状態から、〈この私〉の唯一性をもって回復した個人（in‐dividual）に、再び亀裂を走らせる表象形態である。ところでシュティルナーは、批判者に対し「唯一者」とは何かを説明するなかで、その概念としての「没規定性」を強調し次のように述べる。

> 唯一者は一つの言葉である。（……）しかし、唯一者は没思想的な言葉であり、どんな思想内容も持たない。――では没思想的な言葉が思想でないとすれば、唯一者の内容とはいったい何であろうか。二度とは現存しえず、それゆえ表現されることができない一者ということだ。なぜなら、その唯一者を表現することができ、実際、全く完全に表現することができるとすれば、その一者は二度現存することになるであろうし、「表現」のなかで現存することになるであろうからだ。／唯一者の内容は、なんら思想内容ではない。それゆえ唯一者はまた思惟することも言い表すこともできない[19]。

主体かつ対象である〈この私〉は、論理上述語（「表現」）を持たない（持ってはならない）。〈語りえぬ自己〉とは何か言い古された感もあるが、シュティルナーの「極端な個人主義」は、そのような個人と表象の問題性に触れる思想であったと言える。そしてこのことと深く関連する論点が、「創造者的虚無」たる〈この私〉が世界に出来する際の時間性である。「瞬間においてのみ君は君だからであり、瞬間的な人としてのみ君は現実的[20]」ともあるように、その出現／行為は、完全な「瞬間」性において想定すべきものである。このとき、主観性と対象性、感性と理性へ分離する以前の〈この私〉が自己創造を遂げる。これは純一が、「真の生活」を「現在」――「過去と未来との間に劃した一線」〔十〕――にあるべきものと局限することにも関連しよう。ここで現在とは、幾何学上の点や線のごとく、表象されると同時に失われる概念、すなわち語られた時点で過去（や未来）へと押し出される「瞬間」の謂いと考えられる。

こうした表象不可能性とともに示される〈この私〉は、明らかに小説という形式にそぐわない。純一は、信奉する小説規範に則って、みずからの「人生の閲歴、生活の閲歴」〔十〕を「日記」において告白しようと試みる。しかしそれが、個人主義を（その範疇において揺れ動く）理想とする言語活動である以上、いずれ上記の問題に突き当たることになろう（またその帰結のひとつは、すでに大石の言葉が示唆していた）。純一が坂井夫人との「閲歴」について「実は書くべき事が大いにある筈で、それが殆ど無い」〔十〕と自覚するとき、問題となっているのは、たとえば「告白すべき自己を有してゐない」（「田楽豆腐」、『三越』二―一〇、一九一二・九）というような実体論的擬似命題だけでなく、「事実」の行為主体にまつわる原理的な表象不可能性でもあるのだ。それは、個人主義の理想に誠実であるがゆえの障碍と言えよう。「己が此日記を今の形の儘でか、又はその形を改めてか、世に公にする時が来るだらうか」〔十五〕との「疑問」に対する〈否〉の回答を、作品テーマのひとつと考えるならば、それを個人主義の理想を追求する小説のいとなみにもたらされた、計画的破綻としてもよいだろう。結局「日記」にあらわれているのは、「刹那」の出来事に浮上する〈この私〉ではなく、すでに対象として形骸化した自分と、その周囲を「迂回」する醒めた自意識でしかない。

作品は、自己表象のアポリアに直面する純一を尻目に、「純一が日記」という形式をあっさり廃棄したうえで、（それがなかったかのごとく）なお純一の思念を語っていく。[21]一人称の「日記」であろうがなかろうが、坂井夫人訪問にまつわる純一の内面は、同一平面上の言語表象として存在している。こうして、「告白」における形式上の価値は失墜する。語りの相違など、所詮それが小説としてある以上、個人の表象において質的な差異を創出するものではない……、作品はやや投げやりな形で、このことを示しているようにも見える。つねに近代小説は、〈この私〉の表象不可能性を極限値としながら、その手前で僭称された個人なるものを、「自己弁護」(「ヰタ・セクスアリス」)の一環として生み続けるほかないのだから、と。

最後に、純一における書くことへの飛躍と創作材料の変更について、若干の検討を加えたい。箱根で坂井夫人と画家岡村に会見した翌朝、純一は「今何か書いて見たら、書けるやうになつてゐるかも知れない」と思う。そして、「いよいよ書かうと思ひ立つと共に、現在の自分の周囲も、過去に自分の閲して来た事も、総て価値を失つてしま」い、と同時に「気分の充実を感じ」る(二十四)。一見矛盾したこの説明は、さらに、「併しなんと思つて見ても寂しいことは寂しい。どうも自分の身の周囲に空虚が出来て来るやうな気がしてならない。好いわ。この寂しさの中から作品が生れないにも限らない。」(二十四)という一節に引き継がれるだろう。本論の文脈で敷衍すれば、「周囲」の「価値」とは、あくまで〈この純一〉の自己創造/消費の活動において生成するものである。そうした「唯一者」の権能を理想の一極に措定するがゆえ、現実を生きる自分や小説表象に関わる自分の「周囲」に、純一は「空虚」を見てしまう。その意味で、「寂しさ」とは、個人主義の理想の一端を断念する際に生じた感情と言える。純一はこの「寂しさ」をもとに、必然的反動として、「自分」・個人のみを中心化する思考から離れていこうとする。

そこで個人主義の理想は、もう一方の極、すなわち個人と全体の和解へと傾斜していく。そこで例の「国の亡くなつたお祖母さんが話して聞せた伝説」という「sujet」(二十四)が浮上するのであるが、これに先立って、箱根に行く道中ふと故郷を想起する一節がある。「定期刊行物」のように届く「お祖母あ様の手紙」に対して、純一は「書くことのないのに当惑する」。これに、「ぼんやりした、捕捉し難い本能のやうなものの外には、お祖母あ様と自分とを結び附けている内生活といふものが無い」(二十二)との説明が続いている。

ところで、「青年」を論じるうえで、重要な参照項となってきた鷗外の文章に、リルケの戯曲「家常茶飯」翻訳に付された「現代思想（対話）」[22]がある。そこで鷗外は、作品に示された「因襲の外《ほか》の関係」について注意を促している。一見「因襲」的道徳性に縛られた「献身」の行為（ここでは老母の世話）が、本人（主人公の姉「ゾフイイ」）には個人の主体的選択と意識されている点に、「因襲の外」の、しかしながら公共的道徳を形作っている行為のモデルが見て取られる。「一体孝でも、又仁でも義でも、その初に出来た時のありさまは或は現代の作品に現れてゐるやうな物ではなかつたのだらうか」[23]と問いかける鷗外は、倫理性を基軸とする個人と社会の同時生成を表現することに、近代小説の理想を思い描いていたとも言える。

純一が考える「古い伝説の味」〔二十四〕は、そこに沈殿する「ぼんやりした、補足し難い本能のやうなもの」によって醸し出されよう。それは直接言葉にすることができないという点で、〈この私〉と同じような極点にある。ただし、またそれは、つねにすでに何らかの共同性を支えてきた「内生活」として、（普遍的理性のごとく）現実に作用しているはず、ということにもなる。純一は、語り継がれてきた「伝説」が、そうした「本能のやうなもの」・「内生活」を内包していると想定し、それを「現代語で、現代人の微細な観察を書いて」〔二十四〕、〈いま、ここ〉へと表出したいのだろう。現実においてあくまでみずからを個人と認識している「現代人」と、それが社会的存在である以上必然的に有するとおぼしき共同的「内生活」を、「伝説」の表象において止揚することに――一方で、それが完全な均衡に達しないことを、鷗外の歴史小説は証明しているように思う[24]――、創作家志望の青年なりの和解プログラムがあったと考えられる[25]。そしてそれは、近代個人主義／近代小説の論理が行き着く極点を見据えつつ、理想主義者にして現実主義者たらんとする作家鷗外の志向のひとつでもあっただろう。

II

第一章　奥泉光「シューマンの指」——音楽の「隠喩」としてのメタミステリ小説

1　「鳥類学者のファンタジア」から「シューマンの指」へ

奥泉光「鳥類学者のファンタジア」[1]は、ジャズ・ピアニストの女性「池永希梨子／フォギー」がナチス政権下のドイツへタイムスリップし、有名ピアニストであった祖母「曾根崎霧子」に出会う、いわば〈音楽SF〉といった趣向の小説である。「霧子」はそこで、神秘思想を実証する極秘演奏会の奏者に選ばれ、「オルフェウス音階」（「フィボナッチ数列」を十二音律上に適用したもの）からなる反音楽的ピアノ曲の演奏に挑む。その神秘思想は音楽を宇宙の諧調として極度にイデア化するものであった。一方、現実の演奏は「純粋音楽」の頽落形態と位置づけられる（再現不可能な音楽の至高性へと向かう奏者の精神的努力にのみ、演奏の意義が認められる）。

さて作品には、ふたつの決定的な演奏シーンが描かれている。ひとつ目は、極秘演奏会における「霧子」と

「フォギー」のピアノ。「霧子」は身の毛もよだつような反音楽を弾きこなすも限界に達し、否応なくバトンタッチした「フォギー」はジャズ風に曲をつなぐ。演奏中に生じたカタストロフのさなか、「完全な音楽」で満ちた「水晶宮」の世界へふたりは飛ぶことになる。もうひとつは、ニューヨークのミントンズで、「フォギー」が若きマイルス・デイビスらと舞台に立つエピローグ的な場面。「完全な音楽」の魅力を感得しつつも、その非人間性を強く否定した「フォギー」は、インタラクティブなジャズ演奏の理念を体現するかのように、奇跡のジャムセッションをやり遂げる。神秘とされる架空音楽の演奏、愉悦に満ちた即興演奏の場面ともに、まさしく小説における表現力の見せどころであり、それぞれに言葉を尽くした描写が展開されていると言える（なお音楽の価値としては、ひとまずのところ、ジャズの音楽空間を形成するヒューマニズムの方に軍配が上げられている）。

以上駆け足で紹介した「鳥類学者のファンタジア」は、SF、ミステリの手法を駆使して過去と現在を自在に結び、（特に戦争の）歴史における生を問題化してきた[2]作者の本領が発揮された作品である。一方、音楽をめぐる文学表現上の課題は積み残されたままとなった。その点で特に、いわゆる〈語り〉をめぐる問題が持つ意味は重いと思われる。「池永希梨子」を語り手（「わたし」）と語られる存在（「フォギー」）に分離する手法の採用について、作中で意図的な自己言及が繰り返される。

（……）わたしはふだん生活していて、記憶と記憶の「あいだ」を忘れているのかもしれない。あるいは「あいだ」を忘れることができる仕組みを指して、「わたし」と呼ぶのかもしれないとさえ、いまでは思ったりする。（……）夢であろうが、幻想であろうが、わたしはわたしが体験したと信じる事柄を語るしかない。けれども、それが「あいだ」の出来事であるならば、もはやわたしの体験とはいえないかもしれず、だから、とりあえずここからは、フォギーの物語として、出来事を語っていこうと思う。（……）わたしが語り続ける限り、それがどんなに不思議なものであるにせよ、わたしの物語であるだろう。（一〇八‐一〇九頁）

「わたし」の自己同一性を構成する記憶の「あいだ」に、「わたしの体験」と単純に同断できない、「夢」「幻想」のごとき「出来事」——忘却、隠蔽された記憶の断片とも言える——が浮上する。もちろん、引用に見られる自問は、何よりもまず、タイムスリップという信じがたい経験に対応するものである。ただし、こうした表象―再現行為に関わる問題性が、小説一般に通用することは言うまでもない。「鳥類学者のファンタジア」では、非日常・非現実的な出来事の経験主体「フォギー」＝語られる対象と、現在の「わたし」＝語る主体とに人称を分離し、「わたしの体験」ならぬ「わたしの物語」の行為遂行的な生成が志向される。こうした試みは、音楽の演奏（行為・経験）とその言語表現（語り）の問題へと凝縮されたとき、より先鋭化することになるだろう。

小説「シューマンの指」[3]は、以上のような小説表現の構造的課題を〈謎〉に仕立て上げた、〈音楽（メタ）ミステリ〉と言える。若くして伝説化された天才ピアニスト「永嶺修人」から、音大ピアノ科を目指す「私」（「里橋優」）は、日々シューマンの楽曲の講釈を受ける。作品中、演奏の不完全性と不要性を常日頃強調する「修人」は、シューマン解説を発表するための雑誌制作を「私」に持ちかける。

> 読譜を通じて作曲家と対話すること——。／修人がやりたいと語ったことは、実のところ、一つの曲に取り組む演奏家なら誰でもがなす、あるいは、なすべき事柄だともいえる。そうした「対話」が直接に音となって表現されるのが、演奏というものの一つの理想であるだろう。（……）それを修人は、ピアノの演奏ではなく、言葉でやろうというのだった。つまりは文学をやろうというのだった。しかし、なぜ音楽でなく、文学なのか？　なぜピアノではなく雑誌なのか？　私はそう問うべきだった。（九五頁）

さまざまな伏線的意味を持つ箇所であるが、さしあたって指摘したいのは、音楽＝演奏表現をめぐる「理想」

の追求が、いわば言葉にならないものの表現に取り組む「文学」を志向している点である。すなわち、演奏－再現不可能性がそのまま定義となるような音楽の「理想」を、言語芸術の背理のうちに再定位すること。そこでは改めて、フィクションの世界に生起した「奇蹟」のごとき演奏が、言葉を尽くして表現されるだろう。しかしそれは、小説の当初から仄めかされ、結末で一応の種明かしもされるように、自己分裂した語り手が想起－表象した妄想の出来事としてであった。ここで再度、「あいだ」に生じた経験の忘却、隠蔽が問題となってくる。このことは、音楽という表現形態とメタミステリ構造との親和性を示すように思う。一般に語りえぬものとされる音楽（作品、演奏行為、聴取体験など）が、言語芸術としての文学、とりわけ小説形態においていかなる表現可能性／不可能性を有するのか。以下、「シューマンの指」の読解を通して考えてみたい。

2　「シューマンの指」の音楽観と作品構造

作品は、音大中退の後に医者となった「私」が、高校時代から音大浪人期にかけての過去を回想する手記となっている。三〇年前の当時、「私」は「音楽の圏域」のうちで、その魔力に憑りつかれたように生きており、その中心には「ピアノと、シューマンと、そして誰より何より、永嶺修人があった」（一二頁）。後に「一切合切をかたく心の奥底に封じ込め」、「すべてを忘れようとし、実際に忘れた」とするも、抑圧された記憶は「長い不眠の後の、あるいは宿酔に苦しむ寝床の、眠りと覚醒のはざまの曖昧な領域で、夢とも想像ともつかぬ幻影を暗がりに描き出し」（二一－二二頁）、「私」は「音楽の圏域」からついに逃れることができなかった。ところで、手記の内容＝「私」の記憶が孕む虚構性への自覚は、当初から繰り返し提示されている。手記が進むにつれ、出来事の事実性は不確かさを増していき、手記の後に付された妹「優子」の手紙に至って、「永嶺修人」が「私」の生み出した想像＝妄想の存在であったことが明らかになる。それゆえ、一人称の回想体小説が有する問題性（その巧みな利用によってミステリが成立している）を考慮しながらの読解も必要となるが、まずは、「永嶺修人」に仮託された音楽と文学にまつわる思念を簡単に辿ることとする。

かつて世界的ピアニストであった母を持つ「修人」は、アメリカで育った早熟の天才ピアニストとして音楽界に名を馳せていた（なお「修人」像は、作品世界で実在するピアニスト「永嶺まさと」を模している）。「私」の通う高校にアメリカ帰りの「修人」が入学し、ふたりは出会う。「私」はかつて、「修人」が少年時代に弾いた演奏の録音をピアノ教師から聴かされたこともあって、その存在に畏怖と魅力を感じる。ただし、「修人」は決して人前で演奏を披露せず、その代りに、音楽を語る「修人」の「言葉」が「私」を強く魅了することになる。「およそ音楽を言葉にすることについて、修人は天性の感覚を持っていた」（六四頁）とある背景には、「修人」が繰り返し主張する音楽のイデア論と、それに基づく「演奏されたものが不完全、なんていうのはまだ優しいい方で、つまり演奏は音楽を滅茶苦茶に破壊し、台無しにする」（二一六頁）といった否定的な演奏観があった（さらなる背後に、「修人」−「私」における音楽聴取の失調という病が存する）。

こうした「修人」の思想は、シューマンの音楽との関わりにおいて形成されたものであった。

「シューマンは、変ないい方だけど、彼自身が一つの楽器なんだ。分かるかな？　音楽は、彼の軀というか、意識とか心とか魂なんかもぜんぶ含んだ、シューマンという人のなかで鳴っている。だから、彼がピアノを弾いたとしても、それはシューマンのなかで鳴っている音楽の、ほんの一部分でしかないんだ」（……）「シューマンがピアノを弾く――シューマンは即興演奏が好きだったみたいだけれど――そのとき、シューマンは実際に出ている音、つまりピアノから出ている音だけじゃなくて、もっとたくさんの音を聴いている、というか演奏している。極端にいうと、宇宙全体の音を聴いて、それを演奏している。そういう意味でいうと、ピアノから出ている音は大したものじゃない。だから、シューマンは指が駄目になったとき、そんなに悲しまなかった。だって、ピアノを弾く弾かないに関係なく、音楽はそこにあるんだからね」

（一二七－一二八頁）

このように、身体（「軀」）を中心とする実存に触れつつも、極度にイデア化されたシューマン音楽の像は、一見まさしく言葉にできないものであるように思われる。この点に浮上するのが、文学、とりわけ散文形態との親和性であった。「修人」が「音楽を言葉にする」際の「天性の感覚」とは、ほかならぬシューマン音楽の文学性と関係づけられている。

作中では、「《ダヴィッド同盟舞曲集》における「「描写」に「かたり手」を設定するという発想」に触れ、「シューマンの方法は詩ではなく、小説のそれなのだ」（三六頁）とされている。そこから、「シューマンの小説的な発想は、対位法の物語的な扱いや、視点人物が移り変わるかのごとき調性の動き、音名の暗号を密かに忍び込ませる遊びや諧謔など、作曲の方法そのもののなかで随所に見られる」（三六頁）との説明が付される。加えて、「ロマン派以前の音楽が、どこかで神話の輝きを帯びた叙事詩的な性格を備えていたのに対して、ロマン派は、近代文学と同様、個人の感情や内面の葛藤を物語の軸に据えるところに特色がある」（一〇五頁）というように、ロマン派音楽と近代文学――ここでは特に小説を指すものであろう――の同質性にも言及がある。先に見たようなイデア化とは別に、「修人もまた「お話」が好きだった。シューマンの音楽のなかにたくさんの「お話」を見つけ、それを語って倦まなかった」（一〇五頁）という記述は、「個人の感情や内面の葛藤」を表現の軸とし、「小説的な発想」をも有するシューマン音楽の散文的文学性と結びつくものとしてある。そして、「修人」がシューマン音楽にある物語を語ったように、「私」は「修人」（とその音楽）の物語を手記の形で語ろうとするのである。

ここで踏まえるべきは、「ピアノの演奏ではなく、言葉でやろう」、「つまりは文学をやろう」とする「修人」

の散文表現への志向が、音楽不聴症という自身の精神－身体状態を裏に隠し持っていたことである。それは、物語的表現としての音楽ではない、「彼の軀というか、意識とか心とか魂なんかもぜんぶ含んだ、シューマンという人のなかで鳴っている」という音楽のあり方への接近不可能性を意味していよう。言い換えれば、小説の形式で語られる「お話」とは、後者のような語りえぬ音楽的様態、ないしはそれとの一体化への強い憧憬を隠蔽しつつ、そこに鳴り響くであろう〈音楽〉に駆り立てられて生まれるものと考えられる。それゆえ、「修人」の物語を語る「私」の手記の核には、「修人」の演奏をめぐる問題、謎が存在することになる。

「言葉だけではない。私は、修人の演奏を聴いたのだ！　あの奇蹟のように素晴らしい演奏を！／それを語るときが、いよいよきたようだ」（一三一頁）として、「私」の手記という「お話」は最大の見せ場へと語り進む。手記の記述によれば、音楽部の卒業生を送る集まりがあった日の夜、ひとり「私」が学校へ戻ったときの音楽室で、その演奏は行われた。

> あの夜――。／遥かな彼方、宇宙の無限の彼方にある、人には決して手の届かぬ何者かが、切なく憧れることしかできないはずの何者かが、一夜限り、夢の翼に乗って運ばれてきたというような、甘美で、鮮烈で、豊かで、しかし同時に、恐ろしく、血腥い、背筋を冷たく撫でつける戦慄が闇を駆け抜けた夜。／私が、虚構と分ちがたい夢想の書き割り舞台のなかで、蠟燭の炎に似てゆらめく歓喜と恐怖の幻灯のなかで、幾度も、幾度も、立ち戻ってみた夜。／あの夜、私は、永嶺修人のピアノを、たしかに聴いた。／シューマン《幻想曲ハ長調》――あの夜、私が聴いたのはこの曲である。（一三四頁）

このように虚構と現実の「あいだ」にある出来事と設定されながら、以下、「私」の想起する「修人」の演奏＝音楽が、楽章の流れとともに語られていく。音楽小説のみならず、およそ音楽を言葉で語り、表現しようとする行為一般が、一回性の演奏の描写‐表現をめぐる困難に直面し、とりわけ「奇蹟」のような演奏＝音楽の言語表現の成否を試金石とすることは言を俟たない。「シューマンの指」もまた、ときに詩的に、ときに分析的に、冗長と凝縮のぎりぎりの線で言葉を置いていく当該場面に、音楽小説としての価値、目的の中心があると言ってよいだろう。

そこでは、至高の演奏として現実化した音楽の調べと、その担い手であるピアニスト「修人」の微細な姿振る舞いが、聴取‐観察主体である一人称「私」の視点から表現される。それゆえ、「奇蹟」の音楽＝演奏を言語化する際のリアリティ、巧拙といった事柄以上に、手記のなかで繰り返し自己言及されるのは、一回性の出来事‐経験にまつわる主観性はもとより、その幻想的な音楽体験の事実性、〈対象〉の実在性への問いであった。

とはいえ、「ピアノが聴こえる。／シューマン《幻想曲》Op.17――聴こえてくる音楽はこれだ。春の月下で聴いた、修人の一度限りの、奇蹟のような演奏。その音楽を、私はいま、聴いている。／ピアノの響きに言葉が重なる。ピアノの響きがそのまま言葉になる」（二七〇頁）ともあるように、当の「修人」の演奏＝音楽は、それを語る行為の〈起源〉にして、かつ行為遂行的に手記として生成する出来事であり、手記‐テクストの内部にはその実在性を確証するものも、否定するものも原理的に存在しえない。それゆえ、出来事の記憶を語る「私」は、「いま」における経験の実在感をもって問いを収めようとする。すなわち、あの晩に「修人」が弾いたシューマンの楽曲＝演奏が、本当に「私」が言葉にしているそのままの出来事としてあったのか（ひいては、あの晩「修人」は本当にシューマンを弾いたのか）、というような一人称の音楽体験から敷衍される疑念を、現在「私」の言葉‐語る行為とともにある「ピアノの響き」の主観的実在性の強度で処理するのである。一方で、同じ夜にあった殺人事件の第一発見者という経験もまた、「あの夜が、夢でも幻でもない、現実と名付けられた領域にたしかに属するものだと、いまでも私は確信が持てない。（……）事件の詳細は警察の調書その他には記録されているだろう。けれども、あの場面そのもの、《幻想曲》の余韻のなかで私が見たあの場面は、私の記憶の仄暗い沼にしか棲息できず、手に触れることができないという意味では、夢や幻と変わらないともいいうる」（一六七頁）というように、客観性を奪われて不確定となり、「いま」の「私」の主観的体験の背景へと追いやられる。

「幻想曲の夜」と私がのちに呼んだ春の夜、三〇年の時間を隔てたあの夜を思うとき、月下で聴いたピアノの音楽の印象ばかりがいよいよ色濃くなって、他の一切が次第に背景に押しやられていくのを私は感じる。あのときの演奏は、私がかつて聴いたあらゆる演奏のなかで最上の演奏、というより、演奏を超えた何かだった。いまやそれだけが鮮明であり、数々の謎は、一つも解かれぬまま、長年棚に晒されたあげく、どれがどれだか区別のつかないくすんだ色に沈んで行く置物の列のようになっていくのを感じる。（一八二頁）

過去の経験主体と現在の語る主体の「印象」が、テクストにおいて行為遂行的に一体化することによってのみ、「私がかつて聴いたあらゆる演奏のなかで最上の演奏、というより、演奏を超えた何か」といった至高の音楽＝演奏の表現可能性が創出される。ただし続く記述に、「一つだけ鮮明なものがある」として、「死体をプールから引き上げたときの、太腿の、頑固で冷え冷えとした、蠟で固めた肉のような感触だ。思うたび、ぞっと戦慄が身裡を駆け抜けるあの感触は、いまだ手にはっきりと残る」（一八二頁）といった身体感覚の現存も示されている。それはすぐさま、「あの奇蹟のような「音楽」の到来の、欠くことのできない構成要素だったとすら思える」（一八二頁）と脇に置かれる。だが、手記の終盤にも「末松佳美の、クラゲのように生白くて冷たい、蠟の塗られた肉の感触は、プールから岡沢美枝子の死体を引き上げたときの感触と重ね合わされて、掌にいまも残る気がするのだ」（二八六頁）とあるように、幻想のなかの現実感をもたらすものとして、「手」「掌」に残る皮膚感覚が繰り返し語られる。それらはいずれも、「私」が触れた（であろう）女性の身体－死体の感触であった。手記のなかで強迫的に反復されるこの触覚の語りは、「私」が記憶の底に隠蔽している現実（ひとまずのところ、妹の手紙に記載されるようなふたつの殺人への関与）を示唆している。

さてここで、「私」の音楽体験という観念的至高性（「修人」の演奏）と、「私」の身体感覚という抑圧された現実経験の二項対立が成立しているように見える。しかし、この音楽小説にしてメタミステリは、そうした二項対立の一層下に、両者が結びつくもうひとつの幻想／現実を有しているように思う。「私は何事かを記憶の沼底に沈め、秘密裏に処置し終えていたのではなかったか？」（一七〇頁）といった、語り手「私」の伏線的な自問は、テクストに暗示された解答を、より深く掘り下げるよう促すものと考えられるのだ。

3　ロラン・バルトの音楽論

「シューマンの指」の読解を先に進めるにあたって、有効な補助線になると思われるのが、ロラン・バルトによる一連の音楽エッセイ[4]である。それらは一時期に集中的に発表され、決して数は多くないものの、バルトの批評活動の展開において重要な内容を示すとされる。[5]そして、バルトの音楽をめぐる思索で中心的に取り上げられるのが、とりもなおさずシューマンの音楽、特にそのピアノ曲であった。みずからピアノを弾くアマチュア演奏家でもあったバルトは、音楽と言葉に関する体験的思索を提示するにあたって、反時代的にもシューマンを取り上げ、時代の芸術批評の極北を切り開こうとする。

音楽を言葉で表現する難しさの理由について、バルトは、「一般的なものの分野に属する言語活動《ランガージュ》と、差異の分野に属する音楽とを結合すること」（「音楽、声、言語」[6]）にあるとしている。また、「音楽を通して、われわれは、意味形成性としての「テクスト」を、一層よく理解することができる」（「ラッシュ」[7]）とも指摘するように、一般的な意味体系を前提とする言語活動ではなく、意味以前の差異が織り成す意味形成性の次元に音楽を位置づける。そこでバルトは、音楽を「言語活動の質」と定義する。

しかし、この言語活動の質というのは、全然、言語活動の諸科学（詩学、修辞学、記号学）には属していません。というのは、質となることによって、言語活動の中で昇格したものは、言語活動が語らないもの、分節しないものだからです。語られざるものの中に、悦楽が、やさしさが、繊細さが、満足が、最も微妙な「想像物《イマジネール》」のあらゆる価値が宿るのです。音楽はテクストによって表現されたものであると同時に、含蓄されたものです。発音された（抑揚に従った）ものですが、調音〔分節〕されていません。それは意味の外にあると同時に、非＝意味の外にあるものです。テクストの理論が、今日、仮定し、位置づけようとしているあの意味形成性の真只中にあるものです。音楽は、意味形成性《シニフィアンス》と同じように、どんなメタ言語にも属しません。ただ価値の、賞賛の言述《ディスクール》にのみ、愛の言述《ディスクール》にのみ属します。《成功した》陳述――含蓄されたものを調音〔分節〕せずに語ることができた、調音〔分節〕を経ながら、欲望の検閲に、あるいは、語り得ないものの昇華に堕することがなかった、という意味で、成功した陳述――このような陳述こそ、音楽的と呼んで然るべきものです。多分、自分の隠喩的な力によってのみ価値のあるものが一つあります。多分、それが音楽の価値なのです。よき隠喩であるということが。

（「音楽、声、言語」[8]）

一般化を志向する言語活動にとって語りえないもの、「意味」なる概念の外部にとどまる「表現されたもの」、そしてかつ、意味形成性のプロセスにある「含蓄されたもの」。そうした言語活動の「質」を具現する音楽は、言語活動の分節によって失われてしまうものである。それゆえ、「言語活動の質」としての音楽を語る陳述が「成功」するためには、必然的に「隠喩」となることが要求される。裏を返せば、「音楽の価値」とは、音楽という表現自体がそのまま「隠喩」的であることに存するのだ。メタミステリ「シューマンの指」とは、こうした音楽＝「隠喩」の小説形態を示すものと思われる。以下、バルトの音楽論を粗描しつつ、この「隠喩」の内実を辿っておきたい。

バルトは音楽を、同じく意味以前のものとしてある〈身体〉の表現に結びつける。そこで、音楽にあらわれる「歌う声における、書く手における、演奏する肢体における身体」（「声のきめ」[9]）を、音楽の「《きめ》」と名づけて評価する。その知覚は、「歌う、あるいは、演奏する男女の身体と私との関係に耳を傾け[10]」ることで得られる。音楽の「《きめ》」を通して、受容者である自分に、芸術家の官能的な身体イメージが与えられる。

たとえばバルトは、「ピアノ曲についても、演奏する身体の部分はどれかが、私にはすぐわかる。腕であるのか、残念ながら、あまりにも多くの場合、舞踏家のふくらはぎのように筋肉質の腕であるのか、（手首の丸味にもかかわらず）爪であるのか、あるいは、逆に、ピアニストの身体でエロティックな唯一の部分、指の腹であるのか[11]」というように、ピアノ音楽における「《きめ》」の知覚を語っている。むろん、こうしたピアニストの身体性の感受は、演奏者バルト自身の身体感覚によるところが大きいはずだ。この点について、特別な対象となるのがシューマンであった。


つまり、名人《ヴィルテユオーズ》は数多く、聴衆はワンサといるが、実際に自分で演奏してみる人や、アマチュア演奏家は非常に少ない。ところで、（ここでもまた）シューマンは、たとえ下手でも自分で演奏してみる人にしか、その音楽を完全には聞かせないのである。私はいつもこういう逆説に驚いていた。つまり、シューマンのある作品は、私がそれを（何とか）演奏している時には私を夢中にさせたが、レコードでそれを聞いている時には、いささか私を失望させたのだ。そういう時、不思議なことに、それは貧弱で、不完全であるように思われた。私がうぬぼれていたというわけではないと思う。シューマンの音楽が耳よりももっとずっと奥にまで達するからなのだ。それは、リズムを打つことによって、身体の中へ、筋肉の中へ達する。そして、メロスの官能によって、内臓のような所にまで達する。まるで、弾くたびに、その作品は一人の人のためにだけ、それを演奏する人のためにだけ書かれたかのようだ。真にシューマン的なピアニスト、それは私だ。
（「シューマンを愛する」[12]）

バルトは別のところで、専門の演奏家と聴衆とに分かれる以前の音楽、すなわち「自分で演奏する音楽」について論じている（ここでもシューマンの名が挙げられる）。それは、「とりわけ手作業的な（したがって、ある意味では、非常に官能的な）活動」（「ムシカ・プラクティカ」[13]）である。「まるで身体が聞いているみたい」なその音楽において、「身体は自分が読むものを自分自身で転写しなければならない。身体が音を作り、意味を作る。身体は書き手であって、受け手、捉え手ではない[14]」。こうした観点から、バルトは音楽演奏における「アマチュア」の意義を説く[15]のだが、その唯一無二のモデルが、「それを演奏する人のためにだけ書かれたかのよう」なシューマン作品と、その演奏経験にほかならない。聴覚を通り抜け、身体の奥底に達するシューマンの音楽（ピアノ曲）は、結局のところ弾いてみなければわからない。シューマンを聴くのではなく、シューマンを弾く（「自分自身で転写」する）とき、その音楽の官能を作り‐感じることができる。みずからの身体による演奏＝表現行為のみが、音楽＝身体の意味の謎に迫るただひとつの方法であること。これが、言語を音楽の観点から問題化し、ともに意味形成性を具現する音楽と身体、語りえぬものとしてある両者を重ね合わせる思索の、帰結かつ起点と考えられよう。

「真にシューマン的なピアニスト」バルトは、シューマン「クライスレリアーナ」について、「了解可能な何らかの作品構造を再構築させるものは何も聞えない」としたうえで、そこでは「打っているこの身体が聞える」（「ラッシュ」[16]）と述べる。そして、「クライスレリアーナ」の音楽を次のように言葉にしていく。

『クライスレリアーナ』の第一曲では、膨らんで球になり、織る。／第二曲では、伸びをし、それから目覚める。刺し、殴り、暗く光る。／第三曲では、緊張し、伸びる。*aufgeregt*〔興奮して〕。／第四曲では、話しかけ、愛を告白する。誰かが自分の恋を打ち明ける。／第五曲では、シャワーを浴びせ、列を脱け、身慄いし、登ってゆく。駆けながら、歌いながら、叩きながら。／第六曲では、語り、一字一字読む。語りながら、夢中になって、歌い出す。／第七曲では、打ち、叩く。／第八曲では、踊り、しかしまた、ふたたび唸り始め、打ち始める。

（「ラッシュ[17]」）

シューマンの音楽のいわば「《きめ》」が、「演奏とは、まさに、シューマンのテクストのアナグラムを読み取る能力であり、調性とリズムと旋律の修辞学の下から、アクセントの網目を浮かびあがらせる能力なのだ[18]」ともあるように、演奏における「アクセント」＝打つ身体となってあらわれる。その記述を試みた際に示される言語表現の断片性は、「シューマンの身体は構築されることはなく、中間部を重ねてゆきながら、絶え間なく拡散してゆく[19]」、「それは欲動をもった身体であって、行きつ戻りつしては、他のものへと移ってゆく——他のことを考える。それは、落ち着きのない（同時に、酔っぱらい、放心し、熱中している）身体である[20]」など、意味形成性としてある作曲者の身体そのものに対応する。さらにそれは、「クライスレリアーナ」を演奏するバルトの身体との関係において聞き取られ、記述されたものにほかならない。

しかしながら、「打つ《クー》——身体的に、また、音楽的に——、それは決してある記号についての記号であるはずはない。アクセントは表現しはしない[21]」し、「身体は語るけれども、何も言い表わしはしない[22]」。すなわち、音楽＝身体とは語る行為そのものであって、何らかの先在する対象を表現した記号としてあるのではない。このとき、「クライスレリアーナ」の各楽章を言葉にすることは、いかなる試みを意味しているのだろうか。

身体のとるこれらの姿は、音楽の姿でもあり、私は、必ずしもそれらを名づけるには到らない。なぜならば、そのような作業をするには、隠喩の力がいるからだ（比喩による以外、私の身体をどのように言い表わせるだろうか）。そして、その力は、そこかしこで、私を素通りしてしまう。それは私のなかで揺れ動いているのだが、私にはすぐれた隠喩が見つからない。（……）身体としての（私の身体としての）音楽のテクストには、失われた部分のために穴が開いている。一つの言葉に、一つの名前に辿りつこうと私は努力する。ただ一語のためならわが王国さえも差し出そう！　ああ、私に書くことができたなら！　音楽とは、書くことと戦うもののことであろう。（「ラッシュ」[23]）

いわば表現すること自体がその〈意味〉となる音楽＝身体を、語られる対象として位置づけることは決してできない。語る行為そのものは、表現されたものにおいて、つねに「失われた部分」－「穴」となっているのだ。それは「書くこと」ができないゆえ、テクストにおいて「含蓄されたもの」とならざるをえない。そして必要になるのは、表現（演奏）する「私の身体」＝音楽を、「含蓄されたもの」のまま示しうるような「隠喩の力」である。この「隠喩」に辿りつく困難が、演奏者－記述者バルトの前にも立ちはだかる。音楽＝身体の表現行為については、具体的な特定の言葉となった「隠喩」でもなく、あくまで「隠喩の力」という概念でしか、その表象可能性を保てないように見える。先に引用した「クライスレリアーナ」各楽章の記述は、やはり音楽（身体）と言葉をめぐる問題系のなかで受け取るべきであろう。

加えて、リズム、調性でコード化されたシューマン音楽に「打つ音の狂乱」を聞くことが、「それしか聞かないただひとりの者の幻覚」である可能性に触れ、「究極的には、ソシュールがアナグラム的な詞句を聴いたのと同様、それを聞くのは私だけなのだ[24]」とも述べられる。そうした「不確かさ」は「シューマンのテクストの本質規定そのもの[25]」とされるが、演奏行為による身体性の感得を第一義とする音楽観がもたらす、必然的な問題点と考えてもよいだろう。「真にシューマン的なピアニスト」と自称（僭称）する「私」の演奏経験は、自己の身体的実感を唯一の根拠とするがゆえ、つねにその「不確かさ」、ひいては「幻覚」である可能性に脅かされてもいるのだ。ただバルトの議論を再構成するならば、「隠喩の力」と同じく、「幻覚」ともなりうる経験の「不確かさ」（の自覚、刻印）もまた、「音楽的」な「陳述」の成立に欠かせない要素となるように思う。「音楽に関する言語活動を直接変えようとするよりは、むしろ、言葉に供されるような音楽的対象そのものを変えた方がいい。すなわち、音楽の知覚レベル、あるいは、その悟性作用のレベルを修正すること、音楽と言語活動との接辺を転位させることだ」（「声のきめ」[26]）として、上記のような音楽＝身体論を展開したバルトもまた、音楽について語ることのアポリアを免れるものではない。演奏する身体というもうひとつの語りえぬものと合わせて主題化することで、音楽を対象とする言語表現の問題性を先鋭化するものであったと言える。

4　メタミステリ・音楽小説・「隠喩」

「私」の手記の終盤、「修人」が「幻想曲の夜」の出来事を告白する。そこでは「岡沢美枝子」の殺害に至る経緯とその顛末とともに、「私」の聴取経験として語られていた「奇蹟のような演奏」が、演奏者「修人」自身の言葉で表現される。音楽を聴き取れない病に侵されていた「修人」は、「末松佳美」と共謀して犯行の隠蔽を図り、行動の合図として音楽室のピアノを弾こうとする。そこで、「ピアノに触ったときだ。音楽が、帰ってきていた」（二七五頁）とする「修人」は、さらに語り続ける。

最初はシューマンなんか弾く気はなかった。それは、そうだろう？　あんなときにとても弾けるもんじゃない。ところが、月の光に輝く鍵盤をみたとき、僕のなかに突然、音楽の精霊が飛び込んできたんだ。それは比喩じゃなくて、本当に何かが、ぽんと軀のなかに飛び込んできた感じがした。それを弾くしかないぞ！　全身の細胞という細胞が叫び出したようで、ぼくは声に押されて弾き出した。（……）音楽が遠い所から、天使の翼に乗って、次々と運ばれてくる。なんていったら笑うかい？　あとからあとから音楽が、平凡ないいかただけど、泉のように軀のなかであふれてくる。僕は夢中で弾いたよ。弾くというより、弾かされているといったほうがいいかもしれない。自分が楽器だっていう感覚を、あのとき僕は本当の意味で理解した。それは幸せなんて言葉じゃいいあらわせない、最高の時間だよ。そのときの時間の感覚は……ああ、とても言葉じゃ伝えられないよ。（二七六頁）

「いってみれば、人生で一度限り与えられた、音楽の時間」（二七七頁）であった至高の演奏経験、自分の「軀」が音楽そのものとなる一回性の出来事については、さまざまな言語表現――一般的に「比喩」とされるもの――を尽くしてなお、やはり「言葉じゃいいあらわせない」とするほかない。また、「まさにこの音楽（「《幻想曲》」…引用者注）こそが、「色彩々の大地の夢」のなかから生まれ出た密やかな調べであり、シューマンは、自身の一番内奥に隠された秘密を、ここで明らかにして見せていると私は感じる」（一三六頁）とされていたように、「修人」の演奏行為における身体感覚は、作曲者の「一番内奥に隠された秘密」（バルトならば「身体」とするはずだ）を感じ取ることでもあっただろう。手記は、「私はあのときの演奏を繰り返し反芻し、そのつど、ベーゼンドルファーに向かって軀を揺らめかせる修人を見出した。音楽の官能の一つになってたゆたう形姿を瞼に映した」（二七九頁）というように、作曲者－演奏者の官能的交感としてある音楽の姿が、「修人」の「軀」によって雄弁に語られる様子を記してもいた。

さて、先にも触れたように、「私」の手記の後には、妹「恵子」が事件の真相を尋ねるべく、美術教師「吾妻豊彦」に送った手紙が付されている。手紙には、「修人」が「私」の作り出した想像上の人物＝「分身」であることを踏まえ、「私」が音楽を聴き取れない病に罹っていたこと、「私」による推理内容（「吾妻」と「修人」が恋人であり、「岡沢美枝子」殺害は両者による）においても「修人」が「私」に置き換えられること、さらに「末松佳美」の自殺が「私」と「吾妻」による殺害であったこと、などの可能性が述べられる。ここに、メタミステリ「シューマンの指」の一応の種明かしがあると言えるだろう。

「私」は、過去を想起しながら手記を書いていく行為が、「幻想曲の夜」の演奏の響きに導かれたものであることを振り返り、さらに「私は「幻想曲の夜」のあの素晴らしい演奏を、この三〇年間、繰り返し回想してきた。それは修人のいう、「地層」のように果てしなく続く「この世界にすでにある音楽」を聴くことであり、幻想のなかの「音楽」はいつでも欠落のない完璧さをともなって、私のところへ還ってきた」（二八九頁）と語る。「修人」の思想として示された、演奏を不要とする音楽イデア論が、「回想」＝「幻想」のなかで具現する。これが、悲劇の天才ピアニスト「修人」という「私」の作り出した「物語」の一部にすぎない可能性は、折に触れ示唆されていた（「指を失い、ピアノから、現実の音楽から追放されてはじめて、修人は真の「音楽」の響く場所で、本来彼があるべき故郷で、静かにやすらうことができた、というのは、私が勝手に作りあげた物語にすぎないだろうか？　あまりにもロマンチックな「お話」だろうか？」、二九〇頁）。そのうえで、「修人は、この三〇年ほどの時間、私の記憶のなかだけで生きてきたのであり、すでに物語中の人物といってよい」（二九〇頁）と、「私」は「記憶」の物語的実在性の側に立つことで、「奇蹟」の演奏として具現した完璧な音楽の（聴取）経験を守ろうとする。

ただし最後に、「私」の手記は、想起される「一度限りの奇蹟の演奏」の幻想性（「あれは、悪魔――か何か知らないが、この世ならざる何者かが描いてみせた幻影だったのだろうか？」、三〇四頁）と、その至高体験の記憶（「それでいい。私が反芻する音楽の素晴らしさはそれで損なわれはしないのだから」、三〇四頁）の間を激しく揺らぎながら、決定的な自問を語るに至って寸断される。

しかし、修人はどうなのだろう？　あのとき、修人は本当にシューマンを弾いたのだろうか？／これもいまとなっては意味のない問いなのだろう。しかし、なお私は問わざるをえない。問わざるをえないと感じる。／／＊／／あのとき、永嶺修人は、実在したのか？　それとも　（三〇四頁）

こうして「分身」＝「修人」の実在への疑いに達する「私」の語りは、おそらく、「幻想曲の夜」におけるふたつの出来事を忘却－隠蔽することで成立していた。そのひとつが、ミステリ小説としての〈真実〉の核、すなわち「岡沢美枝子」殺害への関与であることは言うまでもない。そしてすでに明らかと思われるが、もうひとつは、「幻想曲の夜」にシューマンを弾いたのが、他ならぬ「私」であったことだ。後者は、音楽小説としての問題の焦点を指し示しているように思う。では、「奇蹟」の演奏をした「私」が、その音楽を「分身」＝演奏者、「私」＝聴き手双方の経験をもって回想、表現することに、どのような必然性があるのか。

手記で語られる高校時代の「私」とは、「音楽の圏域」にどっぷり浸かったピアノ少年、ただし「音大を目指しているだけの、演奏家の卵ですらない人間」（一〇二頁）であった。手記のなか、理想化された自己像と言える天才ピアニスト「修人」に、「私」の演奏を「それだけ弾けるんだもの」（八三頁）と評価させたうえで、「その言葉は私の貴重な宝となり、私を前へ進ませる燃料となった」（八三頁）と語るなど、内に抱える屈折した自意識のありようを窺うことができる。ところで手記には、そのような「私」が弾く演奏の場面も記述されている。浪人生として臨んだ音大受験の演奏試験（課題曲はむろんシューマン）がそれである。ピアノを弾きはじめた「私」に、「修人」が試験会場の教室にいるとの想像が働き出す。そこから、「私は考えた――といっていいのか分からないけれど、演奏への集中とはまた別のところで、言葉が、イメージが、感情が、渓流の魚影のごとく走ったのを覚えている」（一三八頁）として、そのときの演奏体験が語り出される。

私がミスをするたびに、修人が大きく頷くのを、私は見た。それはまるで自分だけは本当の「音楽」を聴き続けている、と告げるかのようであり、一度ミスをすると動揺して力んでしまい、流れを見失いがちだった私に、落ち着きを与える効果があった。そうだ、「音楽」はもうあるのだ。それを少なくとも、天才永嶺修人だけは、私と共に聴いてくれているのだ！（……）私は室に光が眩く溢れたように感じ、宇宙の彼方にある「音楽」の冷たい結晶から放たれる光を、自分と修人が遠く憧れるそれを、二人が共有する眼で見詰めているのを私は確信した。

（二三九―二四〇頁）

つまり、「私」の実力に照らしてベストと言えるシューマン演奏の体験では、理想化されたピアニスト「修人」が聴き手となってあらわれている。ここで「修人」＝「分身」は、「私」の演奏―音楽の質を、その独りよがりな「確信」を保証する理想の聴き手として機能する。こうして、一介の音大受験生である「私」は、試験会場での演奏を音楽のイデア論にまで昇華し、自身の演奏経験を語るに値する記憶として形成するのだ。

また先に見たように、「私」が触れた女性の身体―死体の生々しい触感の残存も、執拗に反復して語られる。そこでは、たとえば「頑固で冷え冷えとした、蠟で固めた肉のような感触」（一八二頁）など、冷感と「蠟」の形容が繰り返し付されている。殺人をめぐる身体的記憶の抑圧もさることながら、その下層に、「幻想曲の夜」における鍵盤の触覚があることを仄めかしていよう。さらに付け加えれば、「私」の〈推理〉が繰り出される手記の最後半では、普段の夜に音楽室から流れる自分のピアノを、更衣室にいる「吾妻」と「修人」が冷笑するといった「妄想」（三〇三頁）も語られている。

クラシックマニアの高校生が、自分の才能の程度を十分に承知し、なおかつ音楽が聴き取れない神経性の病に怯えながらも、やはり音大志望の道を外れることができない。そんな彼が、卒業直後の夜、密かな恋人であった美術教師とともに、女子生徒の殺害に関わってしまう。異常な心理状態のまま音楽室で弾くことになったシューマンの幻想曲が、おそらくはその興奮も相俟って、あろうことか音楽のイデアを実現したかのごとく感じられる。そこで「私」の身体は、まさしく言葉にすることができない、一度限りの「奇蹟」の演奏‐行為を生成したのである。それこそが、「私」の手記＝テクストに開いた「穴」であり、また、「私」の記憶の「あいだ」に忘却されたものであった。

　ところでバルトは、シューマンの音楽‐身体の感受をめぐって、その主観性の問題に触れるところがあった。「分身」‐「修人」をもって語られた演奏経験の内容からすると、「私」はシューマン音楽の「秘密」、いわばその官能的身体性を、演奏‐行為により感じ取った「真にシューマン的なピアニスト」ということになろう。しかしその「私」の身体経験は、いつ「幻覚」とされるかも分からない「不確かさ」に満ちている。そもそも、「演奏家の卵ですらない人間」が至高のものと感じた演奏経験において、「宇宙の彼方にある「音楽」」が具現するとはどのような事態を指すのか。「私」は、言葉にならないまま確かに残存する身体感覚と、過去の音楽経験をめぐる懐疑との間を激しく揺れているはずだ。そして、みずからの「奇蹟」の演奏となってあらわれた音楽＝身体を、言葉にならない至高の体験のままで保持するためには、「幻想曲の夜」を天才ピアニスト「修人」という「分身」の所作として想起する必要があった。「私」が「修人」像の虚構性を受け容れつつ、自身が作り出した「物語」上の実在性——それは「私」の語りえぬ音楽‐身体経験の記憶に支えられている——を強弁する点に、過去の出来事としてある演奏‐行為経験、特に分節不可能な音楽＝身体の感受を語ることの困難が集約されているように思う(27)。

　メタミステリ小説「シューマンの指」の根底には、音楽の身体性と演奏経験の語り難さが横たわっている。奇しくもバルトは、「短い断片でもって、その一つ一つが、強固であると同時に、不安定な、位置の定まらない断片でもって、つねに新しい一つの言葉を作り上げるこの能力——この決断、これは、ロマン派の音楽の中では、シューベルトの、あるいはシューマンの幻想曲 *Fantasie* と呼ばれているものです。*Fantasieren*、これは、想像することと即興演奏することとを意味します。要するに、幻想《ファンタスム》を与えること、つまり、小説《ロマン》を作らずに、小説的なもの《ロマネスク》を生み出すことです」（「ロマン派の歌」(28)）というように、シューマンの「幻想曲」に言及しながら、「小説的なもの《ロマネスク》」へと敷衍している。そこには、「書くことが勝利を占めると、それは、身体を復元する力のない科学に取って代わる。隠喩だけが正確だからだ。完全に科学的な仕方で、これら音楽的事象、これら身体的幻想を説明するには、われわれは著作家になるだけで十分であろう」（「ラッシュ」(29)）というように、「著作家」による「音楽的事象」、「身体的幻想」の表現可能性が賭けられているとも考えられる。

> 古典的な記号学は指向対象《レフエラン》にはほとんど関心を示してこなかった。それが可能だった（おそらく必然的であった）のは、分節されたテクストには、つねに所記《シニフイエ》のスクリーンがあるためである。だが、意味形成性の場であって、記号体系ではない音楽においては、指向対象を忘れるわけにはいかない。なぜなら、音楽においては、指向対象は身体だからである。身体は、能記以外の中継を経ずに、音楽に移行する。この移行――この侵犯――は、音楽から狂気を生み出す。単にシューマンの音楽だけではない。どんな音楽でもそうだ。著作家に比べると、音楽家はいつも狂人である（そして、著作家はといえば、決して狂人ではありえない。なぜなら、意味を義務づけられているからである）。（「ラッシュ」(30)）

　意味を義務づけられた「著作家」が、「小説《ロマン》」でなく「小説的なもの《ロマネスク》」において、音楽＝身体を語ること。ここで求められているのは、いわゆる詩的表現ではなく、あくまでも小説形態をとった実験の試みであるはずだ。その意味で、一人称回想体のメタミステリ小説「シューマンの指」は、音楽＝身体を語る「隠喩」形式の模索と達成を示すものと考えられる。それは、演奏者の語りえぬ音楽＝身体経験を、「テクストに含蓄されたもの」の状態のまま表現することを目指す。「お話」となった「小説《ロマン》」が抑圧している「小説的なもの《ロマネスク》」を、それでもなお小説表現として示そうとする、逆説的な努力がそこにあると言えるかもしれない。

第二章　村上春樹「1Q84」、「色彩をもたない多崎つくると、彼の巡礼の年」
――小説世界の音楽

1　音楽作品の存在様態

言葉で組み上げられた小説世界のうちに、実際の世界に存在する諸種の芸術作品が描き出されるとき、とりわけその表現がいろいろな意味で魅力的なものとしてある場合、小説の読み手がそれらの芸術作品に直接触れてみたいと感じるのは自然なことであろう。やや素朴な見方ではあるが、そのような実体験の欲求を喚起するところに、小説の力の源泉があると言ってよいかもしれない。言語芸術である小説のリアリティの基盤は、何よりもまず、実際の世界において経験可能なものによって構成されていよう。それゆえ私たちは、虚構の言語空間に布置された絵画等の美術品や建築、映像、あるいは他の文学作品等について、自分の目で見て、身体で触れてみることで、小説世界の現実感、読書体験の強度を再確認しようとするものである。

なかでも小説に描かれた音楽は、そのような現実での（再）体験の欲求を強く促す対象だと思われる。小説の時空間においてプロットとともに流れ出す音楽を、読み手が実際に聴いてみたくなること、そして何らかの方途ではじめて聴き、あるいは聴きなおすこと。いわゆる物語の舞台廻り（〈聖地巡礼〉）のごとく、虚構世界の追体験、登場人物との同一経験を仮構させる強い誘惑が、小説のなかの音楽には備わっているように感じる。たとえば、本論で考察の題材とする村上春樹の作品は、近年の大規模な実例であろう。発売前からベストセラーが確約されるその作品は、同時にクラシック音楽市場に「春樹特需」をもたらし、既存のCDに注文が殺到するのみならず、小説で用いられた楽曲を集めたアルバムも売り出される。近年の村上春樹作品では、中心となるクラシック音楽について特定の音盤＝演奏が明示されており、知識・経験の有無から生じる差異はさておき、読み手＝聴取者は小説の記述を解説文のようにして、その音楽作品（音盤＝演奏）を享受－経験するものと考えられる。逆に、実際の世界で文字どおり〈再現〉可能な音楽作品＝音盤の存在が、虚構世界への直接的な接触の仮想を具体化している。

ジェラール・ジュネットは『芸術の作品Ⅰ　内在性と超越性』[1]で、ネルソン・グッドマンの芸術論を念頭に、芸術作品の存在様態を絵画、塑像等の「自筆的」なものと、文学、音楽に（ほぼ限定的に）代表される「他筆的」なものに二分し、それぞれの特性の究明を試みている。そこでは、「自筆的作品」における「内在的オブジェ」（芸術的性質）は、「物理的で、感知可能で、それゆえそれ自体が顕現している」以上、「そこに内在性と顕現とを区別するどんな理由も存在しない」が、これと反対に、「他筆的作品は、とりわけて観念的内在性と物理的顕現という二つの存在様態を有している[2]」とされる。むろん、両者の範疇に収まらない諸種の例外が存在するのは言うまでもなく、そうした境界的事例に目配りをし、広範な芸術論を展開していくのがジュネットの真骨頂でもあるが、同時に「自筆的」／「他筆的」といった観点を保持して議論は進められていく。

すなわち、他筆的作品はそれが内在する観念的オブジェのなかでしか純粋に他筆的ではなく、しかしそのオブジェは観念的であるがゆえに物理的に感知不可能であって、定義はできるけれども（たとえば「交響曲『ジュピター』の楽譜と演奏が共通にもつもの」）凝視はできない消失点としてしか存在しない――精神にとってさえも――という逆説だ。(3)

ジュネットは、文学と音楽に関して、文学テクスト－記述《スクリプション》／語り《ディクション》、音楽テクスト－楽譜／演奏といった、「内在性」と「顕現」の区別に伴う作品形態を打ち出している。(4)その背景には、（自筆／他筆の別に関わらず）「作品」の芸術性の探究に備わる形而上学的側面へのこだわりがあるだろう。そして引用に見られるように、その基礎となる観念的な「作品」概念から、「定義」可能な「消失点」といった「逆説」が生じることは必然と言わねばなるまい。

たとえば、現象学を基盤とするロマン・インガルデン『音楽作品とその同一性の問題』(5)も、こうした伝統的な作品観にもとづく音楽芸術論であった。インガルデンは、「真の対象に直面するのはすべからく、いま・ここであり、私のいる、いま・ここである」としたうえで、「ロ短調ソナタの演奏がいま・ここにおいて生起するものであることに疑いはない。それを演奏するにせよ、その演奏を聴くにせよ、そのことに変わりはない。もっとも、ロ短調ソナタそのものについて同じことは言えない。(6)」と述べ、音楽作品の所在について問い質している。前提とするのは、「音楽作品は芸術的創造物としては、その真の性質のゆえに適切に展開していく美的経験において知覚されるべきであり、特定の演奏で聴取され、演奏者の聴覚的基礎をなしている具体的音響の配列とは同一ではない(7)」との見方である。そこから、「作品そのものは、作曲者の創造的行為という志向的憶測と、聴き手の知覚目的の行為との間の理想的な境界線のようなものとしてとどまる(8)」のであり、「音楽作品は実在的ではなく純粋に志向的な対象(9)」であるといった規定がなされる。ジュネットの表現に引き付ければ、（「他筆的」な）音楽作品という「観念的オブジェ」（「純粋に志向的な対象」）は、その楽譜、演奏という実在的（物理的）対象の「美的経験」にあたり、「消失点」（「理想的な境界線」）として機能していることになる。

　ジュネットも触れているように、「自筆的」／「他筆的」の二分法も、その基礎をなす「作品」概念も、歴史的文化的に構築されたものであり、芸術理論として無批判に受け入れるわけにはいかない。ただし本論では、瞥見したような議論をひとつの足掛かりに、〈小説世界に流れる音楽〉についての問題化を試みたい。「他筆的」な小説作品のなかに存在する、「純粋に志向的な対象」としての音楽作品。「他筆的」な音楽作品の言語表象をその一部とする、「観念的オブジェ」としての小説作品。普段なにげなく「経験」している〈小説世界に流れる音楽〉には、いかなる「逆説」的な観念性が備わっているのだろうか。

　なお、この課題を追究するうえで考察対象とすべき文学テクストは、無数に存在するだろう。当然そこには、多種多様なジャンルの音楽が描かれている。村上春樹の二作品を考察材料とする本論では、取り上げる音楽もクラシックの楽曲に限定される。その意味でも本論を、文学と音楽をめぐる芸術理論的探究のささやかな試みとして位置づけたい。

2　小説世界内音楽とその「同一性」

　よく知られるように、村上春樹の小説では、文学、映画等の作品と並んで、音楽に関する多くの記述が、具体的な曲名、演奏家名とともに存する。こうした特徴が持つ意義や役割については、さまざまに論及されるところである。たとえば、論集『村上春樹を音楽で読み解く[10]』のなかで、大谷能生は、「村上春樹は、自身の作品に呼び込む音楽の固有名詞を「現実的に正確に」、つまり「リアリズム」で描くことによって、それを聴き、感想を述べる「僕」や「鼠」《ママ》いった顔のない存在の「寓話」性を、微妙な形で宙に吊る。この細部の正確さと話の寓話性との緊張関係が、初期村上作品の魅力であろう。[11]」と述べている。また、同じく大和田俊之は、音楽の固有名詞（ここではポップス）に備わる機能が初期作品から変容したことを指摘し、『ねじまき鳥クロニクル』以降の作品が、現実／可能世界との行き来や歴史の書き換えを主題としているとすれば、こうした「交換可能」な音楽は世界の反復性を確認する記号として機能する。というより、世界に歪みが生じるときの同一性を担保するものとして、一定の場所で音楽が鳴りつづけるのだ。[12]」との見方を示している。

音楽にまつわる固有名詞の「正確さ」が、物語世界の「寓話性」との間に「緊張関係」をもたらすことの「魅力」や、固有名詞を持つ音楽が、「歪み」の生じた複数世界間の「同一性を担保」するように「一定の場所」で「鳴りつづける」点は、これから取り上げる二作品「1Q84[13]」、「色彩をもたない多崎つくると、彼の巡礼の年[14]」にも通じるものと考えられる。両者はいずれも、特定のクラシック音楽作品を物語の軸に据えている。

「1Q84」では、冒頭から音楽が——固有名詞の浮上と合わせて——流れ出す。

タクシーのラジオは、FM放送のクラシック音楽番組を流していた。曲はヤナーチェックの『シンフォニエッタ』。渋滞に巻き込まれたタクシーの中で聴くのにうってつけの音楽とは言えないはずだ。運転手もとくに熱心にその音楽に耳を澄ませているようには見えなかった。（……）青豆は後部席のシートに深くもたれ、軽く目をつむって音楽を聴いていた。／ヤナーチェックの『シンフォニエッタ』の冒頭部分を耳にして、これはヤナーチェックの『シンフォニエッタ』だと言い当てられる人が、世間にいったいどれくらいいるだろう。おそらく「とても少ない」と「ほとんどいない」の中間くらいではあるまいか。しかし青豆にはなぜかそれができた。／ヤナーチェックは一九二六年にその小振りなシンフォニーを作曲した。冒頭のテーマはそもそも、あるスポーツ大会のためのファンファーレとして作られたものだ。青豆は一九二六年のチェコ・スロバキアを想像した。（……）青豆は音楽を聴きながら、ボヘミアの平原を渡るのびやかな風を想像し、歴史のあり方について思いをめぐらせた。

（BOOK1、一一－一二頁）

青豆はすぐに、「タクシーのラジオにしては音質が良すぎる。どちらかといえば小さな音量でかかっているのに、音が深く、倍音がきれいに聞き取れる。」（同、一四頁）ことに気づく。加えて、遮音の行き届いた車内は「まるで防音装置の施されたスタジオにいるみたい」（同、一四頁）である。極めて贅沢ながら違和感も抱かせるタクシーの時空間＝小説世界に、（三人称の語りを基本とする）知覚主体の青豆と、音楽に注意を向けているふうでない運転手、そして「ヤナーチェックの『シンフォニエッタ』」（の楽音）が存在している。「しかしなぜ、その音楽がヤナーチェックの『シンフォニエッタ』だとすぐにわかったのだろう」（同、一六頁）ととまどう青豆の内部は、続いて「その音楽は青豆に、ねじれに似た奇妙な感覚をもたらした。痛みや不快さはそこにはない。ただ身体のすべての組成がじわじわと物理的に絞り上げられているような感じがあるだけだ。青豆にはわけがわからなかった。『シンフォニエッタ』という音楽が私にこの不可解な感覚をもたらしているのだろうか。」（同、一六頁）と語られる。その間にも音楽は進み、「弱音器つきの弦楽器が気持ちの高まりを癒すように、前面に出てくる」（同、一八頁）箇所を過ぎて終了、聴こえてくる聴衆の拍手から「どこかのコンサートの録音を放送していたのだろう」（同、二三頁）との推測がなされる（ちなみに、その後青豆は「シンフォニエッタ」をトレーニングのBGMとするが、そこでは曲が「約二十五分で終わる」（BOOK2、六一頁）ことに触れられる。翻って、冒頭部分の時間性に現実感が生じることにもなるだろうか）。

以上の冒頭部分は、青豆が「1984年」から「1Q84年」の世界へと移動するプロセスを表している。音響空間の細かな描写と、固有名を持つ音楽作品およびその聴取体験の記述に、「細部の正確さと話の寓話性との緊張関係」が創出されていよう（なお、青豆が「シンフォニエッタ」との接点を解明しようと、図書館で『世界の作曲家』という分厚い本」（BOOK1、二〇〇頁）を手にする箇所では、作曲者と作品に関する一般的な解説が加えられる）。同時に、「現実／可能世界との行き来」にあたり、「世界に歪みが生じるときの同一性を担保するものとして、一定の場所で音楽が鳴りつづける」場面でもある。小説では、もうひとりの主人公天吾が、高校時代に吹奏楽部の臨時ティンパニ奏者となった際、「吹奏楽器用に編曲した」（BOOK1、三三二頁）「シンフォニエッタ」が課題曲であったこと、以後彼がそれを愛聴していたことが明らかになる。同曲は、過去と現在、「1984年」と「1Q84年」を貫く、青豆と天吾の強い結びつきを象徴するものであった。言ってみれば、固有名「ヤナーチェックの『シンフォニエッタ』」として表象される音楽作品は、「1Q84」という虚構世界と実際の世界との間、および小説における複数世界間（過去と現在の隔たりも含めた）の移動において、「緊張関係」に伴われた「同一性」を担保し、発現させているのだ。

次に、「色彩をもたない多崎つくると、彼の巡礼の年」で、主人公多崎つくるが、小説タイトルにもあるフランツ・リスト「巡礼の年」に触れる場面を見てみよう。大学時代の友人灰田は音楽に詳しく、つくるの部屋にレコードを持参しては、よくふたりで聴いていた。

あるピアノのレコードを聴いているとき、それが以前に何度か耳にした曲であることに、つくるは気づいた。題名は知らない。作曲者も知らない。でも静かな哀切に満ちた音楽だ。冒頭に単音で弾かれるゆっくりとした印象的なテーマ。その穏やかな演奏。つくるは読んでいた本のページから目を上げ、これは何という曲なのかと灰田に尋ねた。／「フランツ・リストの『ル・マル・デュ・ペイ』です。『巡礼の年』という曲集の第一年、スイスの巻に入っています」／「『ル・マル・デュ……』？」／「*Le Mal du Pays*　フランス語です。一般的にはホームシックとかメランコリーといった意味で使われますが、もっと詳しく言えば、『田園風景が人の心に呼び起こす、理由のない哀しみ』。正確に翻訳するのはむずかしい言葉です」／「僕の知っている女の子がよくその曲を弾いていたな。高校生のときクラスメートだった」／「僕もこの曲は昔から好きです。あまり一般的に知られている曲じゃありませんが」灰田は言った。「そのお友だちはピアノがうまかったんですか?」/「僕は音楽に詳しくないから、上手下手は判断できない。でも耳にするたび美しい曲だと思った。なんて言えばいいんだろう? 穏やかな哀しみに満ちていて、それでいてセンチメンタルじゃない」

(六二-六三頁)

青豆が「シンフォニエッタ」に遭遇したときと同様、「一般的に知られている曲」とは言えない楽音が流れ、「音楽に詳しくない」つくるがそれを既知の曲であると気づく。音楽に満たされた閉鎖的空間に、三人称の知覚主体ともうひとりの(謎めいたところのある)人物が存在している点や、(青豆についてはは自覚できていないものの)聴取主体における過去の時空間とその音楽が深く結びついている点も類似している。そのままつくるは、灰田の「饒舌」な音楽話とともに曲を聴きながら、「ル・マル・デュ・ペイ」を弾くシロ(白根柚木、ユズ)の姿への追憶にかき立てられる。このとき小説に流れている時間も、「レコードのその曲が終わり、次の曲が始まっても、つくるはそのまま口を閉ざし、浮かび上がる風景にただ心を浸していた」(六四頁)というように、楽曲のそれによって象られている。

その後三十六歳の現在に至るまで、つくるは灰田が置いていった「巡礼の年」を繰り返し聴いてきた。このピアノ曲は、消し去ろうとしてきた過去の世界と現在のつくるとを貫くものであった。「ル・マル・デュ・ペイ」の調べは、つくるの内部に、いま抱えている沙羅への想い、そしてシロや灰田への痛切な思い出を喚起する。とりわけ後者に関して、この作品が「散り散りになった三人の人間をひとつに結びつける血脈」であり、「音楽の力がそれを可能にしている」(二四五頁)と表現される。つくるは「ル・マル・デュ・ペイ」を聴くと、「二人のことを鮮やかに思い出す」、「時には彼らが今も自分のすぐそばにいて、密やかに呼吸しているようにも感じられる」(二四五頁)。決して取り戻すことのできない過去と、現在の生との深い結びつきが、ひとつの音楽作品を通して浮上する。もう少し言えば、重なり合いながらもはやひとつになることのない複数の世界間の「同一性」が、同じ音楽の存在によって措定されるのである。

つくるがフィンランドに住むエリ（クロ）のもとを訪れ、ともに死んだユズを想いながら気持ちを交わす場面でも、「ル・マル・デュ・ペイ」とそれに続く「巡礼の年」の各曲が流れる。「エリは立ち上がって、キャビネットの小さなステレオ装置の前に行き、重ねられたディスクの中から一枚を取り出し、プレーヤーのトレイに載せた。スピーカーから『ル・マル・デュ・ペイ』が流れた。」（三〇五頁）と音楽がはじまり、それに合わせてつくるは改めてユズの姿を想起する。そして曲が移るなか、「長い時間――どれほどの時間だろう――二人は身体を寄せ合っていた」様子が語られ、「二人はもう一言も口をきかなかった。言葉はそこでは力を持たなかった。動くことをやめてしまった踊り手たちのように、彼らはただひっそりと抱き合い、時間の流れに身を委ねた。それは過去と現在と、そしておそらくは未来がいくらか混じり合った時間だった。」（三〇九頁）と場面が閉じられていく。また、小説の最後、深夜の部屋で独り「巡礼の年」を聴きながら、沙羅への思慕に懊悩するつくるは、彼女からとおぼしき電話のベルを鳴らしたままにする。ベルが鳴りやむと、「つくるはその沈黙を埋めるために、再びレコードに針を下ろし、ソファに戻って音楽の続きに耳を澄ませた。今度は具体的なことを何ひとつ考えないように努めた。目を閉じ、頭を空白にし、音楽そのものに意識を集中した。」（三六七頁）。そして再度の電話も取ることなく、「そのうちにベルは止み、聞えるのは音楽だけになった」（三六七頁）。このように、実在する音楽作品の流れとともに小説世界が語られることで、言語テクストの時空間により強いリアリティが与えられていると言えるだろう。「寓話性」の程度はさておき、虚構の小説世界が具体的な音楽作品によって現実の読み手と結びつく、その断絶感と直接性の「緊張関係」を堪能することに、小説を読む愉しみの一端があるのかもしれない。

三人称の語りを基本形態とする小説世界において、楽音は作中人物の知覚経験、意識現象をもって表象されると同時に、その虚構の時空間のなかで物理的音響として存在していることになる。こうした二極の存在様態を内包することによって、言語テクストにおける音楽表象は、読み手に虚構世界内の諸事象の感触を付与しているものと考えられる。この機能を支える要件として、作中の楽曲が実在する特定の音楽作品であること（加えるならばその音楽作品に固有の情報が記されること）があるはずだ。そこでは、虚構世界における諸種の状況下で、主観的-客観的事象として存在する音楽と、実際の世界に「他筆的」芸術としてある音楽との「同一性」が暗黙の前提となっている。そしてこの「同一性」に依拠することは、言語テクストにおいていかなる語りのもとで表象されていようとも、また実際の世界においてさまざまな存在様態を取ろうとも、それらの音楽――「シンフォニエッタ」、「巡礼の年」――があくまで〈同一〉の作品であるとみなしていることを意味しよう。

また、虚構世界（とその世界内存在）の完全性／不確定性が、虚構理論においては論議の的となる。(15) いま取り上げている小説世界内音楽については、当然ながら具体的な楽音の描写は楽曲の一部にのみなされるものの、その時空間には作品の全編が流れ、存在していることになる。敷衍すれば、現実には、物理的時空間に過ぎ去っていく音響として顕現するほかない音楽作品の「観念的オブジェ」が、小説世界では――その虚構空間においては同時に線条的な時間が存在してもいる――逆説的にも十全な形をとってあらわれ、ひいては作品概念に備わる全体性、統一性が充たされているかの様相を呈する。この点も、虚実の世界に渡る音楽作品の「同一性」の措定に寄与するところがあろう。以上のような点で、「他筆的」芸術である文学作品と音楽作品は、それぞれに内在する観念性を相互補完的に機能させていると言えるのではなかろうか。

3　音楽の「顕現」と複数の〈演奏‐音盤〉

「1Q84」、「色彩を持たない多崎つくると、彼の巡礼の年」の世界に流れる音楽作品、ヤナーチェク「シンフォニエッタ」、リスト「巡礼の年」は、クラシック音楽に特徴的な形態をとって存在している（もちろん他の音楽ジャンルにも当てはまる部分があるが）。すなわち、「作品」を「顕現」させている演奏者（指揮者、オーケストラ）名の付加と、それらの固有名をもつ音盤（レコード、コンパクト・ディスク）としてである。そうした実在する演奏（者）と音盤の細かな情報に加え、さらに興味深い共通点は、同一の作品についてふたつの〈演奏－音盤〉＝固有名が小説世界に登場していることである。

「1Q84」では、図書館で作曲家と作品について調べた青豆が、その足でレコード店に寄り、レコード『シンフォニエッタ』を手に入れる。

ジョージ・セルの指揮するクリーブランド管弦楽団によるものだった。バルトークの『管弦楽のための協奏曲』がA面に入っている。どんな演奏かはわからなかったが、ほかに選びようもないので、彼女はそのLPを買った。（……）例の冒頭のファンファーレが輝かしく鳴り響いた。タクシーの中で聴いたのと同じ音楽だ。間違いない。彼女は目を閉じて、その音楽に意識を集中した。演奏は悪くなかった。しかし何ごとも起こらなかった。ただそこに音楽が鳴っているだけだ。（BOOK1、二〇三頁）

先に見たように、タクシーのラジオから流れていた「シンフォニエッタ」は、「どこかのコンサートの録音」とおぼしき演奏であった。ここで青豆が、「タクシーの中で聴いたのと同じ音楽だ」と判断するのは、言うまでもなく〈同一の音楽作品の一部〉の意味においてであろう。以後青豆は習慣のようにこのレコードを聴くが、一方の天吾は、別の〈演奏－音盤〉でこの曲を愛聴していた。

ヤナーチェックの『シンフォニエッタ』のレコードをターンテーブルに載せ、オートマチック・プレイの

> ボタンを押した。小澤征爾の指揮するシカゴ交響楽団。ターンテーブルが一分間に33回転のスピードでまわり出し、トーンアームが内側に向けて動き、針がレコードの溝をトレースする。そしてブラスのイントロに続いて、華やかなティンパニの音がスピーカーから出てきた。天吾がいちばん好きな部分だ。／（……）高校生のときに即席の打楽器奏者としてその曲を演奏して以来、それは天吾にとっての特別な意味を持つ音楽になっていた。
> （BOOK2、三四頁）

小説中、「1984年」の世界で聴くことのなかった「シンフォニエッタ」が、「1Q84年」の世界へと移動する青豆の内部に、「ねじれに似た奇妙な感覚」を伴って浮上する。当初は、固有名（作品名）で語られる一方、その顕現形態（「どこかのコンサートの録音」）においてある種の抽象性を持っていた音楽に、「ジョージ・セル」・「クリーブランド管弦楽団」による〈演奏－音盤〉といったさらなる固有名が付される。また、音楽をめぐる因縁の起源として、高校時代の天吾が演奏した（はずの）吹奏楽版「シンフォニエッタ」が想定される。具体的には語られないものの小説世界で確かに存在していたこの音楽は、「小澤征爾」・「シカゴ交響楽団」による〈演奏－音盤〉の固有名とともに、「特別な意味を持つ音楽」として顕現する。そして、固有名を持つふたつの〈演奏－音盤〉は、実際の世界において、端的な意味で実在している。すなわち、固有名（作品名）においてある「他筆的」な音楽が、複数の〈演奏－音盤〉＝固有名として「顕現」することで、小説内の複数世界の間、および虚構世界と実際の世界の間にある「同一性」の徴表として機能しているのだ。ここで逆説的に浮上してくるのは、ふたつの〈演奏－音盤〉があくまでも同じ「シンフォニエッタ」であること、すなわち「他筆的」な音楽作品における「観念的オブジェ」のあり方にほかならない。

「色彩を持たない多崎つくると、彼の巡礼の年」で、つくるの部屋に灰田が置いていったレコード『巡礼の年』は、次のような〈演奏－音盤〉であった。

旅行の支度を終えたあと、久しぶりにリストの『巡礼の年』のレコードを取り出した。ラザール・ベルマンの演奏する三枚組のLP。十五年前に灰田が残していったものだ。彼はほとんどそのレコードを聴くためだけに、まだ旧式のレコード・プレーヤーを所有していた。一枚目の盤をターンテーブルに載せ、二面に針を落とした。／第一年の「スイス」。彼はソファに腰を下ろし、目を閉じて、音楽に耳を傾けた。『ル・マル・デュ・ペイ』はその曲集の八番目の曲だが、レコードでは二面の冒頭になっている。（二四三－二四四頁）

作中では、「ロシアのピアニストで、繊細な心象風景を描くみたいにリストを弾きます」、「現存のピアニストでリストを正しく美しく弾ける人はそれほど多くいません」（六三頁）といった灰田の言葉で、この〈演奏－音盤〉＝固有名に関する情報が語られる。一方、フィンランドのエリの別荘では、別の〈演奏－音盤〉である、コンパクト・ディスク『巡礼の年』がかけられる。

「僕がいつもうちで聴いている演奏とは、印象が少し違う」とつくるは言った。／（……）「彼（ラザール・ベルマン…引用者注）の演奏の方がもう少し耽美的かもしれない。この演奏はとても見事だけど、リストの音楽というよりはどことなく、ベートーヴェンのピアノ・ソナタみたいな格調があるな」／エリは微笑んだ。「アルフレート・ブレンデルだからね、あまり耽美的とは言えないかもしれない。でも私は気に入っている。昔からずっとこの演奏を聴いているから、耳が慣れてしまったのかもしれないけど」（三〇六頁）

このように、ふたつの〈演奏－音盤〉が聴き比べられ、その音楽の差異が語られてもいる。と同時に、「しかしたとえどこで聴いても、コンパクト・ディスクと古いLPの違いはあっても、その音楽自体は変わることなく美しかった」（三〇五－三〇六頁）というように、「音楽自体」の揺るぎない同一性が見出されるのだ。作中世界において、この音楽をめぐる因縁は、高校時代のシロの演奏という「顕現」を起源とする。それは、現在のつくるが想起する記憶のうちに、失われた過去の音楽となって存在している。リスト「巡礼の年」（「ル・マル・デュ・ペイ」）は、小説世界において、一度切断された過去と現在とを結びなおし、また虚構の時空間と実際の世界の間に、〈聴取〉経験の一体化の仮想を成り立たせる。ここでは、実在するふたつの〈演奏－音盤〉における「観念的オブジェ」の同一性や、記憶において「顕現」する音楽と手に取れる〈演奏－音盤〉としてあるそれとの同一性が前提となるだろう。「色彩を持たない多崎つくると、彼の巡礼の年」に〈実在〉する音楽にあって、「他筆的」な音楽作品に備わる観念性は、幾重にも折り重なって機能していると考えられる。

　小説世界のリアリティの構築といった側面について、もう少し触れておきたい。作中人物がある楽曲を習慣的に聴取している場合、（音楽のデジタル化については措くとして）小説世界における特定の手段がどうしても必要となるはずだ。すなわち、そのディテールが語られることはなくとも、作中人物が繰り返し手に取る、このレコード、このコンパクト・ディスク等が確かに存在するものとみなされる。虚構世界に想定されるこの現実性は、実在する音盤の導入によって満たされると言えるだろう。また両作品には、レコードをターンテーブルに乗せ、針を落とす細かな所作が、幾度も語られている。レコードを扱う習慣へのノスタルジーといった面もあろうが、それらの表現によって、実際に音楽が「顕現」する際の行為性が前景化されていると考えられる。小説世界に流れる音楽（作品）のリアリティとその直接体験の仮想は、こういった音楽聴取における物質的、身体的側面の記入にも支えられているのだ。

4　音楽の固有名・個体性と小説世界の観念－経験的受容

言語における固有名の問題は、様相論理学の展開、とりわけ可能世界意味論の導入とともに主題的に追究されてきた。可能世界の観点からなる議論は、文学（特に小説）を中心とする虚構理論においても試行されている。たとえば、マリー＝ロール・ライアン『可能世界・人工知能・物語理論』[16]は、中心となる語りの位置が現実世界から可能世界へと移動している点に、虚構のテクスト空間の成立を見ている。このとき、現実世界（AW :Actual World）と可能世界としての小説テクストにおける現実（TAW :Text Actual World）との関係、特に両世界における存在の差異と同一性をめぐる読み手の態度は、次のように説明される。

この法則――最小離脱法則〔principle of minimal departure〕と呼ぼう――の言うところは、われわれがテクスト宇宙の中心世界を再構築するときも、非事実陳述の代替可能世界を再構築するときと同じように、自分たちのAW表象とできるだけ調和するように再構築しているということだ。われわれは現実に知っていることならなんでも、代替可能世界に投影し、ただテクストに明記されていることだけは調整する。（……）／（……）最小離脱法則のもとでは、TAWのナポレオンはデイヴィッド・ルイスのいう貫世界同一性の線〔line of transworld identity〕でもってAWのナポレオンと結びつけられ、その対応物〔分身〕となる。ニューオリンズに脱出しようがセントヘレナ島で死のうが、このナポレオンは、すべての可能世界において「ナポレオン」の名のもとに識別される個体であることに変りはない。[17]

「最小離脱法則」のもとにある読み手は、テクストに差異が明記されている場合を除き、現実世界で得られる諸存在の表象を小説世界にそのまま投影する。そして、固有名を持つ存在については「貫世界同一性」が成立しており、仮に現実世界との可能的差異がテクストに示されていても、その名（「ナポレオン」）で指示される「個体」は同一性を保つことになる。

説明にある「最小離脱法則」とは、小説の読み取りに関する一般論だと言えるだろう。固有名で指示される存在の対応関係については、可能世界意味論のなかでも議論が分かれるところであるが[18]、さしあたり必要な範囲で触れておきたい。ソール・A・クリプキ『名指しと必然性』[19]は、固有名の意味をその述語となる記述の束に還元するラッセルらの見解について、非事実陳述の示す可能世界における矛盾の発生をもって批判し、「固定指示子」（対象の指示を固定する言葉）としての固有名のあり方を打ち出した。また、そのような固有名の働きを、過去に行なわれた名づけとその歴史的継続にもとづくものとした。こうした直接指示の理論および指示の因果説について、三浦俊彦は次のようにまとめている。

現実世界内の個体aに対し、aとの接触の中で固有名pが授けられ、その現場からの名前の受け渡しが途切れない限りにおいて、pはaそのものを指示し続ける。世界がかりにどのような姿をしていようがaそのものがどういう性質を持っていようがこの指示関係は変わらない（……）。ということは、現実世界内のaを錨として、他の可能世界内にあるどの個体をも、pの指示対象すなわちaそのものであると決めることができる。[20]

ある固有名が、実際の世界と言語テクストとしての小説世界に渡って存在するとき、その対象との指示関係は固定化している。いかに小説が「寓話性」に満ちたものであろうとも、固有名が指示する対象の「このもの性」[21]は変わることがない。『1Q84』の「ヤナーチェック」は実際の世界における〈このヤナーチェック〉であり、

「シンフォニエッタ」は〈この「シンフォニエッタ」〉にほかならず、また「色彩を持たない多崎つくると、彼の巡礼の年」の「フランツ・リスト」、「巡礼の年」も同様である。レコードを入手する前の青豆の「頭の中」だろうが[22]、演奏者等の情報の有無が不明なカセットテープだろうが[23]、あるいは、夢と現実の間で混乱状態にあるつくるの「頭」だろうが[24]、演奏するシロの姿を伴う記憶のなかだろうが、それらはみな〈この「シンフォニエッタ」〉、〈この「ル・マル・デュ・ペイ」〉にほかならない。虚構の世界にさまざまな「顕現」様態で流れている音楽作品は、実際の世界において固有名で指示されているそれと、論理上同一である――逆に言えば、同一であらざるをえないのだ。

しかしすぐさま問題となるのは、固有名の直接指示論が前提とする現実世界内の「個体」なるものを、「他筆的」な音楽作品についてどう考えるかである。柄谷行人は、「たとえば、漱石が作家ではなく建築家であったとしても、われわれは漱石という固有名を可能世界にかんしてもちいる。漱石という人が現実に持っている属性が可能世界においてどう違っていても、われわれは彼を漱石と呼ぶ。このことは、『吾輩は猫である』という固有名についてもいえる。たとえば、その内容が別である場合、またそれが別の作家によって書かれたか、または書かれなかった場合（可能世界）を考えるときにも、すでに『吾輩は猫である』という固有名（固定指示子）を前提している。[25]」というように、固有名の直接指示論を人名から小説作品名へと敷衍している。ただし、これが複数の〈演奏－音盤〉＝固有名が存在する音楽作品になると、より複雑な問題が生じてくるように思われるのだ。

ところでクラシック音楽の例ではないが、村上春樹「国境の南、太陽の西」（一九九二年）では、「国境の南（South of the Border）」を収録したナット・キング・コールのレコードが小説世界で重要な役割を持つものの、実際にそうしたアルバムは存在していないことが分かっている[26]。これまで見てきたふたつの作品とは逆の現象が生じていると言えるが、むろんこの場合でも虚構としての小説世界は成り立っている。このとき、「国境の南、太陽の西」の作品世界は、〈もしナット・キング・コールによる「国境の南」のレコードがあったとしたら〉という非事実的陳述による可能世界として考えることができよう。言ってみれば、同一の音楽作品がその「顕現」の存在を異にするところに、実際の世界と虚構の小説世界とを分かつ線があるのだ。こうした例もまた、「他筆的」な音楽作品における固有名と「個体」の関係を問題化するものであろう。

見てきたように、ふたつの小説世界では、音楽作品「シンフォニエッタ」、「巡礼の年」がさまざまな形で「顕現」している。「ねじれ」た複数世界をつなぎ合わせる前者でも、過去になされた演奏の聴取体験を起源とする後者でも、そこには、「消失点」としての原–「シンフォニエッタ」、原–「巡礼の年」（ル・マル・デュ・ペイ）との観念的「同一性」がなくてはならない。また、「消失点」に裏打ちされる音楽作品の「同一性」は、読み手と小説世界との間にも渡るものである。その意味で、小説世界に流れる音楽作品の個体性は、さしあたり「観念的オブジェ」としての側面において捉える必要があろう。「他筆的」な文学作品、音楽作品の個体性を、ジュネットは次のように説明する。

> ここでまた、次のような論理的包含の行程が出てくる――「文学作品―詩―ソネット―ボードレールのソネット―「恋人たちの死」」、もしくは「楽曲―リート―シューベルトのリート―『死と乙女』」。この行程はこの最後のオブジェのところで必然的に停止し、このオブジェよりも「下には」もはや「文学作品」も「楽曲」もなく、文学作品の同一物（または制作）もしくは音楽作品の演奏〔制作〕（または同一物）があるだけだ。そしてこれらの同一物または演奏〔制作〕は、「文学作品」または「音楽作品」のクラスには（論理的に）帰属しないのだから、「恋人たちの死」や『死と乙女』が構成するかもしれない（しかしじっさいに構成しているわけではない）下位クラスに帰属することはできない。（……）この意味においては、これらの作品に帰属するものはなにもない。そしてまさにこの事実がそれらの作品を、その観念性にもかかわらず、個体として定義するのである。[27]

言い換えれば、文学、音楽においては、ある「観念的オブジェ」が固有名で名づけられる（直接指示される）ことにより、「個体」としての作品が成立する。またインガルデンも、「全体としての音楽作品も、またそのさまざまな部分も、あらゆる実在的対象——たとえばベートーベンの交響曲第五番のある版を印刷した紙——がそうであるような意味で、「個体的」なもの、あるいは「個別的」なものではない[28]」というように、音楽作品の個体性について物質的な定義を退ける。そこから、「個別化されていない質から構成される顕在的に具体的なもの、すなわち個別的なロ短調ソナタそのものから、われわれは作品そのものを抽出する[29]」とするとき、やはり音楽における観念的（「質」的）な「個体」（「作品そのもの」）のあり方が浮上してくる。

こうした主張の背後には、音楽作品のあり方を経験主義的に捉える傾向への批判がある。音楽作品を「純粋に志向的な対象」と規定するインガルデンが、それを「対象が与するような知覚体験ではないし、対象を創造的に指示するような経験でもないし、その経験のどの部分でもどの要素でもない」、「単にその経験が指す何かであり、精神的でも主観的でもない[30]」というように、音楽作品と聴取主体の経験との同一視を否定するのは当然であろう。また、ジュネットは、「文学作品もしくは音楽作品の内在的体制を、タイプとの関係をもたない物理的オブジェもしくは出来事の集積に還元することを、根本的に経験主義のやり方で試みる」ことを、非現実的な見方であるとしている[31]。

他方、観念的、形而上学的な「作品」概念を歴史的な文脈において相対化しつつ、経験主義の方向へと議論を展開してきたのが、現代の諸理論の基本的傾向と言える。「作品」概念の批判的解体をもたらした背景のひとつに、近代以降の芸術環境の変化、とりわけ複製技術に関するテクノロジーの展開がある[32]。音楽における録音技術の発生が、それまでの聴取形態を大きく変えたことは言うまでもない。ここでは、特にレコードの普及による変化が問題となろう。

細川周平は、次のように述べる。

レコード聴取は決して「作品」という単位では行われない。レコードは決して作品概念に挑戦したりその「開放」に力を貸したりはしないが、額面通りではない受容をなしくずしに、しかし必然的に推進した。それは作品概念を温存したままそれより現実的な音楽の存在様態を見出した。後で述べる「サウンド」である。ただしこれらは対立概念というよりも、別の秩序に属する概念と捉えた方がよい。コンサートで、作品という統合的で首尾一貫し始めと終わりが確定した時間的単位の確立がその再演を可能にしたが、レコードでは録音に関してはまだその単位がかなり有効であるとしても、聴取に関しては全く意味をなさない。（……）通して聴くことでしか伝達されない内実が失われた反面、部分的に偶発的に聴くことでしか得られないもの——異なる機会性——がそこに生まれた。(33)

ここで言う「サウンド」とは、主に音色とリズムから得られる美的な「効果」を指す。(34) レコードの普及は、「作品」概念と正面から対立するものであったというよりも、「なしくずし」かつ「必然的」にオルタナティヴな聴取態度を導き出した。ハーモニーやメロディーから「作品」全体の構造を認識することとは別に、偶然遭遇した断片的な部分を好みの「サウンド」として享受する聴き方が広まったのである。細川は、「作品が今・ここの経験に対峙する在らざるべきものである」といった（テオドール・W・アドルノの）音楽観に対して、「レコードは今・ここに関わり作品よりも経験に関わる」(35) と規定する。そして、レコード聴取がもたらす「今・ここ」の「経験」について、「レコードの聴き手は音楽を自分の都合のよいサイズに切って揃える。ある交響曲の冒頭の一秒間ははたして作品なのであろうか。その間に作品名や作者名が判明し、つまりその作品を認識できてもやはり取るに足らない一秒間なのだろうか。ある人にとってはその断片には何の意味もないかもしれないが、別の人にはそれだけで充分ということもありうる。[36]」と付言する。本論の例に当てはめるならば、小説世界に流れる音楽の「断片」を、青豆やつくるは「充分」なまでに「意味」あるものとして「経験」する。そして、「シンフォニエッタ」の「冒頭のファンファーレ」や、「ル・マル・デュ・ペイ」の「冒頭に単音で弾かれるゆっくりとした印象的なテーマ」を聴くことで、私たちは虚構の時空間の「今・ここ」に近づこうとするのだ。

ジュネットは、「音楽の「個体」を定義するための詳細は、それをどう定義しうるか、および／またはどう定義しなければならないと思うかによって、きわめて可変的となる。いずれにせよ演奏家のほうは自分の演奏を個別化しなければならず（個別化せずにはいられず）、しかもそのレベルは一般に、演奏家へ出された指示をはるかに超えている。[37]」とも記している。結局のところ、レコード普及以後のクラシック音楽における「個体」の捉え方は、「観念的オブジェ」としての「作品」と、個別の演奏の聴取経験に存する「サウンド」といった、「別の秩序に属する概念」のいずれに重点を置くかで異なるだろう。こうしてみると、取り上げたふたつの小説における、特定の音楽作品と実在する〈演奏－音盤〉という二層の固有名は、音楽の所在をめぐる二様の観点に対応しているとも考えられる。「作品概念を温存したままそれより現実的な音楽の存在様態を見出」している現在にあって、小説世界にふたつの位相の固有名があらわれるのは自然なことであると言えよう。

言語テクストとしてある小説世界のうちに、「観念的オブジェ」たる音楽作品が存在－「顕現」すること。また、それが架空の（言語表象としてのみある）音楽ではなく、実際の世界で固有名によって指示されている対象であること。このとき、読み手である私たちは、端的に〈ヤナーチェックの「シンフォニエッタ」、リストの「巡礼の年」が、小説世界（ときには登場人物の頭のなか）に流れている〉ものとする。さらに、実在する〈演奏－音盤〉＝固有名による指示が小説世界の音楽作品に付加されることで、音楽の同一性を通じてなされる小説世界と読書経験の一体感が、より強度を増すはずだ。ここでは、二種の〈演奏－音盤〉＝固有名の存在も、小説世界の「観念的オブジェ」の一部となって「顕現」する音楽作品の質的な同一性と、「今・ここ」に生じる「サウンド」

の経験とを、妥協的に折衷するものとなろう。

取り上げた小説の登場人物たちは、それぞれの形で、「作品」概念とレコード聴取を上手に組み合わせながら、その音楽が持つ意味を表現していく。同じ音楽を聴いて小説世界に直接触れようとする読み手は、「作品」全体として「顕現」する小説内音楽の観念性に寄りかかりつつ、実際のところ、断片的な言語表象をガイドに、スピーカーから流れる音を「サウンド」として確認しているのだ。

第三章　古川日出男「南無ロックンロール二十一部経」——動物とロックンロール

1　古川日出男における動物と音楽

私と動物——犬でも猫でも、あるいはハムスターでも象でもよい——がひとつの部屋にいて、そこに音楽が流れている。このとき、私とその動物は、同じ〈音楽〉を聞いているのだろうか。また、その音楽に合わせて口ずさむ私の隣で、動物は何やら鳴声を立てている。このとき、私とその動物は、同じ〈音楽〉を歌っているのだろうか。

さしあたって、前者の問いに話題をしぼろう。もとより、人間と動物では聴覚器官や可聴域に大きな違いがあり、当然ながら聴こえている〈音〉は異なっているはずだ。また仮に、諸種の実験によって、ある動物が音楽を弁別できることがわかったとしても、それを人間の音楽認知と〈同じ〉ものと考えるのは難しいだろう(1)。

一方、そこで知覚された〈音〉は、物理的に同一である空気振動――現象の背後に想定される〈物自体〉と言うべきであろうか――をもとにしていると、ひとまず考えることができる（さまざまな留保を要するのは言うまでもないが）。そもそも人間どうしであっても、たとえば〈同じ〉ヘヴィ・メタルの楽曲が、ある者には騒音としか聞こえず、別の者には心を震わせる音楽として享受される。あるいは、聴覚器官を持たない植物にさえ、〈同じ〉モーツァルトを聞かせて（＝〈同じ〉周波数の配列を浴びさせて）みたりもする。

音楽学（音響学）、認知科学、動物学、哲学ほか、さまざまな領域に渡る問題と言えるが、ここでは科学的、学問的論議はとりあえず措くことにし、音楽と動物存在を結ぶところに広がる、稀有な文学的想像力の例を取り上げてみたい。

小説家古川日出男は、人間の歴史に翻弄される軍用犬のドラマを描いた「ベルカ、吠えないのか」（二〇〇五年）をはじめ、人間社会に棲息する動物を主体化した作品を多く発表している。[2] 波戸岡景太は、動物の生を表現した古川作品の特徴について、「人間が動物を観察する「動物文学」とは異なり、人間が動物社会に擬態すること――あるいは、動物が人間社会に擬態することを主題としている」[3]と評する。また、ここでの「擬態」を、「人間と動物の境界を「線」ではなく「領域」とみなし、そこをまるごと占拠しようという、芸術的な企み」としたうえで、「古川日出男は一貫して、人間と動物のあいだに広がる境界領域に根城を築き、そこを己の「領土」とすることで、独自の文学空間を生み出してきた」[4]と述べている。

また、ミュージシャンとともに自作の朗読ライヴも行なう古川は、音楽との濃密な関わりを打ち出す作家であり[5]、独特のスピード感とリズムを持つその文体[6]をはじめ、音（楽）－聴覚にまつわる問題意識を作品の随所で示している。

「見るっていうのは目をつぶると消えるんですよ、匂いも臭い便所に入る時は鼻をふさぐでしょ、でも耳って意思ではふさげない。それは何かあるのかなあと思って。」[7]――こうした聴覚活動の特性は、一般によく言われるところでもあるが、とりわけ冒頭の問いを惹起させるものと考えられる。視覚や嗅覚については、知覚主体と対象が同じ空間に存在することを、そのまま受容の成立とみなすわけにはいかない。視線を逸らしたり目をつぶったりすることで、それを見ないこと、息を止めたり口で呼吸したりすることで、それを嗅がないことが、ひとまず可能だと言えよう。一方、聴覚については、音現象と場を共有していること自体が、その受容を強く想定させる（諸々の留保条件はあるものの）。「耳というのは閉じないから――意思力で聴覚をシャットダウンするのには相当な困難を伴う――音は一般に、「流せば入る」[8]」と言うことができる。音の知覚は、他に比べて強制的、受動的なものと一般的、直感的に捉えられるだろう。

　とりわけ、手で耳を塞ぐことのない動物については、音現象とその知覚に関する特性が当てはめやすい。音に身を曝していることにおいて、人間と動物は同位にあると想定できる。ここから、同じ空間にいる人間と動物が〈同じ音（楽）〉を聞き、共有しているとの想像が働き出す[9]。

　そうした想像は、文学上さまざまな方向性、可能性をもって表現されるように思うが、古川作品におけるその一例として、人間と動物の群像小説「MUSIC」[10]を見ておきたい。ともに作品の中心的存在である、十三歳の少年「佑多」と灰色の天才猫「スタバ」は、「佑多」が「猫語」を求めて発見した口笛（「猫笛」）によって、意志の疎通ができるようになる[11]。さらに、「猫笛」の旋律（＝音楽）は、ハーメルンの笛吹きのごとく、猫の群れを動かす力を持つ。そして「佑多」は、当初の「猫語の青山方言」をもとに、「猫語の東京の、都心用の共通語」の獲得を目指していく。

> 十三歳のからだそのものを楽器にして、音楽は奏でられた。ある一つの旋律が発せられるとほぼ同時に、そのオリジナル（の旋律）が双子になり、まれに三つ子に、五つ子にすらなる。遅れて出現した旋律《もの》たちはオリジナルをいっせいに多音で追いながら、揺れる。追跡しながら、もちろん揺れた。それから、もちろん跳

ねた。曲がった。捩れた。たぶん自由の方角へ捩れた。それが自由の響きだから。佑多とスタバの邂逅から生まれた――人の少年と人ではないものの雄の――、変声期の憂鬱《ブルー》と灰色《ブルー》の遭遇が誕生させたものだから。（……）だから、猫たちの心には響いた。体毛を撫でて、総身をつつみ、意識のすみずみに滲み入った。

（一〇六頁）

また、それは「旋律から形作られた感情の言語」であり、「もしも猫族が口笛を吹ける構造の口腔と口唇を有していたら、おおかた歌っただろう。吹き返しただろう。」（一三七頁）とされる。「自由の響き」としてある「旋律」（音楽）、その「感情の言語」の共有、共振に加えて、それを聞いた動物からのリアクション――動物もまた歌うこと――が想像の内に入ってくる。動物は人間と同じ音楽を聞いているだけでなく、同じ音楽を歌っている（歌おうとしている）のかもしれない……。このように作品には、本論冒頭に挙げた問いの後者も浮上している。

こういった無尽蔵の想像から、たとえば以下のような奇蹟の情景が創出される。ある夜、港区虎ノ門界隈の暗がりで、コンピュータから鳴り響く音楽に乗せ、猫の群れが声をあげる。はじめに、一匹の猫が捨てられたノートパソコンを偶然踏むと、音楽再生ソフトからロック調の曲、『ゴタンダ暴動』が鳴り出す。行き交う数匹の猫が、みな喉を鳴らして近づき、「コンピュータの演奏にすわとばかりに聞き惚れ、情景はいっきに猫の集会の様相を呈した」（一七〇頁）。そこにあらわれた「佑多」は、猫を魅了するその音楽に、「響きの自由、自由の響き」（一七一頁）を聞き取る。「佑多」が「猫笛」で旋律をなぞると、猫たちは「呻き」、「唸り」、「うわ擦り」で応答する。『ゴタンダ暴動』は「なにやら猫の喜怒哀楽の、楽、じみた衝動」（一七一頁）を有しており、「佑多」指揮の「合唱会」に参加する猫たちは「算術級数的」に増えていった。――音楽と一体化した「自由」の情動に文字どおり共鳴する、「歌う猫たち」の姿が、このような祝祭的情景をもって描き出されている。

「佑多」は、すべての区内在住猫に働きかける「完璧なる港区標準口語」を習得する。それは、「言語にして音楽、猫笛にして猫語、自由な響きにして生命力」（二一八頁）と形容される。また、猫の群れの大移動を率いる「佑多」の姿は、「人、という範疇を超越して、半人半音楽」（二一八頁）と語られもする。このとき「佑多」は、むろん〈半獣〉ならぬ〈半動物〉の様態にもあると考えてよいだろう。ここには、波戸岡の言葉を借りるならば、「人間が動物社会」に、「動物が人間社会」に「擬態」することで、「人間と動物のあいだに広がる境界領域」を切り開く試みがある。

そのきっかけのひとつとなっているのが、音楽にほかならない。人間存在を措いて想定不可能な〈音楽〉なるものを基点として、「人間と動物のあいだに広がる境界領域」へと想像の歩みを踏み入れること。この困難な志向の展開と可能性が、古川作品においてどのようにあらわれているか、次節以降でさらに見ていきたい。

2　歴史への贖罪、ロックンロールと輪廻転生

二〇〇五年刊行の「ロックンロール七部作」は、二十世紀の各大陸を舞台に、ロックンロールにまつわる寓話を語った作品である。これを取り込む形で、二〇一三年に大作「南無ロックンロール二十一部経」が刊行された[12]。この特異なタイトルは、音楽をめぐる思念の途方もない広がりを如実に示すものと言える。

本作品の構成は次のとおりである。短く付された「プロローグ」と「エピローグ」では、「一九九八年か九九年の朝」に、東京の地下鉄のなかで、ある教団信者の「男」がテロを実行しようとしている。これにはさまれる形で、「第一の書」から「第七の書」までが並んでいる。それぞれの「書」は、「コーマW」、「浄土前夜」、「二十世紀」の三パートからなる。短いパートの「コーマW」は、病室で昏睡状態にある「彼女」へ向けて、「小説家の私」がロックンロールの物語を語ろうとしながら、音楽や宗教についての思索を示す。「浄土前夜」は、地

獄の獄卒たちが侵攻する戦火の東京を舞台とし、十歳足らずの少女や「塾長」と呼ばれる老人の闘いに、輪廻転生を繰り返す「お前」が様々な姿で関わっていく。そして、「ロックンロール七部作」をリライトした「二十世紀」は、「コーマW」の「私」が語る物語のように配されている。

作品序言では、「20世紀と21世紀をまたいだ黙示録」の創出が、その目指すところとされる。

（……）二十世紀が終わって二十一世紀になったのに、何一つシステムの検証もしなければ、二十世紀末に行われたことの清算もしなかったツケが回ってきている気がしたんです。それは他人のせいではなくて、自分にも明らかに責任はあることだから、そのツケを払う物語を書きたいと。それで「ロックンロール十四部作」という、個人的にはオウム真理教を総括するものを作る以外にないと思って進んでいったんです。／（……）自分が悟ることで善を為せると信じて、結果として圧倒的な悪を為した。だから同じように自分さえ悟れば世界がよくなると意識的無意識的に考え、同じ時代を生きた僕は、その問題を問わなくてはならないと思った。そしてまさにその執筆の最中に二〇一一年三月十一日が来て、作品がもっと別なものになっていったんです。[13]

いまだ終わってはいない二十世紀の〈歴史〉を、その内側にある二十一世紀の〈現在〉に身を置きながら、「同じ時代を生きた」自分の「責任」として問いなおすこと（「ツケを払う物語」を書くこと）。それはまず、「オウム真理教を総括する」小説として具体化され、さらに東日本大震災と原発事故の発生により、「もっと別なもの」になったとされる（震災は福島県出身である古川の活動に強い影響を与えている）。佐々木敦は本作品の書評のなかで、古川が一貫して「「物語＝歴史」と呼ばれる「敵」」に立ち向かっているとし、「たとえば二〇一一年三月十一日、たとえば一九九五年三月二〇日、その日に起こった出来事は、後の世＝時間から顧みられるとき、たやすく「物語」になってしまう。偶然を必然と化する回路が、そこには働く。その強力な、抗い難い力に全身で立ち向かいながら、そのうえで尚かつ、それでもどうにかして自分自身の「物語」を語ろうとする（何故ならば、そうするしかないのだから）というパラドキシカルな離れ業、命懸けの試みのために、古川日出男は小説を書いている。[14]」と述べる。

自作解説にある「責任」の問題と呼応するように、たとえば、作品の記述において、語り手「私」や登場人物「**昇る太陽**」（教団信者となる小説家）と作者「古川日出男」とが混然一体になってあらわれる。こうしたメタフィクション的方法[15]は、「読者はこれが一種の畸形の「私小説」でもあったという事実に、ひたぶる震えざるを得ないだろう[16]」、「つまり古川は、自身の作品を組み込んで語り直すことで、歴史の業を自らの内部に取り込んでしまったのだ[17]」と評されるように、歴史と責任をめぐる現代文学上の課題への取り組みとして、注目に値するものである。

ただしこの小論では、読み手（評者）を「形容できない文章の塊を読んだ、そんな気分」のうちに「放心」させもする[18]、この超大な問題作の全貌を論じることはできない。前節で提起した動物と音楽をめぐる問いの展開として、作品の一端を取り上げることになろう。ただし、ロックンロールと輪廻転生をイコールで結びつける「奇想[19]」を基軸に、作者自身をも含み込む苛酷な偽史を黙示録的光景とともに紡ぎ出し、不可逆に進んでいるかに見える人間の「物語＝歴史」を揺さぶろうとする作品の方向性は、本論の視点と深く関連するところがある。

さて、「南無ロックンロール二十一部経」のメインとなる「浄土前夜」のパートは、なかば廃墟と化した戦火の東京で繰り広げられる、地獄の獄卒ほか諸勢力間の黙示録的闘争を舞台とする。そこでは、おそらく地下鉄テロの実行に関係した「男」、教団信者にして「ロックンロール七部作」の作者とおぼしき者が、動物その他の存在へ転生した果てに、それぞれの形で闘いに身を投げ出し、命を落としていく。そのうち最初のふたつのエピソードは、以下のような内容である。

「第一の書　トゥッティ・フルッティ三部経」の「浄土前夜　ここにはサウンドはありません」は、目覚めた「お前」（前世の記憶は断片的でおぼろげになっている）が、雄の白色レグホンである自分を認識していくところからはじまる。小学校の飼育小屋から校庭へ抜け出すと、歌のようなものを口ずさむ「少女」と出会う。

お前は僕は人間なんだと少女に伝えようとするがコ、コケとしか言えなかった。お前はどうして僕はきちんと発音ができないのかと戸惑うが、その恐慌から漏れる声すらコ、コケッとしか響かなかった。（……）お前は、ああ、やっぱり白いレグホンなのだと思って、僕はまだ思っているのかと反問した。しかし、反問する言葉を口に出したらコ、コ、コケと鳴ってしまうだろうと慄えた。（三六頁）

動物が発する声を、転生した人間の言葉、思考のあらわれとみなす想像が、ここに働いていよう（これを逆転したところに、人間の音楽を動物の歌と捉える見方も生じるはずだ）。ただしあくまで鶏として餌を与えられた「お前」は、「少女」に飼われることになって数日を過ごす。「少女」は、「塾生」を率いる「塾長」とともに、「難民」たちの「保護区」を拠点として闘っているが、計画した作戦は失敗し、食料確保のラインを断たれてしまう。

三十一日め。あなたが泣いている。あなたが飢えている。僕の餌はない。三十二日め。あなたが焚火をしている。燃やせるものを盛んに燃やしている。そしてお前は、時機が来たのだと理解する。そしてお前は、飢えるのは一羽でいいし、一人であってはならないのだと判断する。その瞬間に、お前は犠牲《いけにえ》の道を歩んでいる。（……）そして火中に身を投じた。お前は「食べられること」を求めたのだ。お前は灼熱にその身を焼かれながら、立派にときを作る。（五五頁）

人間の業を背負って輪廻する「お前」−「僕」は、前世で果たせなかった自己犠牲に身を供することで、(「あなた」への、世界への)贖罪に向けた一歩を踏み出す。こうした行動には、往々にして、祈り、念仏ほか、みずからを支える言葉の発声が伴うであろう。そして、ここで「お前」が作った「とき」の声(=祈り、念仏)は、「コケでもコッコーでもない」、「ア・ワップ・バップ・ア・ルン・バップ・ア・ラップ・バン・ブーン」であった(「それはリトル・リチャードの一九五五年のヒット曲『トゥッティ・フルッティ』の第一声と同じだ」、五五頁)。「お前」の「驚くべき鶏鳴」は、そのようにして「ロックンロールを鳴らした」(五六頁)と語られる。

「第二の書　ジョニー・B・グッド三部経」の「浄土前夜　いよいよ音声たちが武装します」では、アムール虎となった「お前」が、動物園で目覚める。外へ出た「お前」は、ヘリコプターからときおり投下される肉塊を食らい、また自分に語りかけてくる「牛頭」−「鬼」を食い殺す。その後、「鬼」の「狩り」を続けていると、ヘリコプターに捕獲される。「虎のジョニー」と名づけられた「お前」は、「馴致用の装置」を付けられて「「鬼殺し」の戦闘部隊」に加えられる。装置からの激痛に駆り立てられて、次々と「鬼」を倒していくも、結局ヘリともども罠に落ち、「鬼」たちに囲まれてしまう。

> お前は、行けジョニー、との命令をゴー、ジョニーと聞いた。ゴー、ジョニー、ゴーと聞いた。それは歌詞だとお前は思う。それはロックンロールの歌詞で、あのチャック・ベリーの一九五八年のヒット曲『ジョニー・B・グッド』の畳句《サビ》だと思う。お前は、だから、歌う。たとえば死ぬならば俺は、俺を、食べてくれる側に。この身を。/結論は出ない。お前は死ぬ。/毛皮が火を噴いた。/行け《ゴー》(ゴー)。
>
> (一一三−一一四頁)

決死の状況にあって「結論」は出ないままに、その身を「食べてくれる側」へ捧げようとする「お前」－「俺」。このとき耳に聞こえ、歌われるのは、ロックンロールの「畳句《サビ》」であった。その言葉はまず「命令」としてあったが、死の間際において、贖罪の、祈りの歌に転じていると言えるだろう。

なお、「第三の書　監獄ロック三部経」の「浄土前夜　阿弥陀は幾何級数的に増えます」では、狐に転生した「お前」が、「鬼たちの陣地」と人間の住処を往還する「ブックマン」を銃弾から救うべく、「さあ犠牲《いけにえ》になろう」と身を投げ出す。ここで聞こえてくるのも、エルビス・プレスリー「監獄ロック」の「とても愉快なビート」、「心躍らせるリズムたち」（一九六頁）であった。

動物と音楽をめぐる想像力は、仏教の輪廻思想と結びつき、歴史の内側にある生の贖罪と救済の可能性を引き出していく。動物は人間の転生した姿であり、それが発する音声は、人間と共有しうる〈思考〉の表現、あるいは「歌」－音楽にほかならない。前世の罪を負って輪廻の環へ投じられた存在（「お前」）は、いままさに地獄に覆われようとしている世界に、みずからその「責任」を引き受けるべき来世に、動物となって生まれ変わる。人間であった記憶は混濁しているものの、人間の歴史の「犠牲《いけにえ》」として身を供する瞬間、その身体にロックンロール－音楽が鳴り響く。

上記いずれのサウンドも、音楽ジャンルの嗜好はどうあれ、二十世紀後半に生きた人々の多くが耳にしたはずのリフレインである。「コーマW」の「私」は、そうしたロックンロールに「ごく短い歴史的定義をほどこすならば」、「庶民のあいだに爆発的にひろがった音楽」（八九頁）であると説く。そして、「日本史」に存する同じような音楽として「南無阿弥陀仏」－「念仏」を位置づけ、両者を重ね合わせる（「それは、鎌倉時代、それまで貴族たちの信仰でしかなかった仏教を庶民のものにする媒体《メディア》として、日本の庶民のあいだに滲透した。爆発的に……爆発的に蔓延った。／人々はその六字を歌ったのだ。／ロックンロールだった。」、八九頁）。二十世紀の念仏たるロックンロールに貫かれた「お前」（「庶民」－「衆生」）は、「浄土」を求めるリフレインを唱えながら、贖罪の行為を繰り返す。死を超えて「輪廻転生《ロックンロール》」（四四五頁）するのだった。

矢向正人は、動物の音声コミュニケーションの観点から、ヒトの音楽を捉えなおす議論を提示している。[20]ヒトも動物である以上、音楽の起源として動物の音声コミュニケーションを想定することは可能と言える。その意味で、動物の音声とヒトの音楽には境界がある一方、連続しているとも考えられる。しかしながら、「心」（の存在）が不明であることをはじめ、可聴域や諸器官の相違、言語社会の不在などから、動物の音声をそのまま音楽と認定するのは難しい。氏はこう整理したうえで、動物行動学や音楽学などの知見を関連づけ、ヒトの音楽の前提であり、かつ動物の音声コミュニケーションにも見られる「音の反復」行為を基盤に、〈音楽〉の成立条件として〈反復への契機〉・〈複雑化の自己目的化〉・〈発信者へのフィードバック〉の三点を挙げる。

音声は、模倣され反復するうちに、当初の目的にとっての余剰を含んでしまう。意味に回収されない音が発信者に聴こえてしまい、それが次の行動に影響を与えることは、音楽と動物の音声コミュニケーションにともにみられる特徴である。こうして、反復が階層化を生じさらに音の組織化が進むなら、それはリズムや旋律と認識される。ヒトはこうして組織化された音声に音楽の概念を与え、それを自覚的に認識するようになった。[21]

加えて動物が「ウタ」を「記憶」する点にも触れているが、「音の反復」とは、人間の音楽を、ヒト－動物の〈音楽〉へと送り返す要諦と言える。それはまた、原初にある反復と模倣から〈音楽〉（「リズムや旋律」）が組織化される場、すなわち人間と動物の「境界領域」を切り開くだろう。動物と音楽をめぐる想像は、ロックンロールのリフレインに、人間と動物を貫く〈音楽〉の響きを聞き取ろうとしている。それは、二十世紀の「記憶」をとどめ、呼び覚ます歌でもあった。また、集団的、習慣的な音声言語の反復と模倣は、（一定のリズム、メロディーを持つ場合は特に）宗教的な音楽性を帯びることになろう。二十世紀の「民衆」は、ロックンロールのリフレインによって、輪廻転生という「境界領域」へと導かれるのだ。

3　「奇蹟」をめぐる思索、「境界領域」への文学的想像力

「第四の書　ハウンド・ドッグ三部経」の「二十世紀　オーストラリア大陸の「苦い犬」」は、「ロックンロール七部作」から引き継がれた挿話で、動物と同じ音楽を聞こうとした人間の「奇想」を語っている。ベトナム出征中のアメリカ兵とオーストラリア人女性との間に生まれた「**ディンゴ**」は、継父が運転するトラックの助手席で、ラジオから流れるロックンロールを聞いて育った。継父を交通事故で失った「**ディンゴ**」は、異能のマッド・プログラマーとなって数奇な人生を辿る。その後、「人間の脳波によってラジオを選《チューニング》局する装置」の開発に携わり、さらに、それを「哺乳類のフィールド調査」と組み合わせる試みを知る。「**ディンゴ**」はそれらを自分が欲していたツールと確信し、装置などを盗み取って、ラジオの電波が飛び交う荒野へと出てゆく。

> 四輪駆動車でアカカンガルーを追跡します。／ラジオ・トラッキング法でその所在はわかります。／バイオテレメトリー法で、常時、その個体の脳波はモニターできます。／四輪駆動車のその後部座席に設けられた「受信基地」の機材は、リアルタイムで選《チューニング》局を再現します。／そのアカカンガルーと同じ音楽を**ディンゴ**は聞きつづけます。その群れとともに**ディンゴ**は移動します。
> （二八七－二八八頁）

この挿話の着想は、「第五の書　ロール・オーバー・ベートーベン三部経」の「浄土前夜いまや浄もなければ不浄もありません」へと受け継がれる。そこでは、先の「少女」が主人公になっている。その「お前」－「あた

し」は、「ロックンロールを食べた」（二九五頁）ことにより、転生していく「彼」の記憶を取り込んでいる。「保護区」を拠点に闘う「あたし」は、東京を奪還すべく地獄へと進攻する。地獄では、ある邸宅を占拠すると、その畜舎で飼われていた巨大山羊を手なづけ、語りかけるような歌と山羊の鳴声とで「音楽」を出現させる。「二十世紀のカウントダウンのための支度」として、二〇〇〇年七月からの日記を書きはじめた「あたし」は、諸勢力との抗争の渦中に身を投じ、地獄の「ベートーベン湖」なる広大な血の池で激しく交戦する。そこでヘリコプターを手に入れると、山羊を吊り下げて「保護区」の小学校へと運び出す。さらには、「政府」と交渉し、脳波とFM放送を合わせるチューニング機能が付いた、巨大山羊用のヘッドホンを用意させる。そして山羊と同じ音楽を聞きながら、「八月六……。」を迎える。

> あたしたちはロックンロールを聞いた。／あたしたちは山羊のあのSONY、／あのヘッドフォン・ステレオ、／あの特注のウォークマンの線《ライン》を通して、／すでにロックンロールを聞いた。それはチャック・ベリーの、一九五六年のヒット曲『ロール・オーバー・ベートーベン』だった。（……）そんなことがあるんじゃないかとあたしたちは思っていた。なぜならばベートーベン湖は覆されたのだ。あるいはあたしたちは覆したいと欲していたのだ。／あの悲しみ。（十三字分空白…引用者注）あの罪。／ロックンロールの力で、それをどうにかしようと。／あたしたちは、／償おうって、／願ったのよ。／あたしたちは山羊のウォークマンに直結している線《ライン》から、アンプリファイアを通して、それを保護区一杯に流そうと計画していて。むしろ、／地獄にも。／地獄にまでも！
>
> （三二六－三二七頁）

このとき「新型爆弾」の爆発が見えて、被爆した「あたし」は死ぬ。ベトナムからヒロシマまで、二十世紀の戦争で流れた血をためる、地獄の「ベートーベン湖」を覆すこと。「庶民」へと浸透したロックンロールに、暴力の歴史と、そのなかで生じる「あの悲しみ」・「あの罪」へ対峙する「力」が賭けられている。地獄の畜舎に幽閉される巨大山羊もまた、二十世紀の念仏たるロックンロールのリフレインを唱え、転生した者の姿であり、その身中に「ロール・オーバー・ベートーベン」を流しているのだ。あらゆる世界に、すべての生きる者に向けてロックンロールを鳴り響かせ、その「力」を共有することで、未完の過去に対する償いと〈物語＝歴史〉の改変を方向づけることができるのではないか[22]。——繰り返しになるが、こうした壮大なフィクションの原点にあるのは（少なくとも原点のひとつとなっているのは）、動物と同じ音楽を聞くこと、すなわち動物と音楽をめぐる諸々の想像力であると思われる。隣にいる動物が、自分と同じロックンロールに身を曝し、鳴声を立てている。このとき、輪廻の環を彷徨う〈半人半音楽－半動物〉が、その音楽を聞き、歌っているのかもしれない。そうした「境界領域」の所在を暗示しながら流れゆく音楽の響きに、耳をすますこと。

その聴取は、しかし、「奇蹟」の出来事と言うほかないだろう。「第七の書　汝ブックマン三部経」の「コーマW　音楽」では、「彼女」の手が動くのを見たことから、「奇蹟」をめぐる思索が展開されていく。

> 私はふいに、古典的な問いを思い返した。〝音〟に関する問題だ。ある音声が、無人の森に鳴りわたったとする。あるいは、ある音楽が、同じ条件で奏でられたり、歌われたりしたとする。すると、それらの〝音〟はあったのか、なかったのか？　もしかしたら人間《ひと》の耳に届けられない音楽は、「音楽にはならない」のではないか？／そしてまた、私は考える。聴覚に関わる現象《もの》としての奇蹟は、どの程度あっただろうか、と。すなわち——「見られる」奇蹟には分類されない、「聞かれる」奇蹟は。
>
> （四二九頁）

自然の「サウンドスケープ」に関する議論と接続する「問い」でもあろう。動物のみならず自然界が発する音風景を、「野生のオーケストラ」と捉える見方[23]は、「音楽」の人間中心主義を相対化するものと言える。では、人間から解放された「〝音〟」を、そのうえでなお「音楽」と捉えることはできるだろうか。またそのとき、どのような「奇蹟」の可能性が示され、そこにいかなる意義が認められるのだろうか。

　前節で触れたように、人間と動物における〈音楽〉の連続性を考える場合、原初にある「音の反復」がひとつの鍵となる。ジル・ドゥルーズとフェリックス・ガタリは、それを「リトルネロ」として概念化し、人間と動物の「境界領域」に位置づけた[24]。

「リトルネロ」とは、「音楽の内容であり、音楽にひときわ適した内容のブロック[25]」とされる。たとえばそれは、暗闇を歩く子供が、落ち着こうとして両手を打ち鳴らす音であり、不安を振り払おうと小声で歌う歌である。また、「いないいない、ばあ」の「呪文」や、ひとりの女が「タララ、ラララ」と口ずさむ「歌」であり、小鳥の歌のような「ルルル、ルルル」の音楽である。

「リトルネロ」は、「カオス」のうちに「領土化」（安定化）をもたらす表現としてある。一方、「歌ったり、作曲したりすること、描くこと、そして書くことには、おそらく生成変化を解き放つ以外に目的はない[26]」のであり、「これは音楽の場合に顕著なこと」とされる。それゆえ「音楽の最終目標」は、「脱領土化したリトルネロを産み出すこと、そして脱領土化したリトルネロを宇宙に解き放つこと[27]」となる。

> メシアンが言うように、音楽は人間だけの特権ではない。宇宙もコスモスも、リトルネロで成り立っているからだ。音楽の問題は、人間のみならず、動物や四大元素や砂漠など、全自然を貫く脱領土化の力を問うところにある。だから、むしろ人間において音楽的でなく、自然においてすでに音楽的であるものを問題にすべきなのだ[28]。

鈴木泉が述べるように、「リトルネロ」論の「独創性の核心」は「一貫した非人間主義的視点[29]」にある。ここで、「自然においてすでに音楽的であるものを問題」とする際、基調のモチーフとなるのが動物への「生成変化」である。ドゥルーズ＝ガタリによれば、「音のブロックが動物への生成変化をその内容とするには、同時に動物も音を通じて動物以外のものに、夜や死や悦びなど、何か絶対的なものに〈なる〉必要がある」[30]、あるいは、「音楽的人間は鳥の中で脱領土化する。そのとき鳥それ自体も脱領土化し、「変容」をとげた鳥となる。」[31]。すなわち、音楽を人間から解放し、「リトルネロ」を動物への「生成変化」と重ねることは、同時に、動物が「音を通じて」変容していくことでもあるのだ。それは、人間からも動物からも「脱領土化」したものの出現、あるいは〈半人半音楽－半動物〉への「生成変化」を意味しよう。

ロックンロールのリフレインに「リトルネロ」の響きを聞き取ること[32]、そのためにも、動物がロックンロールを聞き、歌うものへと変容すること。これが、「南無ロックンロール二十一部経」で語られる「奇蹟」の枢要ではないだろうか。

ただし、音（楽）の力は、「消尽、粉砕、分解など、あらゆる種類の破壊を渇望」[33]（三四四頁）し、「われわれに死の欲望を与え」[34]もする。二十世紀の歴史は、そうした「音の潜在的ファシズム」[35]の爪痕を残しているはずだ。動物とロックンロールをめぐる文学の想像力が、果たしてそれに拮抗するものとなりうるか。「パラドキシカルな離れ業、命懸けの試み」の成否は、作者だけでなく読者の想像力にも問われていることだろう。

第四章　文学という不遜、虚構の現在――奥泉光の戦場

1　高橋源一郎「官能小説家」

書くことには、とりわけ、現実なるもの――自分をすっぽり包み込んでいるようでありながら、それゆえ決してすべてを見とおすことができないそれ――をはみ出る何かを書こうとすることには、たぶん、「ぼんやりした不安」がつきまとう。あたかもあらゆるブンゲイ的なものの運命を象徴するかのごとく語りつがれ、何重もの手垢にまみれているこのことばではあるが、それでもここには、作りごとを書くといういとなみの最深部に限りなく近づいてしまった作家の内奥が、見えている。そんな気がずっとしてきた。

そもそも、「不安」を抱くものは、はっきりとわかるそれにはあきたらず、タマネギでもラッキョウでもなんでもよいが、そんな「不安」の固まりをひと皮ふた皮とむき進んでしまうものであろう。その真ん中にある空虚

さ、というよりは、途中でそうした終わりなき終わりという結末をうすうす気づいてしまうこと、しかしそれでもなお続けざるをえない皮むきの絶望的な漠然さ……。つまりは、「ぼんやりした不安」とは、単にある種の精神状態を指すのではなく、何かへ向かって・おぼつかない足取りで・いやおうなく進まざるをえない、人間のあり方そのものをひっくるめて描き出すことばであったのだろう。そして、おそらくここで、「不安」なるものの「ぼんやり」さを掘り下げていく事態は、フィクショナルなものを書くという行為と相補うかたちで、出来していたはずだ。

たとえば、高橋源一郎は、「ぼんやりした不安」と小説を書くこととがはりめぐらす呪縛に囚われたとおぼしき作家のひとりであるが、その小説「官能小説家」(1)には、小説のことばを書くということをめぐってこんなくだりがある。小説教室の生徒樋口夏子に、半井桃水は説く(「小説教室Ⅱ」)。「「いい」書き方」とは、「「ものにはいろんな見方がある」」という考えにもとづいて、そのことを書きいれること。「特定の立場」から書くこと、言いかえれば「別の立場を無視して」書くのは、「「悪い」書き方」。ただもちろん、作家は「神さま」じゃない以上、「あらゆる立場に立ってものを考えることは不可能」だ。それゆえ、小説を書こうとする夏子への忠告はこうなる。

――じゃあ、なんにも書かれていないワープロの画面の前にいるとしよう。きみは苦労してようやく一つの言葉を、あるいは一つの文章を書いた。その瞬間、きみは無数の可能性の中からたった一つを選んだのだ。その見方を選んだ。他の見方に目をつむった。つまり、それ以外の可能性をすべて棄てた。きみはきみが選んだ言葉以外のすべてを殺した。だとするなら、きみは、きみが殺したすべての言葉、きみが投げ捨てたすべての可能性に対して責任を負わねばならないんだ。／――そんなあ！　だって、あたし、なんとなく書いてみただけなのに。そんなことといわれるなんて。やだもお、なにも書きたくない！／――脅かしてごめんね。そう、ほんとうのところ、きみは偶然その言葉を、文章を書いてみただけなんだろう。他のことを書けるかもしれないなんて、微かに頭の端をかすめただけなのかもしれない。だから、責任なんかとる必要はない。書けなかったすべての言葉に責任をとることなんか誰にもできない。そこまで考えなければ書けないなら、こわくてなにも書けやしない。ただ、ぼくはきみに覚えておいてもらいたいんだ。きみがなにかを書いたということは、なにかの犠牲の上に成り立っているということを。そのことをほんの少しの間だけでも、思い浮べてほしいんだ。

（一六〇－一六一頁）

書くことは、ひとつのことばを選ぶ行為であり、それゆえ、べつのことばを犠牲にする行為にほかならない。書かれたものは、確たる根拠もなく生じたことばの諸可能性の限定として、いちどは肩身の狭い姿をさらすのであるが、同時にその反動から、己が存在の事実性をもって、ほかの選択肢の所在をうやむやにしていくだろう。こうした書かれたもののひとり歩きも含めて、書くという選択＝排除の行為には、そのことばを現出せしめた責任がもれなくついてくる。「「ものにはいろんな見方がある」」ことを認めるならば、それはつねに失敗の責任、言うならば、ほかのことばとそれがまとっていたであろう、あるいはまとうことになっていたであろう「見方」を犠牲にした罪として生じる。書くことは、成功の栄誉とは縁がないのだ。もとより、それを、ことばとともにある人間の性《さが》などと開きなおっても、まだまだ「不安」の皮は厚く残されたままである。

作家は「神さま」じゃない。だから、「他のことを書けるかもしれない」と仮に思ったとしても、それ自体さまざまな限定――いかなる限定を受けているかわからないことも含めて――において、でしかない。すべての選択肢が与えられているわけではない以上、書くことの責任領域も限定されるはずだ。自分の能力を超えた部分で起こった選択＝排除の行為は、私にとって「偶然」の出来事というほかないのだから……。そのとおりかもしれない。自分がことばを選ぶこと、すなわち書くことの（責任）主体であるためには、自分が何をしているのか

――つまりは具体的にいかなる排除をいま行なおうとしているのか――わかっている必要があろう。すると、後から、しかも外から問われるのは、せいぜい過失責任にとどまることになる。こうした事後的な、外部的な指弾の可能性のみを念頭に置くならば、書くものが際限なき「不安」に陥ることはないだろう。

ただし、書くことと書かれたものとの隙間なき隔たりには、可逆性にとんだ時空間が口を開けている。行為の結果としてある書かれたことばの背後に、ありえたかもしれないほかのことばの存在を想定し、それを過去の行為にさかのぼって当てはめることで、書くことの無限の責任が問われてしまう。こうした審問のあり方を、事後的な、理不尽なものとして退けるには、書く行為の主体じしんが、自分の内部においてそれらのことばが本当に不在であったことを、自分への問いかけにおいて立証せねばならない。言い古されたことであるが、内面なるものはことばによって成立している。その内面に向かって、自分が過去に持っていたことばの一覧表の提示、およびその正当性の証明を求めること……。この試案が、確定不可能な自己後退に陥るのは明らかであろう。また、そもそもそうした一覧表はかつて一度たりとも作成されたことはないのであり、それを提示することはすなわち現在の自分のことばを確認／生成することでしかない。こうして、可逆性を孕んだ書くこと／書かれたものの総体は揺れ動き、書くという行為はその主体をはみ出た意味合いを帯びていく。結局のところ、本来意識的に選択＝排除をしていなかったにもかかわらず、事後的に、選択＝排除を行なったことを（故意か過失か決定できないまま）事実として引き受けざるをえなくなってしまうのである。このとき、書くことの主体は、もはや主体ならざる主体となって、取れない責任を取らされるはめになる。たとえ、ことばが社会的なものであるとの原則論をもって、過去におけることば（＝ほかの選択肢）の不在を客観的に検証しても、問題は解消されない。書くことから主体的なもの――それがいかに顛倒したあり方であるにせよ――を完璧に抜き去ることが不可能である以上、ほかのことばが「微かに頭の端をかすめた」かもしれないという「不安」は原理的に拭えないのだから。書くことの「不安」はあくまで内側からやってくるのだ。

書く行為の主体は、こうした主体ならざる部分を併せ持つ。それゆえ、こんな風にも言えるだろう。世界にことばをあらしめる創造主であると同時に、その行為に脅かされてもいる贋の「神さま」である、と。彼は、すべてを知っているわけではないにもかかわらず、すべてを知っていたかのようにみなされて——ないしは自分を見て——しまうのだ。特に、自覚せる作りごとの書き手において、そのことばを現実‐生との緊張関係において生み出す者において、この両面性は不可避なものとなる。

桃水はレクチャーの最後に、森鷗外「普請中」を作者の「言い訳」の集積と説いたうえで、夏子へ、「人は果たして言い訳以外のことをいえる、あるいは書けるだろうか」と問う。

——あたしも?／——誰でも。いいかい。恋愛をしている時に、恋愛のことは書けない。みんな終わってしまってから書く。好きだった、でもダメだった。愛してた、でも棄てた。戦争をしている時に、戦争のことは書けない。みんな終わってから書く。戦争に行った、殺した、ごめん。ただもう生きてるだけだって、その時には書けない。少したって、そのことが終わってから書く。生まれた、いじめた、ぐれた、いろいろあった、ごめん。／——みんな加害者みたい。／——被害者でも一緒だよ。生まれた、いじめられた、傷ついた、いろいろあった、そのせいでこんなになった、ごめん。みんな言い訳だ。ぼくたちは現場ではなにもできなかった。ただ見ていた。どこが現場かわからなかった。現場に行き損ねた。現場から逃げた。そういうわけで、現場で起こったことを脚色してお伝えします。みんな言い訳だ。そして、言い訳の他にぼくたちが書くことはなにもないのだ。／——そんなあ……むちゃくちゃカッコ悪いのね。／——そう、きみが覚えなければならないのはそのことなんだ。つまり、この世でいちばんカッコ悪い仕事なのさ、書くことは！

（一六七‐一六八頁）

書くことと生きることとは違う。書かなくても生きることはできるが、生きなければ書くことはできない。ただし、生きることが本来的に限定されたものであるのに対して、時空間の歪みから無限の責任を引き出してしまう書くことは、そうした生の有限性をまぜっかえす。こうして、従属品たる書くことは生きることに拮抗しようとするのであるが、それは、現実の生とその意識からほんのわずかに、しかしながら決定的に遅れた行為としてのみ生じる。このとき、書くことは、(そこで実際に生きようが生きまいが)知りもせぬ過去なるものを、書かれたものとして現出せしめる、不遜ないとなみとなるであろう。

過去における生と現実。そこに、書くことの責任を審問する存在が、いる。それゆえ、書く行為の後を追うように生じてくる罪責の源は、書く行為が起きる以前から、すでに厳然としてあったのである。書く主体は、過去=書かれたものとの隙間なき隔てにおいて、贋の「神さま」に至る足場を組み上げてしまうだろう。「どこが現場かわからなかった」にもかかわらず、まぎれもなく「現場」に生きていた一員として過去の出来事を書こうとすること。そうして書かれたものを通して、あたかも何らかの可能性を有していた行為者であるかのごとく自分を示すこと。それは文字どおり法外な、ある意味で途方もなく傲慢な所作とも言えるだろう。だが、取りえない責任の主体へと登りつめることではじめて、書くものが抱く「ぼんやりした不安」に、ひとつの——それは最後の、ではない——形を与えることができるのだ。

ただし、書くことの問題性を先取りした作家は、その責任に答えようとして、あることないことについて「言い訳」ばかり書き続けることになる。そして、ここで「言い訳」を書くこととは、「不安」の具体的形象の維持——「ぼんやり」さの永遠の拒絶——を暗黙の目的としていることから、その矛先は究極的に、ともに現場にいたはずの死せる者へと向いていくだろう。その試みにはしかし、「脚色」が、作りごとが、必然的に侵入してくる。そして問われるべきは、いま述べてきたような文脈において、この「脚色」=フィクショナルなものが、どんな意義を持つかである。

2　宮部みゆき「蒲生邸事件」

「言い訳」にしかならないことを重々承知のうえで、なお、過去の生を書こうとする作家の姿には、書くことの「不安」に対する嗜虐性すら感じ取ることができる。とりわけ、あえて「言い訳」するほどの生を持たないまま、それでも書くことをやめられぬ作家は、体験せぬ過去——語の単純な意味においての——にまで自己の「不安」を投影しようと図るだろう。仮にそこで、「不安」にひとつの形が与えられるならば、いま・ここで書いていることそれ自体に「言い訳」ができるかもしれない。ただし、言うまでもなく、体験せぬ過去を書くことは、その作家にとって、「現場」の「脚色」でもない、すでに書かれたことばの再「脚色」、つまりは作為に満ちた、偽悪的な行為となって生じる。

ところで、「小説教室」が輩出したベストセラー作家宮部みゆきは、そんな「不安」をものともせず、ある種の良識的啓蒙性をもって突き進んでいるように見えるが、その多彩な作品群のなかに、超能力者によって体現される人間存在の悲哀劇、といった一連のものがある。以下取り上げる「蒲生邸事件」[2]は、そうした超能力者系列の小説のひとつである。フツウの浪人生（尾崎孝史）が、ホテル火災の現場から、時間旅行者（平田）に救われるかたちで、二・二六事件の朝、戒厳令間近の東京にタイムトリップする。ふたりが降り立ったのは、事件の当日に自決し、日本の行く末を予見して軍部独走を諫める遺書を残した、退役軍人蒲生大将（憲之）の邸宅であった。その自決にまつわる謎を解き明かすなかで、歴史と人間の相克を痛感していく孝史が、再び現在の日本に戻るまでを、作品は描く。

自分が過去に来ていることを徐々に実感しはじめた孝史は、おなじみのタイムパラドックスに思い至る。自分が過去に存在していることで、本来の時間は歪んでしまい、もはや自分が戻るべき現在は失われてしまったのではないか、そうなるとこの自分とはいったい……。その心配はない、平田は断言する。すでに決定している歴史の流れにおいては、個々の人間は取り換えのきく部品でしかなく、孝史ひとり移動したところで、何も変わりはしないのだから。説明に納得できない孝史に、平田は、能力者としての経験を語る。たとえば、自分はジャンボ機の墜落という歴史を変えようと、過去に戻って、その機体の運行を阻止した。しかし、事件があったはずの日から二日して、別のジャンボ機が墜落し、同じような惨事を引き起こす。こうしたことを、自分は繰り返し行ない、見てきた。歴史はもとから決まっているのであり、自分がしているのは「歴史的事実」の変更にすぎない。そして、自分が過去の事件の被害を食い止めても、別の誰かが歴史に巻き込まれ、犠牲になるだけだ。

ただし、歴史に対して人間は無力である、といった「言い訳」で平田は済ますことができない。無抵抗なまま歴史の流れに飲み込まれる存在――つまりは歴史に内在する、その一部品でしかない非主体――でありながらも、平田は、能力者であるゆえに、個々の生死を決定できてしまう主体の位置にある。彼には、誰を助け、誰を見殺しにするか、その判断がつねに押し付けられている。そこでは、仮に誰かを助けたならば、代わりに犠牲となった人びとへの罪責が必ずや発生してしまうだろう。自分が直接関わろうが関わるまいが、あらゆる「歴史的事実」への責任が押し寄せてくるのだ。責任を回避するには、自分なりに（救出作戦の）美談をでっち上げて、そのなかに遁走するほかない。しかしそれでも、個々の生を神のごとく弄んだ罪を、完全に消し去ることができないのは明らかである。平田にとって、時間旅行者とは「まがい物の神」――歴史における主体ならざる主体と換言できよう――と言うべき存在である。小説を通して、孝史もまた、未来からきた自分が「まがい物の神」であるのを強烈に意識することになる。

平田の叔母で時間旅行者の黒井によって、未来を知らされていた蒲生大将は、日米開戦を回避すべく手を尽くすが、失敗に終わる。そして、やや別のかたちではあるが、平田と同じく歴史の前での無力を悟ったとき、自身の戦争責任を免れる――それは同時に、死後の名誉と戦後社会での息子（貴之）と娘（珠子）の立場を保証するものである——ために、例の遺書を残して自決する。

すべてを知っていた貴之は、父のこうした行為を「抜け駆け」として難じる。結果を知りながら、「何も知らずに生きた人たちが、これから成すことを批判し」、ひとりだけ「言い訳を用意」したのである。歴史は変えられなくとも、「歴史的事実」を操作しうる立場にあった蒲生大将は、自分のために「言い訳」のフィクションを創ったとも言える。では、「まがい物の神」の位置から抜け出す方法はあるのか？　この問いに答えることが、小説みずから任ずる課題となっている。「臆病」ゆえに救える命を見殺しにした経験を持つ貴之は、「この時代をつくっている臆病者のひとり」として、「これから先何が起ころうと、僕は必ず生き抜いてみせる」と孝史に告げる。そのうえで、いま自分が手にしている蒲生大将の遺書の処遇を決めたい、と。蒲生大将の行為を批判しきれない平田もまた、「この時代で生きる」ことに、抜け道を見出そうとする。平田によれば、「抜け駆けのない同時代の人間」の立場から、蒲生大将や叔母に対して抱く「怒り」、それは「まがい物の神じゃない、人間としての怒り」にほかならない。ただ、もしそのとき、ふたりのしてきたことを、自分が許せるならば……。

私と、時間旅行者の私がしたことのすべてが許されるかもしれない。すべての悪あがき、すべての間違いが許されるかもしれない。そして私は人間になれる。まがい物の神ではなく、ごく当たり前の人間に。歴史の意図も知らず、流れのなかで、先も見えないいままただ懸命に生きる人間に。明日消えるかもしれない自分の命を愛せる人間に。明日会えなくなるかもしれない隣人と肩をたたいて笑い合う人間に。それがどんなに尊いことであるか知りもしないまま、普通の勇気を持って歴史のなかを泳いでいく人間に。／どこにでもいる、当たり前の人間に。

（六一九頁）

現代に還ってきた孝史は、「臆病者」の貴之が蒲生大将の遺書を葬り、東條英機による懲罰招集のとばっちりを粛々と受け入れた平田が、硫黄島で死んだことを知る。孝史は、自分の父に向かってこう言う。「過去は直したってしょうがないものだし、未来のことを考えて心配したって駄目なんだ」ってことがわかった、結局「なるようにしかならない」のだ、と。そして続けざま、「だけど、だからこそ俺、ちゃんと生きようと思ってさ。言い訳なんかしなくていいようにさ。そのときそのとき、精一杯やろうってさ。」というように、いまを生きる「当たり前の人間」のことばが――その逆接（「だけど」）を支えるものや、「ちゃんと」生きることの内実は依然不透明なまま――、発せられる。

設定の妙とは不釣合いに、というよりも、解を出せない方程式を創ってしまったとみなすべきかもしれないが、尻すぼみながら「ちゃんと」終わっていくこの小説は、むろん、〈歴史の語り方〉や戦争責任といった問題を真正面から論じるにふさわしいものではなかろう。取り上げるべきは、作家が小説を書くことを、とりわけ、いままさに自分の知らぬ過去を書きつつある作家のあり方を、作品における「まがい物の神」のロジックによって暗黙に指示しながらも――おそらくそれは作家が狙うところである――、そこからの脱却と救済がなされたかのようにコトを運んでいく様子と、その際に示されることばの姿である。それによって、作家の「言い訳」は、水面下で発せられ、いつのまにやら済んだことになっているのだ。

時間旅行者平田が抱える二重拘束性は、書くことに随伴する罪責の性質でもあった。書くことがつねに遅れを含んでいる以上、それは現在の立場からなされた、過去の再現、再構成の行為として生じる。これを過去の側から見るならば、自分たちの未来を知るものから見おろされる状態として映るだろう。しかしながらその実、平田が「まがい物の神」でしかなかったのと同様、書くものはことばの選択にあたって、主体ならざる主体となってあらわれている。歴史を生きる人間を選び出す主体の位置にある平田において、その振る舞い――犠牲者を救わないことも含めて――とは、（未知の、既知の）誰かを犠牲にする行為にほかならない。自分が誰を選択＝排除するのか知っていようがいまいが、もとよりそれが現在の、事後的な立場から遂行した行為である以上、平田はその歴史の出来事をすでに知っていたのであり、結果、本来的に取りえない無限の責任にさらされることになっている。同様の論理をもって、ことばの選択＝排除としての書く行為もまた、その主体に不可避な罪責を刻み込むだろう。作家は、書かれたもの＝過去のほんとうの姿を、自分がそこで何をしてきたかを、決して書くことより先に知ることはない（それは書くことの前には存在しない）。ただし、いま・ここにおいて書いている作家は、自分の行為がもたらすすべての意味合いを、すでにそれを知っていたかのごとく、引き受けることになるだろう。むろん、書かれたものが作家の体験に基づくか否かで、このパラドキシカルなロジックが原理的に変わることはない。

「蒲生邸事件」の「まがい物の神」たちは、未来を知らない生き方、「当たり前の人間」の生を選ぶことで、尽きることのない罪責の主体から己を解放しようと望む。とりわけ平田にとってそれは、自己の死を代償とする行為であったと言ってよい。ところで、そのように「まがい物の神」のロジックを脱却する際に効いているのが、引用にあるような、感情のことばであった。時間旅行者が抱える問題は、非情なまでに論理的なものであった。そして、その論理性ゆえに、時空間に限定されない責任の所在が自覚されていたのである。一方、感情は、みずからが触知しうる範囲に、境界線はおぼろげなまま、いつのまにか表象の対象を限ってしまう。論理のうえでは記入されるはずの存在や可能性が、感情の程度に還元されることで、表象の対象領域からこぼれ落ちていく。そうした線引きは同時に、共同的なものの所在を浮かび上がらせることでもある。このとき、感情のことばとともにかたちをもって顕れてくるフィクショナルなものを、物語と呼んでみようと思う。作家の「言い訳」は、この物語を創り上げることで、書かれたものの表面から消え去るだろう。

非情なロジックの存在を見ないことにするためには、「自己満足」に満ちた物語をでっち上げるほかない。もちろん、小説の当初から平田が自覚していたように、この感情の物語は時間旅行者の論理的な問題性を解消するものではないはずだ。たとえば孝史は、空襲によって無惨な死をとげる女中ふきを救うことを、過去の世界における自分の存在理由としていた。「俺はまがい物でもなんでもいい。そんな理屈にかまっちゃいられないんだ。」とする孝史は、そのことばどおり、こと彼女に関しては、いわばカント的な「理屈」を抜き去った、というより「理屈」を忘却させる自身の感情にもとづいて、未来の視点から被災を免れる方途を教える。最終的にふきが生き延びたことは、彼女からの手紙という哀切に満ちたエピローグ――まさに作家の腕のみせどころといったくだりである――で明らかになるのだが、問題なのは、孝史がふきを救うという物語形態の感情的自然さと通俗性が、彼女の代わりに爆撃を受けた誰かの存在、といった作品に内在するはずのロジックを置き去りにすることで成立している点である(もう少し言えば、空襲という大惨事ゆえ、孝史の担う責任が見えにくくなることを巧妙に利用した筋とも考えられる。作品では、平田の話に連続幼女誘拐殺人事件などが挙げられているにもかかわらず……)。また、平田は戦争の時代を「普通に生きる」ことで、硫黄島で死を迎えたとされるが、そうした戦時下における「当たり前の人間」の生という物語――そこには戦後生まれの作家の感傷が含まれていないとも言えまい――によって、本来いないはずの人間が、戦地で「普通に」誰かの命を奪うような可能性は行間に埋没してしまう。責任のロジックが物語形態に突きつける矛盾は、感情のことばによって覆い隠され、物語の通俗性にそぐわない無名の死者たちは、召還されるやいなやいまいちど深い沈黙へと追いやられる。ただし、身体性を伴う自己犠牲をもってして、「まがい物の神」の論理を振り払ったように見えるフィクションの人物たちはともかく、それを書いている現実の作家は、この矛盾から解放されているわけではないのだ。

ちなみに作品の帰結のひとつはこうである。後に首相になると知って、蒲生大将が嘲笑した東條英機は、「抜け駆け」をせず「その場の時代を生で生きていた」うえに、少なくとも「ほかでもない歴史に対しては、その間違いを言い訳しなかった」がゆえ、蒲生憲之の「反対側」にいる。つまりは、ときの権力者も、単に私たちとは程度が異なる、大きな物語を生きていただけなのだ……。「当たり前の人間」の生といった物語の形態がもたらす、感情の再ロジック化の様子がここにうかがえるだろう。そして、書くことの「言い訳」、というよりも「言い逃れ」の論理もまた、この裏側にある。書くものも、書かないものも、見通しのきかない現実に生きる、感情を持った普通の人間でしかない。そこで人間は、自分の感情と不即不離な物語を生き、語るほかないのであり、言うなれば世界とは人の数だけの物語で成り立っているのだ（とはいえそれは、「当たり前の人間」のものとして通俗的に類型化された〈世界にひとつだけの何か〉である）。この相対的世界のなかでは、確実に見える論理にこそ虚偽がすり込まれているのであり、それは現実のほんとうの姿を示すものじゃない。確かに、作家は書くことによって「まがい物の神」の位置へと追い立てられる。しかしそれもやはり、現実の世界を「普通に生きる」「当たり前の人間」として書くのであり、無限の責任なんてものが生まれる大それた行為とは思ってもいなかったし、実際それに見合うほどの何かを受け取っているわけでもない（とまでは言い切れないかもしれないが）……。

もとより、素朴な善悪二元論を回避せんとする姿勢も打ち出そうと試みるのが一連の宮部作品であり、それらの底部に、つねにあらかじめこうした「言い逃れ」が存在すると言いたいわけではない。「蒲生邸事件」という小説が、みずから提示した重要な問いを置き去りにしたまま、あるいはそれを物語の道具立てとしてのみ用いて、エンターテインメントの佳作となりうること、その内実を、ある種のモデルケースとして取り上げたまでである。作りごととしての小説が、「当たり前の人間」の感情の物語、現実に生じるだろう共感や雰囲気に回収され、享受される。作家は、現実に生きている読者への暗黙の「言い訳」——多くは共犯関係の確認となろう——でその責任を果たし、「ぼんやりした不安」に満ちたねじれた主体の立場から救済される。同時にそれは、現実に対置されるフィクショナルなものの失効を意味しよう。もう少し言えば、現実的にヘゲモニーをにぎっている物語に対するリアルな／プラグマティックな姿勢に、こうした作品は支えられているのだ。

3 奥泉光「石の来歴」

物語への誘惑をのらりくらりとかわし、なおかつ書くことへの「言い訳」も示さない小説。現実なるもののうちに生み出されながら、あたかもそこから屹立しているかのように装い、現実を生きる作家の「不安」を併呑してしまうフィクションのことば。ここでは、そんな期待値込みの領域を、虚構なるものと名づけてみたい。

かつてその著作に『虚構まみれ』[3]なるタイトルを付した作家奥泉光は、別のコラム「虚構と抵抗」[4]を、「虚構に抗するには虚構をもってする他ないのではあるまいか」と結んだ。日露戦争後の自然主義文学運動は、「物語性、虚構性」を拒絶するその態度において、総力戦体制の構築を物語の動員によって目論む帝国日本に対する、「抵抗」への可能性」を含んでいた。しかしながら、たとえば花袋の『第二軍従征日記』は、「経験をありのままに書き記そうと努める姿勢が、却って「物語」を呼び込んでしまう逆説」を示している。つまりは、「虚構の排除が物語への抵抗力を失わせ、物語の拒絶が却って大きな虚構に呑み込まれることを避けがたくしてしまう仕組み」が存在するのだ、というのがコラムの主旨である。ここで、「物語」と「虚構」といった語は、微かな差異を伴いながらほぼ同意に用いられているが、本論の文脈に即して単純化するならば、要するに奥泉は、〈物語に抗するには虚構をもってする他ないのではあるまいか〉と言うのである。むろん、両者は、同じことばの群れとして、重なり合うように存在している。ただしここでは、ことばがつねに何らかの物語性を帯びていく現実を踏まえてなお、物語化をすり抜けて虚構へと向かうことばの強度が夢想されていると考えられる。

もはや物語の複数性といった言い回しでは応じきれない現実が、私たちの前にある。仮に、あらゆる物語が相対的なものであるにせよ、より大きな物語（「大きな虚構」）がいつでもせり出してくるのだ。すぐさま付け加えるべきであるが、もちろん、か細い声で語られてきた物語——そこには真実なるものがあるはずだ——に耳を傾けることが、大きな物語に対抗する重要な起点のひとつであることは間違いない。ただ一方で、あるいはそれと同時に、物語ひしめく現実に、虚構の一線を穿つような書くことのいとなみにこそ、作家の、文学のはたらきがある。物語なる語で、文学にまつわる思考の停止を糊塗するのではなく、そこに虚構なることばを、いまいちど置きなおしてみる必要があるように思うのだ。

　歴史とともにある記憶、それは過去と現在が相互浸透し、絶えず再認‐更新にさらされながら生成する物語の領土である。こうした人間の記憶を、あえて虚構のことばを書く試みの場として選んだ小説が、奥泉の「石の来歴」[5]であった。レイテ島で捕虜になった後、復員した真名瀬は、戦地の洞穴で瀕死の上等兵が語った石の歴史の講釈に導かれ、岩石採集に没頭する。同じく石に興味を持ちはじめた長男裕晶が、父子で見つけた洞穴で斬殺されると、真名瀬が封じ込めてきた記憶の扉は開き、夢のなかでふたつの洞穴がつながる。真名瀬に欠落していた最後の夜の記憶、そこには、大尉の命で先の上等兵を斬殺した出来事が刻み込まれていた。人間の血塗られた歴史を担った真名瀬にとって、現在の生は、結局のところ過去の反復でしかない。革命闘争に突き進み人を殺めた次男貴晶から、あの洞穴の奥へと裕晶を導いたのが父の声であると告げられたとき、真名瀬は、反復としての歴史とその記憶を断ち切るべく、洞穴に踏み込んでいく。結局、彼は、繰り返し見た夢のとおり、それまでの思念を麻痺させたまま、再度過去の出来事をなぞろうとする。その瞬間、上等兵の手にある小石（緑色チャート）が真名瀬の目に入り、続いて、石の歴史を語ることばが脳中に響き渡る。そして真名瀬は刀を下ろし、もう一度太陽を見たいと言っていた上等兵を背負って洞穴から出る。

　そもそも捕虜となった日の記憶には、掌にこびりついた血と上着のポケットにあった小石という、ふたつの物語の破片‐可能性が刻み込まれていた。この死と生を交錯させた記憶の物語が、ここでは後者の表象へと舵を切ったまでであり、上等兵を救うこともまたひとつの物語と言えるだろう。しかしそれが、戦場という現実において容易には語りえない出来事であろうことは、その記憶の主体たる真名瀬が、そして体験せぬ過去を書く作者が、逆に深く自覚するところであるはずだ。また、かつて歴史の外部に生じていた行為、真の意味で唯一無二の行為は、それ以前に何らの意味=物語を持たない以上、ほんとうにそれを行なった者にしか語ることはできない。現実の作者は、真名瀬を通して生の物語を書くことで、二重の嘘をつくことになる。この大胆なシフト・チェンジを支えるには、人間の歴史という現実とは別に、虚構なるもの——生の物語の母体をなす——が必要となるであろう。ここに、石の歴史を語ることばの存在意義がある。

一見何の変哲もない石にも、宇宙の、地球の全歴史が刻印されている。石とは宇宙の歴史の凝縮物であり、その歴史のなかで変化し続けている。たとえば緑色チャートは、古代の生物の骨によってできている。人間の骨もいずれはそうなるのであり、つまりは、宇宙の歴史においては死んだものも生き続けるのだ……。繰り返し示される石の歴史は、それがいかに科学的、論理的な真実であろうとも、実際の人間の歴史にとっては無意味なことばでしかなく、それゆえ本来的に物語を生み出すこともない。そこに何らかの力を見出すのは、現実の外部、すなわち虚構なるものの領域での行為である。記憶を封印して敗戦後を生きる真名瀬には、石の歴史を語る虚構のことばしか存在しない。それゆえ、どれほどナンセンスなことか分ってはいても、死の物語を生きようとする貴晶に対して、石の歴史という虚構を説くほかないのである。ただし、岩石が自分にもたらす感動をすら語れない真名瀬は、人間の歴史に殉じる貴晶にとって、科学の名を借りて虚構に逃げ込む「オメデタイ」人間でしかなかった。

ところで、真名瀬にとって過去の行為はすでに終わったものでありながら、にもかかわらず、現在の彼の記憶において、結果の決まっているその選択が押し付けられている。おそらく「当たり前の人間」として歴史を生きた真名瀬に、いまも昔も、主体的な選択と言える出来事は存在しなかったはずであり、作品の記述が念を押す、戦場の極限状況における行為の主体性の不在は、そうした人間のあり方を強調するものと考えられる。しかしながら、人間の歴史の延長たる現在を生きる真名瀬が、みずからの記憶としての過去を語るとき、語られたものの側において、再度同じ行為を選びなおす自分を発見してしまうのだ。また他方で、現実においては、こうした無限反復としての生はより大なる物語によって事後的に繋ぎとめられ、過去における個の意味は回復されることになる。

人間の歴史を前にして、大小問わずあらゆる物語を奪われてしまったなら、個々の生に何ら意味はない。逆に言えば、そうした生の無意味さをこそ、物語は足場にしているのである。ただし、同じく個々の生を極小なものにするならば、それは石の、宇宙の歴史でもかまわないはずだ。それは、人間の歴史なんていうあやふやな何かではなく、ロジックのことばで書かれる歴史、言ってみれば感情の入り込む余地すらない冷厳な時間の流れの謂いである。そこでは、論理上、石が生き続けているように、人間も生き続けることになる。それゆえ、石の歴史のなかには、生のみが存在する。死は、人間の歴史が生み落した物語にすぎないのだ。そして、真名瀬の記憶にある死の物語は、石の歴史のことばとともに、必然的に生の方向へと向きを変え、人間の歴史に穴を穿つであろう……。繰り返すが、こうした石の歴史というロジックのことばは、人間の現実においては実効的な意味を持たない虚構として、言い換えれば人間なるものの外部に、在る。小説では、たまたま、それを母体として、血塗られた人間の歴史のなかに、生の物語の可能性が示されることになった。それ以上でも、それ以下でもない。ここで、生の物語の根源として、虚構なるものを価値づけるのは拙速であろう。それがつ
ねに大きな物語への抵抗となるための条件を明らかにできたとき、ようやく虚構の虚構性は肯定しうるものとなるのだから。作家にとって、虚構を書くことの「不安」は、依然として消え去っていない。

4　奥泉光「グランド・ミステリー」

あらゆる感情の物語を奪い去り、その空白部を虚構で満たすこと。とりわけ、歴史を生きる人間に、そして作

家が書くことに、主体ならざる主体として生じる責任を知ってなお、虚構なるものを理想化する——それは「言い訳」せずに書くこととなろう——愚挙に出ること。この途方もなく困難な〈文学〉の道で、「ぼんやりした不安」を抱えたまま作家は追い立てられ、具体的な回答を迫られる。あるエッセイで、奥泉は、近代日本の「失敗」である十五年戦争で死んだ者の、「死の意味」を奪還する必要を訴え、「ひとりひとり存在する死者たちはいま何を思うのか。むろん死者は沈黙している。死者の声を聞き、虚構のなかで語らせる。その不遜をあえてなすのが、つまりは文学というものだろう。」と述べる[6]。ここに示されているのは、言ってみれば、「当たり前の人間」としてあることの拒否、である。沈黙せる死者の声を、現在を生きる自分の耳で聞くこと、それも——ここではあえて単純な区別を導入するべきと思うが——自分が同じ現実を決して共有していない死者のことばを、それゆえに虚構において——すなわち感情の物語から離反しつつ——書くこと。この「不遜」な行為と、行為の「不遜」さの自覚に、文学といういとなみの意義を見きわめようとする、作家の矜持があるのだろう。むろん、それが書くことの「不安」の裏返しであるのは言うまでもない。

「死者の声」への意志は、戦争の歴史をミステリーの場に召還した「グランド・ミステリー」[7]の最後で、瀕死の主人公加多瀬がみずから思い至るものであった。小説は、「蒲生邸事件」と同じく、戦時下日本で未来を知ってしまう人間、といった設定をもとに構成される。いま進行している戦争と自分の生が、すでに一度生きた歴史の繰り返しであることを知る者たち。それによって、戦争というひとつの歴史に、微細なずれを含みながら、メビウスの輪のように絡み合うふたつの「書物」（生）が存在することになる。最初にこのことを知った異能の人、昆布谷は、その知を利用する謀略の陰に消えていく。先に見た蒲生大将と同様、敗戦という未来の書き換えを画策し、失敗を重ねた貴藤大佐は、結局「歴史にも国家にもまるで手を触れることさえできない」まま、「日本人は実体のない幽霊」といった呪詛のことばを残して自決する。さらには、大佐による原爆開発計画が失敗した余波で変更された歴史のなか、みずからの死の原因・理由を知らぬまま無意味に犠牲となった榊原たち。こうしたなかで、加多瀬は、ときに自分が陥る妄想や夢が、すでに生きたことのある未来の世界であることを自覚していく。また、加多瀬がのめり込む榊原の妻志津子も、同じ能力を持つ者であった。

貴藤大佐との会話で複雑に捩れた事件の全貌を確認し、同時に志津子がその力を利用する者たちの側を選んだのを知った加多瀬は、それまでにも幾度となく訪れた、ふたつの生のはざまにある砂漠のイメージに深く飲み込まれる。

風景はわずかずつ揺れ動き、地形は絶えず姿を変え、宇宙は絶えず変貌している、そのことが何か深い智恵に発する神秘であるかに心に浮かびあがって、ふと振り返って見れば、自らが砂地に刻んだ足跡も程なく途切れ、いまはまだ残っている砂地の窪みも、砂の流れに刻々とかき消されつつあった。（五六一頁）

このいささか凡庸とも言える記述の意味合いは後に触れるとして、砂漠での孤独な歩みを経て、加多瀬は最後の地硫黄島に辿りつく。そこでは、榊原らの死が謀略の巻き添えであったことを知った顔振との間で、戦場での死の意味をめぐる激論が交わされる。「自分は最初から死んだ人間であり、あらゆる出来事はただ傍らを過ぎ去っていたのだ」と悟る加多瀬は、戦場で戦い敗れた者を「正しく死んだ」と主張する顔振に、そもそもが間違いである戦争で死んだ人間は、みな間違って無意味に死んでいったのだと言い放つ。一方で、戦争などなかったかのように過ぎていく後の日本の様子を知ったがゆえの呪詛が、加多瀬のことばには込められている。その意味でも、あくまで加多瀬は事後的な視点から語っているのであるが、ここで確認すべきは、そうしたことばを歴史の内部において発するための仕組みである。たとえ未来を知ったとしても、自分が生きる歴史を変えることはできない。それゆえ、誰しも歴史のなかでは真の主体となりえず、実際には、歴史の反復運動の部品たる「最初から死んだ人間」として存在しているのである。個々の生死は、大小さまざまな物語によって意味づけ可能であっても、論理的には等しく無意味である。人間の歴史を知ることとは、それが過去の反復によって成り立っていることを告知される経験であったと言えよう。その血塗られた歴史の一端で、人間は、すでに誰かが行なった行為をわれ知らず反復しているのである。加多瀬は、「第一の書物」では戦場での失策を挽回すべく人間魚雷回天の計画に己を賭け、「第二の書物」ではその計画を批判することで硫黄島に飛ばされた。ただし、あくまで歴史の論理に従い、この自身の過去の少なからぬ変更をも何ら意味づけしないときにのみ、加多瀬は、事後のことばを歴史の内部に持ち込むのを許されるのだ。

加多瀬と同じく、人間の歴史に殉じるように硫黄島で死ぬ平田であるが、そこには、「当たり前の人間」という物語、歴史の流れなど知りえない「普通に」生きる人間という物語が随伴していた。もう少し言えば、平田はあらゆる事後的なファクターを排そうとしながらも、自分の戦死が後に帯びるであろう意味合いを、先取り的に自覚して死んでいったと考えられる。「当たり前の人間」としての感情を抱くことすら拒まれている加多瀬には、物語なるものが徹底して存在しない（とされている）。いわばその生は、中身を欠いたかたちとしてのみ、そこにあるのだ。そして、手榴弾での自決を心に決めながら、しかし激しい渇きに水を欲してもいるみずからの生に対する問いに、その答えなき課題に、加多瀬は直面する。いや、そもそもかつて、「誰もいない世界のなかで何故自分は歩いたのか、砂漠をどこへ向かおうとしていたのか」……。

いったい自分はどこへ行くつもりだったのか。答えは見つからず、ただ歩き続けること自体が目的なのだろうと考えたとき、「無法」の言葉が、それを叫んだ男の、孤立無援の印象とともに頭に甦って、あるいは自分がまだ生きているのは、死者たちの沈黙の言葉を聞き取るためではないかと思い、暗がりに眼を向ければ、屍骸はそれぞれが孤立しながら、しかしひとつひとつ確固たる存在を主張してそこにあった。／自分が砂漠を歩くのは、死の沈黙の内実を聞き取るためである。そのような言葉が不意に浮かび上がり、それが一体何を意味するものか不明なままに、しかし加多瀬にはひとつの確信が生まれていた。／自分はやはり歩かなければならない、まもなく流砂や風にかき消されるにしても、砂地に点々と足跡を残して歩かなければならないと。

（五七八頁）

加多瀬は、水を求めて歩き出す。先の一節にあったように、加多瀬の内部にある「砂漠」とは、「宇宙」の変貌の喩であり、「深い智恵に発する神秘」が発現しようとする場でもあった。「石の来歴」の文脈を考え合わせるならば、「砂漠」の論理－「智恵」において、生の尺度となる歴史は、虚構なるものの領域へとずらされる。このとき人間の生のかたちは、意味の有無という条件から解放される。と同時に、物語なるものは失効するだろう。そして、虚構なるもののなかで自律した加多瀬の生＝歩くことに、「死者たちの沈黙の言葉を聞き取るため」といった「言葉」が、不意に到来する。ただし、このことが「一体何を意味するものか不明なまま」であるときにのみ、自分の生＝歩くことは「確信」ある行為となる。論理上すべてが流動している宇宙の歴史、虚構なるものにおいては、いま自分の周りを埋め尽くしている死者の沈黙もまた、確固たることば－かたちとして発せられているのだ。それを聞くこと、聞き取れるとすることは、すなわち自分を虚構なるものへ、非意味の領域へと投企することである。ならば、たとえ人間の歴史において、砂漠に束の間の足跡を残すにすぎない無為と映ろうが、構うことはないのだ……。こうして、人間の歴史を生きる加多瀬の生は――部分的に、と付け加えるべきであろう――、救済される。

エピローグで、この加多瀬の姿は、妹範子が書く最初の探偵小説のなかへと受け継がれる。結局のところ、「グランド・ミステリー」は、作家の新たな一歩、ないしはスタートラインの確定であったと言える。加多瀬の歩行＝生には、虚構の創出を試みる作家の行為が重ねられていよう。死者の沈黙をことばにする、それも事後的に生きるものの立場からそれを書くという「不遜」な行為は、虚構のことばの論理において、肯定されようとしている。もちろん、物語によって死者を囲い込むことを忌避する以上、その行為には無限の罪責の可能性がつきまとうだろう。それでもなお現実において書くことを続けるには、より強固な虚構のことばと論理を打ち立てねばなるまい。

5 奥泉光「浪漫的な行軍の記録」

そして、みたび、作家は戦場を書く。「浪漫的な行軍の記録(8)」と題された小説は、それまで以上に、戦場の現実《リアル》を書くことにこだわったものと言える。もちろん、戦場の現実《リアル》とは、この作家にとっての虚構なるものとしてのみ、ありうる（すべての戦場を語ることばにフィクション性がある、というような前提に立つものでないことは、繰り返し強調しておく。そうした前提を受け入れてしまえば、作家の行為はなんら「不遜」なものとは言えなくなってしまうだろう）。それゆえ現実を生きる作家という自己と虚構のことばとの緊張関係こそが、その記述に読み取られるべきである。

探偵小説家だった老人が、いま、ここ日本において、過去の絶望的な行軍の記憶を語る。そこでは、口当たりのよい「死者との対話」の志向といった過去への態度は、しだいに意味を失っていく。作品は、そうした態度の失効を描こうとしていると、ひとまず言える。もはやまったく無意味な存在となり果てていることをおぼろげに理解しながらも、なお死滅に向かって歩き続ける戦場の敗残兵にとって、いま・ここでのみずからの生は、実質的に己の死を目的としてのみある。敗残兵とその行軍は、物語として語りつがれ、現在の地平に位置づけられることで、はじめて意味を持ちうる存在、行為となるだろう。しかしながら、現在の日本にいるのは、「《遅れてきた青年》」でもない、「《戦争を知らない子供たち》」なのである。「死産した赤ん坊」たる彼らは、すでに死に終えた幽霊、「シビト」としてある。そんな「シビト」=「死人」の国日本では、せいぜいサッカーの代表チームに空騒ぎするぐらいで、真の「〈希望〉」をもって語られる物語など生まれようがない。つまり、現在の日本は、過去への圧倒的な無関心、ないしは関心を抱きうる主体なるものの不在において、成り立っている。そこでは、現在の視点によって再構成される過去の問題性、などといった議論はナンセンスである。そもそも、過去に投影するような現実《リアル》などないのだから。それゆえ、戦争で死んだ兵士たちは、その行為の意味も分からぬまま、いまだに死の行軍を続けているのだ。

　同時に、みずからの死を意味づける人間の歴史もまた、すでに失われたものと考えられている。語り手の老人は、上官の命令のままに、捕虜を斬殺した経験を持つ。そんな自分が、歴史上に英霊となって浮かばれるなんてことは、もはやありえない。

> あの男は殺されるために殺された。なんの犠牲でもなく、死ぬために死んだ。あのときから、ひょっとして歴史は汚されてしまったんじゃないだろうか？　（……）あのとき歴史は取り返しのつかない形で、傷つき、呪われたんじゃないだろうか？　歴史は「死」にまるごと呑み込まれた。だから俺たちもまた、なんの犠牲でもなく、ただ死ぬために死ぬしかないのじゃないだろうか？
>
> （一七九頁）

人間の歴史は人間の死滅を唯一の目的として進んでいる。つまり、兵士たちは、死以外の何かのために殉じた聖なる犠牲者となることはできないのだ。そして、その死の先には、自分たちより前に死に終えた「シビト」が漂う、未来の空虚な時間しかない。ただそれゆえ、逆説的にも、いま・ここで死への行軍を続けている敗残兵たちは、人間の歴史を真に生きていると言うべきなのだ。死を目的として、しかしなお歩き続けるという、絶対的なまでに理不尽な行為としてのみ、人間の生はある。もちろん、生にそれ以上の何かを備給するような、過去や未来の時間は失われたままで。では、結局のところ、こうした生＝歩くことを支えるものは何なのか？

歩くこと。歩き続けること。たとえばそいつは地獄が用意した業罰のメニュウなんだろう。その程度の理解があれば十分さ。いずれにせよ、ひとつはっきりしているのは、いまの私が死なずに生きているということだ。そうだ、いまだ。この、いまだ。この、いまを、私は生きている！　だから〈希望〉を抱きうるのだ。本当のところをいえば、私には過去も未来もない。あるのは、いまだけ。永遠に繰り返され、順繰りに立ち現れては交替して行くいまがあるだけなのだ。その際限のなさから較べたら、五〇億年の地球の時間なんてほんの一瞬にすぎないだろう。（二一〇頁）

人間は本能だけでは歩けない、「必要なのはやはり〈希望〉」なのである。語り手は凄惨な行軍の経験から、そう確信する。むろん、死を目前にぶらさげて永遠に反復される「いま」の歩み＝生を支える「〈希望〉」とは、人類の見果てぬ夢などといった大そうなものでも、国家や民族の物語から抽象されるような何かでもない。行軍の間はそのつど、「兵隊たちは各人各様の〈希望〉を構想しなければならな」いのであり、とりわけ兵士たちが熱烈に抱くのは、睡眠に小休止、水や食糧といった具体的な〈希望〉なのである。語り手は、そんな即物的な〈希望〉の「向こう側」に、「空無しか存在しない」ことも重々承知している。ただ、こうした〈希望〉の「空虚」さとは、いま・ここ以外の時空で語られる物語の存在を前提としたうえで、さらにそうしたことばの背後に見出されてしまうものとも言えるだろう。「いま」しか存在しないことをもってしてなお歩く者には、「いま」抱いている、抱きうる〈希望〉がすべてである。「だが俺たちは歩いている。こうして歩いている。〈希望〉を胸に。それがどんなに凡庸かつ陳腐だとしても、どんなに下らなかろうと、〈希望〉が〈希望〉であることに変わりはない。」。「シビト」には、そんな生そのものと切り結ばれる〈希望〉など、抱きようもないし、そもそも必要でない。

戦場では、「〈希望〉」を抱く者のみが、歩くことができる生者となる。それゆえ、右の一節は次のように続く。「だとしたら、〈希望〉を抱き行軍を続ける私たち兵士こそが日本人の先祖ではないのか。」。そう、「朧原飢餓の国を進軍する俺たちだけが真正の日本人である。俺たちこそが歴史のただなかをつき進んでいる。」のだ、と。ただし、「だが、そのことを私は少しも誇りに思わない。嬉しくもない。感激もない。悲壮感もない。」とあるように、この発見と自認は、あらゆる物語を喪失した敗残兵にとって、何らの感情をも生み出さない。「ニッポン」をめぐる物語のくびきから放たれ、自律した「〈希望〉」を手にひとり歩き、生きる兵士たち。ここに、虚構なるものがあらわれる。

私たちは互いに隔てられたまま、ばらばらに、ただ歩くだけだ。裸足で歩くだけだ。そうして、あくまで虚構を生きるだけだ。／虚構を生きる？　そうだとも。なにしろこっちは痩せても枯れても作家なんだからな。忘れて貰っちゃ困りますぜ。辛気くさい実話だの、お涙頂戴の「本当の話」だの、そんなものは糞食らえだ！（二一二頁）

こうして、物語の、さらには現実のうちに、虚構の穴を穿つ意志が、ことばとともにあらわれる。それも、死者こそ生きているのだとする逆説の論理にもとづいて。そして、死者と生者、過去と現在、書かれるものと書くもの、虚構と現実、といった二様態の作家のことばが、重なり合う。もう一度確認しておくと、小説において戦場をどれほど克明に、「リアル」に書こうとも、実際には「《戦争を知らない子供たち》」の一員である作家にとって——ここでも単純な区別が有効であると思う——、それはフィクショナルなことばと言わざるをえない。それこそが、過去を書くことばに真正面から向き合う態度であろう。そこで作家は、戦争を語ることば、テクストの集積——そこにはおそらく、過去を生きた者にとっての真実なるものがある——を、「不遜」にも利用、借用することで、現実において一片の虚構なるものを生み出そうとするのである。過去を書くことの不可能性が、虚構のことばの存在を可能にする。「死者の声」を聞くことの意義はここにある。たとえそのことばに、「《戦争を知らない子供たち》」が何らかの感情、意味を発見したとしても、それこそ「シビト」のファインダーが捉えた物語にすぎまい。

ここでは、戦争体験の語りが帯びる物語性、といった議論は前提としていない。みずからのことばを虚構として提示することの背後には、真の体験なるものへの畏怖と、それを書こうとすることにまつわる「不安」があるはずだ。一見、小説の時間のねじれを用いて、過去と現在の相互浸透を示そうとする奥泉ではあるが、こと戦争をモチーフにしたときには、みずからが含まれる現在と過去との峻別が作品の要諦となっているように見える。その意味でも、「言い訳」を書くことと虚構を書くこととは、同じ源泉をもっている。ただ、「言い訳」のことばが現実の物語――それはときに「辛気くさい実話だの、お涙頂戴の「本当の話」だの」としてあらわれるだろう――に往々にして無抵抗であるのに対し、虚構は物語からの離反をこそ、それが存在するための論理的要件としているのだ。この虚構のことばの性質を積極的なものへと仮構することに、書くことの「不安」は振り向けられている。

「グランド・ミステリー」の結末部、加多瀬は、死者のことばを聞くことを自己の当為の到来と思念するが、実質的には、激しい喉の渇きに水を求めて彼は歩みはじめている。加多瀬の歩み＝生を支えるものが、死者の沈黙の声なのか、水という〈希望〉なのか、小説はそれ以上のことを語っていない。「浪漫的な行軍の記録」では、「文学」なるものの実践が、小説で語られる「浪漫的な行軍」に重ねられている。そこでは、沈黙せる死者のことばを聞く「不遜」な試みが、そのまま虚構を書くことの――つまりは「文学」の――論理をパフォーマティヴに記していくことになっている。このとき、背後に何も想定されない自律した〈希望〉とは、「文学」なるものへの、もう少し言えば、現実からはみ出ていく何かへの餓えとしてある。言うまでもなく、作家は、現実の外で生きているわけでも、生きられるわけでもない。そのことばには、つねにすでに現実の物語が付着しているのだ。それを振り払うべく、見ず知らずの死者のことばを、わざわざあえて虚構として書き記そうとすること。それも、物語すれすれのところで、ヒヤヒヤと舌を出して背を向けるようにして。こうして「文学」は、何重もの「不遜」な行為を積み上げながら、追い求められていく。現実において「まがい物の神」たる作家は、虚構なるものの領域において、傲慢にもほんとうの「神」たらんと欲しているのである。とりあえずのところ、その「不遜」ないとなみにおいて、作家は、「ニッポン」の物語という現実――それはまぎれもなく過去のことばの反復としてある――からの抜け道を、脱出の論理を、探っている。「文学」は、まずは物語の外部へ向かう振る舞いとして生じ、そしていずれは物語の内部／外部という見方を失効させるような、そんなことばのあり方を目指す。このとき、虚構のことばは、現実を参照項とする「言い訳」や「責任」を捨て去ろうとするかのように見えるはずだ。そしてこれこそが、勝手な意味づけや物語化を拒む死者の沈黙を、あるいは書くことが必然的に排除する諸存在そのものを、つまりはことばにできないものを、それでもあえて書こうとするために必要となる表現の仕組みであろう。現実ではことばとならないもの、ことばにすることを禁じられているものも、虚構‐「文学」のなかに存在せしめることができるとの確信――おそらくは「不安」に満ち溢れた――が、それを支えている。

ちなみに、作品では、「石の来歴」に記された石の歴史や緑色チャートの講釈が、そのままの形で再三語られる。それは、「浪漫的な行軍」にあってひとり冷静な批評を述べ続ける菅沼の口から発せられるのだが、結局のところ、シニシズムの権化のごとき狂言回し緑川に「諸行無常とかわりばえがしない」と嘲笑されて終わる。ここでは、先の引用にあるように、「五〇億年の地球の時間」という歴史を、無際限の「いま」を生きる兵士の論理が凌駕するとされている。ただし、両者は、虚構なるものとしてのみ語りうるという点、現実のことば――緑川のシニシズムもまたそこに根を張っている――とは別の位相にあるという点で、親和的な関係にあると言えるだろう。

6 現代作家の〈倫理〉

「知的・道徳的」な課題を背負うことで「政治」と拮抗しえた「近代文学」が、その役割をすでに終えている事実について、あえて念を押すかのように語るむきもあれば、[9]理由なき因果律の構造をもつ「物語」が政治的イデオロギーを代行している現在、「物語」がもたらす「リスク」を回避するために、当面は「近代文学」の「やり直し」が必要ともされる。[10]「文学」から離れてそれに代わるものを目指すにせよ、代わりがない以上もう一度「文学」をと考えるにせよ、ここで見つめるべきは、曲がりなりにも近代において「文学」なるものの果してきた役割、機能、意義が、両論の基底部をなしていることだ。その世代論的口吻はともかくとして、つまるところ、内面的自己なり倫理的主体なりといったもの－器が、「近代文学」の残滓の形態をもって、（表象ではなく）現実のうちに潜んでいることが信じられている。そしていま、この信念こそが、重要な意義を持つに至っているように思う。しかし単純に考えて、「近代文学」をひとつのパーツ——ときにそれを必要悪ともしながら——とする社会の帰結が、現在の私たちを取り巻く状況であることも事実であろう。この見方をさらに短絡させて、一時流行ったように「近代文学」を丸ごと否定しようとするのは、〈昔は好かった〉式の懐古的肯定と同様論外だが、こと「物語」を代行ないし従属的に補完しない「文学」を想定していくには、それ相応の困難が付きまとうはずだ。

知的・道徳的課題を抱える主体を（再）生産する「近代文学」の耐用年数はとうに過ぎたが、その残滓は現代の人間に檻のように溜まってまだ消えない。このことを、私たちはおそらく、なんとなしに信じえている。そして、現実を生きる作家主体は、「近代文学」の亡霊として、「物語」に囲繞された場所で書くことの「不安」を抱きうる存在となるのである。「近代文学」において、みずからを表象することと内面を有する主体たらんとすることは、ひとつの行為としてあった。その反復を活動の原点に置く作家であれば、たとえば津島佑子『火の山――山猿記』（一九九八年刊）や柳美里『8月の果て』（二〇〇四年刊）が重厚な達成として示したように、戦争という体験せぬ過去をみずからのルーツにおいて語ることで、小説《フィクション》のうちで死者を悼む倫理性を表象する方向が浮上することになる。このとき作家たちが抱えていよう強烈な「不安」には、作中人物の〈生〉に関する「文学」的リアリティの追求が対応するはずだ（その表象には、良しにつけ悪しきにつけ、〈感情移入〉の要素が入り込んでもくるだろう）。奥泉が試みている創作方法は、そうした「近代文学」の正統な遺産から、みずからをなかば切断しようとするものである。虚構において提示されるのは、あくまで論理的な課題に限られようとしている。根源にある近代的作家主体の内面は、「物語」を誘引する感情のことばに行き着く以上、虚構への意志というよりほか決して表現されてはならない。「文学」における表象、虚構の論理性と、「近代文学」の亡霊たる作家の倫理性は、主客の反転を重ねていく。「物語」に抵抗する虚構の創出に、従事、従属する現代作家なる存在。その自己は現実の感性を生き、かつ虚構の論理を生きる。「近代文学」に後続する「文学」のひとつの型が、ここにある。この模索を支えるのは、先に見た「近代文学」への信念にほかなるまい。

「浪漫的」な、余りに「浪漫的」な、虚構なるものの、自律せる「文学」の、希求。ただそもそも、作家が「虚構を生きる」と現実において倫理的に決断する――それがたとえ、すでに決断された状態として到来したものであったとしても、あるいはそれゆえなおさら――には、何らかのきっかけなり、〈希望〉なりが（事後的であっても）必要になってくるはずだ。それが現実のそとへの志向であるにせよ、スプリングボードは現実のうちにある。生きる作家の身体は、書く前も後も〈意味まみれ〉の状態にあるのだ。現実において獲得された〈思想〉が作品に発露するとき、ある種の啓蒙的色彩が漂いはじめるのは否めないし、それが究極的には感情のことばへと行き着くのも必定であろう。もとより完全なる虚構など、書きうるはずもない。それゆえ、虚構を書く行為とは、あくまでも論理的な、理知的な意志においてのみある、という前提こそが大事になる。この冷厳な意志の記入なくして、書かれたものを、物語の堅牢なイデオロギー性から救い上げていくことは困難であろう。

虚構の深淵を覗いた作家は、自決の年、それこそ「浪漫的」な祈りのごとく、「「話」らしい話のない小説」としか言いようのない何かについて、語ろうとしていた。読者の興味をかきたてる「筋」とは別の、純粋な何か、といったほどの意味合いではあったかもしれないが、その「浪漫的」な理想は、物語を逃れてなお読まれうることばの、その不可解な核のようなものへの直感に支えられていたように思う。現実を生きる作家の身体は、「敗北」へと至った。その死の内実は、さまざまな意味づけが可能であろうとも、不明であり続けるはずだ。ただ、現実のうちに虚構の穴を穿つ意志と試みは、ちょうど先の敗残兵の死の行軍のように、つまりその「敗北」の予期ないし自覚をうちに秘めて進むように、ひとまずは見えるだろう。みずからの結末という「不安」――それは原理的に「ぼんやり」しているはずだ――を抱えたままで。

現実は、物語化できても、虚構にすることは不可能である。ただし、繰り返しになるが、虚構を書くことに対応する先験的な条件は、現実のうちにしかない。それは、感情のことばで語ることを禁じられるべき何かである。作家は、「当たり前の人間」として語りたくなる誘惑を押し殺して、その〈何か〉の表現を、あるかなきかの虚構のことば、いわば「文学」の論理性のようなものに賭けねばならない。そして、書くことと書かれたものが、現実の物語への抵抗力を持っていようがいまいが、そのいとなみ自体は、いまのところ「敗戦主義」に見えるだろう……。

ただ、敗戦処理のマウンドに上がる投手の姿が、やけにまぶしく見えることもある。敗戦という出来事を完結させるために存在しながら、あたかも逆転の機会を待ち望んでいるかのように投げ続ける彼/彼女。その状況における渾身の投球は、結末へのカウントダウンを刻む行為であると同時に、かりそめの期待、わずかながらの〈希望〉を現実化するための最も実質的かつ合理的な行為でもある(それゆえ単なる敗北主義とは一線を画すはずだ)。

もう少し言えば、いままさにマウンド上にいる敗戦処理の投手にとって、試合の勝敗は永遠に先送りされたものとしてある。どれほど負けが決定的であろうと、みずからがそこに存在しているという事実において、敗戦は現実のものではない。また、もし仮に形勢が逆転したならば、その瞬間、彼／彼女はベンチ裏へと消えていくだろう。敗戦処理の投手は、（みずからの存否も含めて）宙吊りとも言うべき所与の状況を耐え忍ぶかのごとく、しかし全力で投げ続けている。そして彼／彼女は、失点した際には、心の底から悔しがり、次の打者を必死で抑えようとするだろう。でもなぜ？　敗北までの無駄な時間を引き延ばしてしまったから？　それとも、万にひとつの逆転の可能性がさらに薄くなってしまったから？　言えることはただひとつ、彼／彼女はそうあるべきだ、ということである。それが敗戦処理の〈倫理〉である、と。そのボールは、試合の目的とも、あるいは当該状況で考えうる建前とも本音とも、かなりずれたところに向かって投じられている。いわばここで投手は、勝敗という結末に、それを目指して進んでいく試合そのものに、内側から抵抗しているのだ。このとき、彼／彼女は、「当たり前の人間」（当たり前のプレーヤー）とは異質な存在となっているにちがいない。

アラン・バディウは、現代に蔓延するイデオロギーとしての倫理（＝物語）の根底に、人間を死を免れない「犠牲者」とする見方があるとし、それに〈不死なるもの〉としての〈人間〉という定義を対置している。[11]「蒲生邸事件」では、まさに直面する状況の「犠牲者」たらんとする人間にのみ、「当たり前の人間」としての生－死が付与される。これに対して、加多瀬や敗残兵の瀕死の歩行は（そして敗戦処理投手の全力投球は）、個々の状況において〈不死なるもの〉が行なう抵抗のあり方と考えられるだろう。「文学」が終わったとされる状況のなかで、虚構のことばなどにかかずらう作家もまた、みずからを〈不死なるもの〉とでもするよりほかない。私たちの前にあるそれが、いつの間にか、ほんとうに、それ以前の「文学」から切断されていた、抜け殻のようなものであるのならば……。「文学」は終わっても作家は死なない、いや、死なないだろう。彼／彼女は、「文学」以後の状況を、その切断の出来事とともに、確かに、生きてしまっている（た）のだ。ここで現代作家の倫理とは、バディウの定言命法に倣って言うならば、「文学」以後において作家という自己を「継続せよ！」、とでもなるだろうか。すべてが物語に飲み込まれんとしているいま、作家はエンターテインメントとしてのブンガクなどにうつつをぬかしている場合ではない。「近代文学」の残滓が呼び覚ます「不安」を慈しみ、みずからのいら立ちに忠実であり続けるべきである。どうやら、すでにはじまっている（た）この状況、この現実において、かなり難儀な歩みを、「文学」の、虚構のことばとともに続けていくほかないのだから。

第五章　闘争／暴力の描き方——現代小説ノート

1　村上春樹「ねじまき鳥クロニクル」・「海辺のカフカ」

私たちの生きる世界が、すでに暴力によって支えられた法・権力のもとにあるとき、社会構築における暴力のループから抜け出すことは可能だろうか。あるいはまた、この世界で生まれる闘争行為において暴力が不可避となるとき、その正当性や行使の決断を支持する理由はいかにして存在するのだろうか。暴力なるものの社会的意味を、いま改めて「国家」の存在原理として見なおす場合でも、(1)あるいはグローバリゼーション下の社会形成に即して捉える場合でも、(2)そうした問いは避けられぬアポリアとして横たわっているように思う。

新たなテロルの時代に暴力闘争のあり方を再問題化するうえで、過去のさまざまな思想家の議論が捉えなおされている。そのひとり、カール・シュミットは、「主権」概念について、通常の法秩序が停止した「例外状態」

した。[4]

それにほかならない。同じく法・権力の根源に暴力を位置づけるヴァルター・ベンヤミンは、法を措定し維持する暴力を「神話的暴力」と呼び、さらに、法と暴力の循環を超える「純粋」な暴力（「神的暴力」）について構想

のなかで「決断」をなすものと定義した。[3] ここでの「決断」とは、国家の法秩序を措定する超法規的暴力行為の

むろん、私たちの社会において暴力の存在が必然であるにせよ、個々の行為の意味について、具体的な局面を抜きに議論することはできないだろう。また、考察の場を文学表現の領域に限ったとしても、それぞれの言説が示してきた方向性を、まずは固有の文脈で吟味する必要があるのは言うまでもない。

本論で取り上げるのは、二〇〇〇年前後の日本において、（いままた）闘争と暴力の問題圏に触れようとしたいくつかの小説である。それらはいずれも、近未来の日本社会を舞台に「例外状態」を設定し、そこに生じる暴力的闘争のあり方を構想するものと言える。冒頭に掲げた課題の一端が、現在の日本の小説表現において追尋されている様子を確認し、その特徴と問題点の洗い出しを試みようと思う。

ところで、村上春樹もまた、暴力をめぐる諸課題の表現に足を踏み入れた作家のひとりである。とりわけ「ねじまき鳥クロニクル」[5]以降、物語の焦点となる場面で、闘争主体と暴力の問題を描いているのが目立つ。周知のとおり、「ねじまき鳥クロニクル」では、戦争体験の召喚を軸に、いくつかの形で決断の（不）可能性、主体形成の（不）可能性が語られる。たとえば、間宮元中尉は、戦地での特異な体験をもって、「僕」＝岡田亨に、主体的決断の機会の瞬間性、あるいはその自覚の事後性を説く。また、作中作品の「ねじまき鳥クロニクル」には、満州国の獣医（「僕」に投影される）の内面として、主体的行為の不可能性に対する強固な意識と、それに由来する「宿命的諦観」が披瀝される。これらを踏まえて、「僕」が、妻クミコの失踪の原因とおぼしき義兄綿谷ノボルと対峙し、人間の暗い暴力性と闘争する顛末を描いていく。

物語のなかば過ぎ、「僕」は悪夢から目覚めたあとで、「逃げられないし、逃げるべきではないのだ」との「結

論」を得る。「たとえどこに行ったところで、それは必ず僕を追いかけてくるだろう」といった消極的な理由によるものの、ある当為の自覚において、逃走から闘争への転回がなされたのである。また、やや乱暴に付け加えると、積極的な決断理由――正義、平和、愛……――を表向き不在のままにしておく点は、現代に至る価値相対化の論脈が要請するところと言えよう。見ておきたいのは、「それ」との対決が、必然[6]的に「僕」の暴力行為へと結ばれる際の表現である。「僕」は別世界にあるホテルの一室で、クミコを救うべく、ナイフを持つ「男」と闘い、撲殺する。

> 僕は目をつぶり、何も考えず、その音あたりにとどめの一撃を加えた。そんなことをしたくなかった。でもしないわけにはいかなかった。憎しみからでもなく恐怖からでもなく、**やるべきこと**としてそれをやらなくてはならなかった。（第三部、四七一頁）

理由なき行為／目的なき手段の生起、ないしは闘争の渦中における決断不可能性の刻印。いわゆる行為遂行的《パフォーマティヴ》側面を強調する表現によって、避けられぬ当為としての暴力が、一般的な正当性の尺度では測れないことを担保しようとしている。ただ一方で、暴力性に対抗する「僕」の行為は、当の相手との相似形を描くことになってしまう。当為の支えとなる根拠を、どれほど慎重に空白のまま表現しようとも、結果、その場に充満する「暴力の臭い」、「死の臭い」は「みんな僕が作りだしたもの」とせざるをえない。このあと、叩き潰した「闇の中心にいたものの姿」の視認が執拗に禁じられるのは、ひとつに、「僕」が自分と相手との線引きを迫られ、ひいては「僕」の行為に変容をもたらすと予想されるからだろう。その「姿」をはっきりと意識したとき、当為に備わる正当性の雰囲気は損なわれ、決断における空白に「憎しみ」や「恐怖」などの（あるいは正義や愛情などの）〈理由〉が侵蝕してくる。ここには、現代の文学表現が否応なき暴力行為を対象とする際の、ある限界点が示されていたように思う。

闘争行為の主体性をいわば宙吊り——正当な目的や理由が不在ないしは不確定な状態——にしたまま、どのように当為としての暴力を提示しうるのか。この課題は、「海辺のカフカ」[7]においても取り上げられている。

エディプス的決定論との葛藤を重ね、先の獣医と同様の運命観に囚われる田村カフカに対し、当為としての暴力を担わされるのがナカタさんであった。ナカタさんは、目の前で次々と猫を殺していくジョニー・ウォーカーから、自分を殺すか否かという「理不尽な選択」の「決断」を強いられる。人殺しの「コツ」を「巨大なる偏見を持って、速やかに断行する」ことと教えられ、結局ナカタさんは主体性を剥奪された形でナイフを突き立てる（「誰にも、ナカタさん自身にさえ、その行動を止めることはできなかった」）。また、小説の終盤で星野さんは、ナカタさんの死体から出現した得体の知れない何かを、「圧倒的な偏見をもって強固に抹殺するんだ」との言葉に導かれて叩き潰す。ここで「圧倒的な偏見」とは、「一目見ればわかる」といった形で、闘争相手を「邪悪なもの」・「生かしてはおけないもの」と判断することである。宙吊りを旨とするがゆえに生じる行為主体の空白に、むりやりにでも当為の言葉を与える作業と考えられるだろうか。

歪んだ決断主義の結果とも言えるこうした暴力の発現に、現代的な「ニヒリズム」の着地点を見るむきもあると思うが[8]、春樹論の文脈ではより詳細な検討が求められよう。ただ少なくとも、価値判断の相対性や不確定性の標榜を一応のところ通過した地点に、当為としての闘争と暴力を描き出す試みと評価できる。一方で、諸価値や主体性の宙吊りを要件とする、やや形骸化したポストモダン的啓蒙（?）の印象も否めない。そこでは結局のところ、（良心的作家の自己韜晦にも見える）決断主義的暴力行為の発現は、ストーリー展開上一般的に受け入れが容易なものに限定される。

ややありきたりな指摘になるが、問題の一因は、当為としての暴力が、あくまで象徴的かつ個人的なものとして描かれていることにあろう[9]。見てきた課題は、他にもさまざまな形で現代の小説に表現されている。

2 伊坂幸太郎『魔王』

伊坂幸太郎の連作「魔王」・「呼吸」[10]には、村上春樹を例に見た問題が、具体化ないしはより世俗化した形で展開されている。

政治不信に景気の再降下、社会の閉塞感とモラルハザードの亢進、対外憎悪と沸騰するナショナリズム……。やや紋切り型の近未来日本社会を舞台とする「魔王」は、決然とした政治姿勢で頭角をあらわした若きカリスマ政治家犬養と、そうした状況に孤独な闘いを挑み敗れる青年安藤の姿を描く。日本社会、政治家を激烈に批判しつつ、個の政治的自立と「真理」・「未来」への「奉仕」を説く犬養は、「あやふやな空気の流れる、諦観と無責任の蔓延した今の世の中に」さほど違和感なく受け入れられる。安藤は、全体主義や集団的熱狂状態に対する本能的な恐怖と違和から、犬養支持の広がりや過激化する市民の排外的行動に反発する。その安藤が突如、少し離れた場所の人間に言葉を発させる超能力（「腹話術」）を身につける。

安藤の孤独な闘いをかろうじて支えるのは、「考えろ考えろ」と自分に言い聞かせることと、学生時代に発した「でたらめでもいいから、自分の考えを信じて、対決していけば世界は変わる」との「台詞」である。そして、何者かに狙われる恐怖と日増しに強まる息苦しさに襲われながら、「俺を発奮させるのは、その青臭さしかないようにも思えた」と自認し現状との闘争を目指す。その一方で、というよりそれゆえに、犬養支持者であるバーのマスターと議論を交わした際に、有効な反論を打ち出せない。民主主義的理念の実態に対する批判から社会統率の意義を説くマスターの保守反動憂国論と、「以前に読んだ本」から殺人心理の原因を「命令」と「集団」性にあるとし、ファシズム化の忌避を訴える安藤の主張は、そこですれ違いに終わっている。

その意味でも強調されるべきは、行為主体となる安藤の「でたらめでもいいから」といった留保づけである。[11]

これによって、自己破壊的な闘争は、決断不可能性にとり憑かれた行為のニュアンスを帯びる。むろんここには、価値規範の混迷、政治的選択の迷走というほどのステレオタイプな時代認識があろう。とはいえ安藤の姿が、宙吊りの主体をめぐる問題圏と部分的に重なるのも確かだ。

「対決」を支える根拠の脆弱さ、そうした脆さの標榜を維持すること、あるいはそれによって担保されるポストモダン的誠実性……。これらの帰趨を集約して示すのが、異常な息苦しさに耐えながら、犬養の街頭演説で「腹話術」を試みるラストの場面である。できることはそれしかないが、それで世界が変わるわけがない——と自問自答する安藤に、特殊能力で犬養を守るマスターの「君がやろうとしているのは、ただの自己満足な、邪魔じゃないか」との声が突き刺さる。ようやく「腹話術」を行使するに至るものの、「何を喋らせれば適切なのか」思い浮かばない。卒倒寸前で念じた「私を信じるな！」、「目を覚ませ！」といった言葉も、逆に演説効果を高めるものになってしまう。薄れゆく意識のなか、学生時代の友人である島が発した「大人から貫禄を失わせるには、ぴったりの台詞」（「巨乳大好きー！」、「女子高生、最高ー！」）が浮かぶも、時すでに遅しであった。つまるところ、宙吊りの主体がその状況を踏み越えようとした途端、闘争相手と同じか、さもなくば完全に逸脱した言葉を語るほかなくなるのだ。

その五年後を描く「呼吸」では、安藤の弟潤也の姿が、その妻詩織の視点から語られていく。兄の死後に結婚し、仙台に居を移したふたりは、事件以来ニュースなどの情報を遮断して暮らす。世の中では、政権を握った首相犬養のもと、第九条を含む憲法改正の国民投票が迫っており、詩織の周囲もその話題で持ちきりとなる。ふたりは社会の動きから距離を置いたままでいるが、潤也の様子に少しずつ異変が生じてくる。

兄の死の内実を知らない潤也だが、徐々に「兄貴はあの時さ、もしかすると、世の中がおかしくなっちゃうのを止めたかったのかもしれない」と気づく。犬養の政治に対する是非は判断できないものの、兄がそれに抵抗したことを意識するのだ。すると潤也は、兄が憑依したかのように、憲法改正の危険性やそれを許容する日本社会への批評を語り出し、さらには、島から聞いた兄の言葉を反芻する（『でたらめでもいいから、自分の考えを信じて、対決していけば』」（……）「そうすりゃ、世界が変わる。兄貴はそう言っていた」）。また、「私を信用するな。よく、考えろ。そして、選択しろ」と政治的自立を訴える犬養が、反発した支持者に刺された際、潤也は、天才政治家より「もっと厄介」なのは「大衆」（「大衆の役割を忘れた大衆」、「頭が良くて、偉そうで、そういう人たち」）だと語る。

闘争の死者たる兄を理想化する潤也において、重要なのは、兄が残した言葉の後半部、すなわちみずからの力による世界の改変可能性である。そこでは、改変後のビジョン――新たな法の予見――無きゆえ存在していた留保は後退し、代わりに闘争相手が「大衆」なるものに定められる。

詩織は、変わりつつある潤也に不安を抱く。そして、超能力（完璧な勝負運）を得た潤也が、内緒で大金を蓄えはじめたことを知る。潤也は、ムッソリーニと恋人クラレッタの処刑時に、はだけたスカートを直した人物の挿話を持ち出し、たとえ群集に殺されようとも「自分のやりたいことをやりたい」、「馬鹿でかい規模の洪水が起きた時、俺はそれでも、水に流されないで、立ち尽くす一本の木になりたい」と静かに宣言する。

> 支離滅裂だ、と私は泣き出したい気持ちを抑え、「それとお金がどう関係するの」と質問を重ねる。／「お金は力だろ」潤也君の目がひときわ、大きく見開かれるようだった。（……）／悲鳴をこらえる。私は自分の前にいる潤也君が、まるで別の人間に見えた。大いなる自信と超然とした力を備えた独善的な気配すらあって、だから私は震えた。／目の前が光ったかと思うと、室内であるはずの光景が、一面真っ赤な荒野にも見え、私はそこに取り残された恐怖を感じ、卒倒しそうになった。どういうわけか、その目前の荒野は、潤也君の作り出したものではないか、将来、作り出す荒廃なのだ、とそんな思いがした。
>
> （二七八－二七九頁）

続いて、「あいつこそが魔王かもしれないぞ」といった安藤の言葉が、詩織の耳に聞こえる。だが、「荒廃」のビジョンを幻視する彼女――決断の留保を担う存在と言える――も、恐怖と逡巡を封じ込めて共闘を誓う。

自他に向けた言葉を同じくする安藤と犬養はともに暴力に屈し、後に残されたのは、そうした暴力の由来を「大衆」に帰しつつ、「俺がうまくやる」、「でも、俺は勝つよ」と語る未来の「魔王」潤也の姿であった。作品「魔王」には、安藤が、ライブハウスで熱狂を煽るボーカリストに「イマジン」を歌わせるといった、半ば憐憫を感じさせるエピソードもあった。「でたらめ」と「世界は変わる」の間に挟まれた「自分の考え」の領域――そこには来るべき世界のビジョンも含まれよう――を、たとえその中身が無力に見えようとも何とか保持していく姿と言える。一方、おそらくは世界の改変行為そのものを「自分の考え」の中身とし、また「大衆」との闘争にみずからの主体性を想定する潤也にとって、あと必要なのは相手を倒し世界を変える「力」のみである。敗北主義につきまとわれつつ追求される既定路線の可能性と、必要悪のごとき新装版決断主義とその暴力性。これらが、宙吊り的なものの先で絡み合う二様のベクトルと思われる。このときフィクションの課題のひとつとなるのが、後者の暴力闘争の具体的な発現をいかに構想するかであろう。

3　古川日出男「サウンドトラック」

本論のテーマを考えるうえで、かつて最も重要であった作家のひとりが村上龍であろう。[12] そして仮に、「愛と幻想のファシズム」（一九八四～一九八六年）を裏返して軽量化した現代版が『魔王』とすれば、質量ともに「コインロッカー・ベイビーズ」（一九八〇年）の直系にあるのが[13]、古川日出男の近未来小説「サウンドトラック」[14]である。

二〇〇九年、極度のヒートアイランド化で熱帯となった東京。それぞれクルーザー事故と母子心中から奇跡的に助かった少年（トウタ）と少女（ヒツジコ）が、小笠原諸島の無人島で出会う。サバイバル生活をこなすふたりは、野生ヤギの駆除に訪れた都職員らに発見され、父島で兄妹として暮らすことになる。
内にいら立ちを抱え成長したトウタは、欧米系島民で旧日本軍兵士の「海の老人」と連れ添うなか、増えすぎた動物が駆除されるように人間こそ消え去るべきだと感じ、「淘汰」への覚醒が起きる。軍営跡で宴会する観光客の若者にナイフを振るい、また、隣の兄島では瀕死の野生豚に素手で止めを刺す。ヒツジコは、無人島生活時、大地震と共振する特異な身体感覚を得ていた。(15) 遠泳大会で溺死寸前となった際、投身心中の深層記憶が甦るとともに、その身体感覚が新たな意味を獲得する。みずからに対する「世界の殺意」を細胞レベルで感得し、理屈抜きの「生存を賭した戦争」に駆り立てられる。

何がなんだか自分でもわからないが、動かねばならない。動かさねばならない。（……）そして、その身体運動の発現する力によって地震を再来させる、今度は内部にではない、外部に。／あたしはジシンを起こす。ひき起こすのです。／（……）肉体の流動状態をヒツジコは夢見た。それは世界を根底から揺るがすだろう。滅ぼすだろう。／イツカカナラズ。（上、八二頁）

こうして内なる暴力性を世界との闘争へ振り向けたトウタとヒツジコは、その後大人たちによって引き離され、別々に「内地」東京へと移り住む。世界経済の低迷や国内産業の変化により、東京には大量の移民が生じていた。神楽坂北東部には、「レバノン」と呼ばれる外国人地区が存在している。そのアラブ人街で育ち、ジェンダーを意のままに操る少女レニ。ある日レニは、集団抗争で傷ついたハシブトカラス（クロイ）を救い、その後「共生めいた関係」を築く。そして、クロイの巣と雛が奪われたことをきっかけに、東京の地下に潜む「傾斜人」たちとの「聖戦」へ突入する。移民に混じり街を遍歴していたトウタは、あるとき殺し屋を銃撃して以後、神楽坂に入り込んで日本人相手のガイドをしていた。そうしたなか、傾斜人の殲滅を図るレニ（魔術的な映像を暗闇に映し出す「写真銃」を武器にする）と出会い、その姿を自分の「鏡像、うしなわれた半身」と見て共闘を申し出る。「なりゆき次第の人生」から「意識的にどこかに向かう」状態となったトウタは、「見通しもしなければ、戸惑いもしない」で戦闘の準備を整え、「二人と一羽であらゆる組織を、社会を、敵にまわすかもしれない」と自覚する。

　ヒツジコが住む西荻窪は、移民によるバスジャック事件を機に激烈な「ガイコクジン」排斥運動が起こり、「純日本人」の「保護区《サンクチュアリ》」となっていた。「西荻窪クリスタルナハト」と称される暴動が発生するに至って、ヒツジコは、「この我慢できない世界を、あたしが、踊って滅ぼす」と心に誓い、トウタと同様「受け身」からの転回を「了解」する。見るもののオブセッションを解放する驚異の踊りによって、自身が通う聖テレジア高校を混乱に陥れ、生徒たちを統率していく。ヒツジコのもとに組織された聖テレジアの舞踏集団は、武装化した自警団が闊歩する西荻窪において、「都市ゲリラの手法」で「市街戦」を挑む。

　以上が、登場人物たちがそれぞれの闘争へ向かう過程である。そこでは〈なぜ闘うのか〉が折に触れ言及されつつも、そうした思念を凌駕するかのごとき（古川独特の）スピード感によって、近未来的現実における抗争が浮上してくる。この新しい文体の速度にこそ注目すべきかもしれないが、ここでは闘争主体の理由をめぐる記述にあくまでこだわってみたい。

　レニの闘争を支えているのは、ハシブトカラス・クロイへの「愛」である（「愛。それが絶対の正義をレニに授けている」）。ありきたりな理由と言える「愛」の対象が、人間でないばかりか、都市社会において最も忌み嫌われる生物である点に、ここでの批評性を見てよいだろう。加えてレニは、カラス一般でなく、あくまでクロイという個を「愛」しているのだ。また、闘争相手の「傾斜人」なる集団は、アイヌ民族の末裔としてみずからをアイデンティファイし（「歴史を越える移民」）、地上（「ニッポン」）の奪還を目指している。そうした「傾斜人」の共同体意識が地下で擬製する「聖性」を、レニは「穢す」。不可視の領域で行われるレニの闘争は、しかし結果的に、人間社会の潜在的な抗争状態を現実化することにもなる。

ヒッジコについては、いわゆる「自立」-主体形成への志向が語られている（「あたしは一人で生きるべきです」）。「散弾銃」・「天災」・「暴力って描写したいインプレッション?・」などと形容される舞踏能力は、ひとまず、西荻窪が象徴する「純血主義」のイデオロギーに染まった世界へと向けられる。一方、「そこには野性があり、純粋さが、純粋な邪悪さが看てとれた。あまりに無垢なために、善悪の判断をまぬかれる彼岸の悪」とあるように、主体的自立を目指すヒツジコたちの暴力は、「純粋さ」ゆえ既存の道徳判断に収まらないものとされる。最終的に「ガールズ」が「独立」を宣言した際、政府は「右翼でも左翼でもない」その組織集団の内実をまったく把握できない。

そして、「ニッポン人」から逸脱したまま、いわば自然体で生きるトウタ。結局「淘汰」への意志はレニとの共闘において具体化するわけだが、レニに惹かれた理由については、その映像の魅力が諸々の「言葉では了解しない」印象で語られるのみで、それほど明確になっていない。小説は、「あんた（レニ…引用者注）がさ、この世の中をあっちとこっち側にわけてるなら」「俺はこっち側につこうと思うんだよ」と宣言するトウタの内部を、次のように表現している。

もちろんトウタにはレニがわかる。守らなければならない。あらゆる危険から、レニを、保護しなければならない。／保護の感覚の由来はわからない。しかし、不明であることを気にかけていない。（下、一九二頁）

レニの「保護」という当為の直観。これによって以後の闘争は必然となるが、その「由来」は「不明」とされる。「ねじまき鳥クロニクル」に記されたような闘争主体の一ヴァージョンとも言えるが、興味深いのは、問題を示唆する一方で、それを素通りしうるキャラクターとしてトウタを描いていることである。このことは、後で触れるように、トウタという主体の性格に関わるものと考えられる。

熱帯性ウィルスの蔓延によって、都市東京は崩壊へ向かい、多摩地域への避難移動が実施される。合わせて、地下の大規模な検疫、洗浄が行われるが、そこはレニの「聖戦」によって異様に入り組んだ形で拡張していた。都の機動部隊は破壊的な薬品撒布を実行、傾斜人たちは、「邪悪」な「ニッポン人」レニ（とその「仲間」と目されたトウタ）の行為とみなす。傾斜人に捕われたレニが、「あたしがニッポン人？　あたしは、ただのあんたたちの敵」と罵るように、それは二重の誤解であった。レニ救出の際にトウタが地底を爆破したことで、傾斜人たちは、「当人たちの計画からすれば時期尚早」にも「ニッポン奪還のために」地上へと引き出される。そして、井の頭公園を武装地帯化したふたり（と一羽）のもとに、明治神宮から逃れてきた七千羽のハシブトカラスが合流する。自警団との抗争に勝利したヒツジコたちは、先にも触れたように、西多摩郡の首相官邸に向け独立を宣言する。「正体不明の勢力」の蜂起に、政府は「準・国家非常事態」を宣言、「超法規の治安出動」として自衛隊を投入する。少女たちの踊りが相手を次々と戦闘不能に追い込むなか、傾斜人たちも地下から這い出し、自衛隊に襲いかかる。こうしたラストの黙示録的光景において、ついにヒツジコとトウタがつながる（「「いっしょに東京を奪還するかあ、ヒツジコ」／「トウタ？」」）。

ここで構想されている闘争のあり方とは、社会に潜在する敵対性を呼び覚ますことで、世界改変へのきっかけになるものと言える。登場人物たちは、普遍化不可能な個の闘争によって「例外状態」を生み出し、ともに排他的暴力を有する権力・対抗権力の衝突を現出するのである。ここに、闘争主体が必然的に抱え込む暴力性の行き場が示唆されていよう。もとより、このことは、彼らの闘争の理由でも目的でもない。とりわけトウタがそうであるように、まさしく暴力の主体でありつつも、改変後の世界ビジョン――主体を意味づけるもの――などとは無縁の存在なのである。それゆえ作品では、「引き金がレニ、トウタ、それからクロイだった。／だが、もちろん二人と一羽は責任を負わない。／むしろ世界に贖わせる」と記される。結果を贖うのが「世界」の側である以上、闘争行為に確固たる根拠などなくとも構わないのだ。裏を返せば、自立した闘争主体でありかつ、「世界」に直接の責任を負いうる存在とは何者か、ここで問いなおしが迫られているのかもしれない。

4　池上永一「シャングリ・ラ」

ベンヤミンは、手段としての暴力の正当性を問うなかで、法の措定・維持という目的を持つ「神話的暴力」に対し、法（規範的理由）と暴力（行為）の連関を断ち切る「神的暴力」――目的なき手段たる「純粋暴力」――なる概念を提示した。ここに、宙吊りの闘争表象を意義づける、ひとつの視座があるように思う。そうした「神的暴力」＝「革命的暴力」の担い手となりうる存在は、現代のフィクションにおいてどのように構想されるだろうか。池上永一の近未来小説「シャングリ・ラ」[16]は、その極端な例、ないしは陥穽のあり方を示していると考えられる。

昭和・平成を「旧時代」と見る未来社会。「サウンドトラック」同様、熱帯化した東京が作品の舞台である。地球温暖化にあえぐ国際社会が二酸化炭素削減を最大の課題とした結果、炭素税・炭素市場に立脚する炭素型経済へと突入した。国際経済は国連発表の炭素指数で動き、実質炭素と経済炭素の差異から莫大な利潤を生み出す「カーボニスト」たちが出現していた。新しい炭素素材・製品の開発と独占技術化によって、世界経済のトップに君臨している日本。首都東京では、都心全域の森林化が計画され、並行して超巨大空中都市アトラスの建設が進む。アトラスに移住できるのは一部の富裕層に限られ、土地の強制接収などで百万規模の難民が発生、そうしたなか、新大久保の「ドゥオモ」を拠点とする反政府ゲリラ「メタル・エイジ」が、政府軍との抗争を展開している。

　孤児だった主人公國子は、ドゥオモ城主の北条凪子に引き取られ、次期城主となるための帝王学を仕込まれた。十八歳で城主となり、たぐいまれな戦闘能力で反政府闘争の先頭に立つ。政府が環境問題を盾に利権を貪り、地上の生を脅かす以上、その対抗闘争は必然であった。加えて國子は、地球主導型経済なる新たなビジョンを考え出している。味方からは「ゲバルト・ローザ」と称えられ、敵からは「極左思想」の持ち主とみなされる國子だが、一方で、みずからの闘いがドゥオモの人々はじめ多くの犠牲を伴うことに、強い矛盾を感じる。血塗られた闘争のリーダーたる宿命に苦悩する國子は、さらに、アトラス建設計画と自分の出自が関係していることに気づく。行き着く先が不分明のまま、もはや止めることのできない闘いは続き、『あたしたちは何のために闘っていたんだろう…』との自問を繰り返す。犠牲を伴う行為を、『闘争を終わらせる。それがあたしの夢よ。』と正当化してはきたものの、そうした闘争の源が自分であることを知って、「もう闘う理由がわからなくなっちゃった」と呟くことになるのだ。

　いわゆる「戦闘美少女」[17]の活躍を描くSFライトノベルと言えるが、注目すべきは、冒頭から特異なカリスマ性を帯びる國子が、混乱の時代を治める皇位継承者となる点である。アトラス建設計画――「旧時代」の皇居を中心点とする――とは、正統な皇位継承者の選定および御所再建を真の目的とするものであった。現代の帝となる者には、その呪術力を駆使した未来志向の国家統治が期待されている。そして國子は、計画のフィクサーである凪子が、皇居に秘匿されていた神武天皇（女性の設定）の木乃伊から作り出したクローンだった。

　その後、遺伝子操作で生まれた森林植物からの「攻撃」により、社会存亡の危機に陥る。政府軍対ゲリラの対決構図を無効とする状況に、『もう政府のせいだなんて言ってられないわ。これは日本人の責任よ』と叫ぶ國子は、「この漂える国を修め造り固め成せ！」（『古事記』）との託宣を聞き、「自分が何者であるか」を知ることになる。

「帝になるのも有効かもしれないわ」／ただし、ただの飾りの帝ならお断りだ。秩序と慈悲と公平さを分け与える存在でなければ意味がない。そのためなら過去のデタラメな歴史も瓜子の裏切りも許せる。平和のために身を捧げる帝になれれば、死んでいった仲間の魂も許してくれるかもしれない。／（……）／今まで運命に翻弄され続けた國子が、初めて自分の運命を選んだ。

（五三五頁）

そして、最後に設定された神武天皇の魂との闘いにも打ち勝ち、即位を遂げる。「平和」（瓜子の言）を究極目標に多くの犠牲を払ってきたアトラス計画が、こうして完成するのであった（ただし、即位後の終わりなき政治・経済闘争に対する予感も付記されている）。

闘争行為の担い手たる「運命」の主体的選択（選びなおし）といった要素は、これまで取り上げた作品にある程度共通するものと言えよう。ただ思い悩める國子にそれが可能となるのは、世界「平和」——極めて抽象化された——なる将来目標を行動原理にすることが自他ともに許される、極めて特殊な主体位置の擬製によってである。この超越的な主体位置を担うことこそが、避けられぬ暴力闘争の循環を終結させるのだ、と。闘争行為の必然的矛盾において一度は宙吊りとなった主体が、「秩序と慈悲と公平さを分け与える存在」への自己形成を〈目的－手段〉とする〈現人神〉にまで突き抜けていく。ここに、（「そんなことをしたくなかった。でもしないわけにはいかなかった。（……）**やるべきこと**としてそれをやらなくてはならなかった」と語られるような）現代日本における闘争主体表現の一帰結があるように思う。もちろん、ここでも問題は何ひとつ解決していない。

作品では、「激動の時代の波に飲まれ、かつての高貴な血は忘れられていった」、「この国は成立以来、君主国の顔をしていたのに、いつしか民はその顔を忘れていった」など、社会変動に即して天皇（制）が自然消滅したかのごとく語られている。あえて積極的に解釈すれば、天皇（制）のサブカルチャー化や社会的争点としての退行が指摘される状況[18]にあって、その再定位を促す内容と見ることも可能だろう（天皇（制）の問題については「サウンドトラック」でも繰り返し示唆されながら、しかし主題化には至っていない）。あるいは、中沢新一『アースダイバー』[19]のような、都市東京に関する現代の民俗学的想像を、作品の背景に想定するべきかもしれない。ただ、大塚英志の言葉を借りれば、[20]やはりあまりにも「屈託」がなさすぎるのだ。少なくとも、「暴力批判論」などの議論にも関わりうるであろう、闘争をめぐる文学的構想力は、この設定から生じる判断停止に合わせて行き場を失っているように見える。

超越的審級を排した「神的暴力」の構想は徹底した無神論と言えるが、現代の状況は、その実現の好機であると同時に、新たな「神」的理念が回帰してくる障害でもある。[21]さらに、「暴力批判論」の議論はシュミット流の決断主義とも近接しており、人間の認識を超えたところで法の否定を遂行する「神的暴力」が、主権者の行なう「最大の悪」（ナチスによる「最終解決」）にさえ通じてしまう可能性を払拭できない。[22]一方、法や正義を一旦宙吊り状態とする「純粋暴力」に、正義の共有を希求する積極的なリベラリズムを想定し、[23]ローザ・ルクセンブルクに体現された、革命勢力による議会制民主主義の内在的刷新の志向を見るむきもある。[24]いずれにせよ、宙吊りであることとの政治的含意に関する自覚、すなわち「本当の意味で政治的なのは、暴力と法とのあいだのつながりを断ち切るような行動だけ[25]」と想定するとき、（空虚とされてきた）「政治の言葉」に備わる逆説的な意義の模索がはじまるだろう。[26]現代では、暴力を漠然と拒絶する「正しい」モラルが、逆に圧倒的な暴力を呼び込む動力となっている。[27]であればこそ、社会闘争が抱え込むアポリアを現在の文脈で再考し、ありうべき暴力批判論を構想していく必要がある。このために析出すべき〈政治的なもの〉を目指して、困難な議論の道筋がいま辿りなおされている。政治の言葉から切り離されて久しい現代文学は、このときいかに応答しうるのだろうか。

注

はじめに

（1）『文藝春秋』五―五、一九二七・五。引用は『川端康成全集　第一巻』（新潮社、一九八一・一〇）による。
（2）新潮社、二〇〇七・三。以下、引用は同書による。

I

第一章　「吾輩は猫である」――「語り手」という動物

（1）鼎談「視点という名の症候群」（中島梓、小森陽一、石原千秋、『漱石研究』一五、二〇〇二・一〇）における諸氏の発言。
（2）引用は『決定版　三島由紀夫全集　第一巻』（新潮社、二〇〇〇・一一）による。
（3）この点については、清塚邦彦『フィクションの哲学』（勁草書房、二〇〇九・一二、五―七、一二三―一二四頁）に詳しい。
（4）真銅正宏「戯作と論説の邂逅――「吾輩は猫である」論」（『漱石研究』一五、二〇〇二・一〇）を参照。
（5）「ポリフォニー」（ミハイル・バフチン）の観点から「猫」の語りを分析したものとして、たとえば板花淳志「「吾輩は猫である」論――その多言語世界をめぐり」(『日本文学』三一―一一、一九八二・一一) など。
(6) 「フィクションの論理的身分」(山田友幸監訳、『表現と意味――言語行為論研究』、誠信書房、二〇〇六・九、所収)。
(7) 同右、一〇七―一〇八頁。
(8) 『言語と行為』、坂本百大訳、大修館書店、一九七八・七。
(9) 「署名、出来事、コンテクスト」(高橋哲也ほか訳、『有限責任会社』、法政大学出版局、二〇〇三・一、所収)。
(10) サール前掲書、一二〇頁。
(11) Currie,Gregory. *The Nature of Fiction*, Cambridge University Press, 1990, pp. 9-35.
(12) マリー=ロール・ライアン『可能世界・人工知能・物語理論』、岩松正洋訳、水声社、二〇〇六・一。
(13) たとえばライアンが指摘するように、「われわれは自分から見ても完全に透明でいることはできないため、誠実な発話と自己擬装遊戯で遂行される言語行為とのあいだにはっきり境界線を引けない」はずである(同右、一一六頁)。
(14) 伊豆利彦「「猫」の誕生――漱石の語り手」(『日本文学』三七―一、一九八八・一)。なお「吾輩は猫である」の「語り(手)」については、作品表現の詳細な分析を含む重要な論考が多数存在している。ここでは論の性質上、それらの先行研究に十分な論及ができなかったことを注記しておきたい。
(15) サール前掲書、一一二頁。
(16) この問題については、拙稿「虚構理論から考える一人称小説と随筆の偏差――中学校国語教材をめぐって」(『信州大学教育学部研究論集』五、二〇一二・三) を参照。
(17) たとえば、野家啓一『物語の哲学』(岩波書店、二〇〇五・二、二〇七頁) など。
(18) この点については、中村三春『フィクションの機構』(ひつじ書房、一九九四・五、一一四―一二五頁) を参照。
(19) 『「赤」の誘惑――フィクション論序説』、新潮社、二〇〇七・三、九九頁。
(20) 中村前掲書、一〇三―一〇四頁。
(21) サール前掲書、一一一頁。
(22) 清塚前掲書、一一二―一一三頁。
(23) 同右、一二〇―一二一頁。
(24) 「吾輩は猫である。猫の癖にどうして主人の心中をかく精密に記述し得るかと疑ふものがあるかも知れんが、此位な事は猫にとつて何でもない。吾輩は是で読心術を心得て居る。いつ心得たなんて、そんな余計な事は聞かんでもいゝ。ともかくも心得て居る。」〔九〕

(25)「さすが見殺しにするのも気の毒と見えて「まあ餅をとつて遣れ」と主人が御三に命ずる。御三はもつと踊らせ様ぢやありませんかといふ眼付で細君を見る。細君は踊は見たいが、殺して迄見る気はないのでだまつて居る。」〔二〕（傍点引用者）

(26)「フィクション」（大浦康介編『文学をいかに語るか――方法論とトポス』、新曜社、一九九六・七、所収）。

(27) 同右、二五八頁。

(28) 同右、二六二頁。

(29) サール前掲書、一二〇頁。

(30) たとえば中村前掲書、一〇五－一〇六頁。

(31) ライアン前掲書、一一八頁。

(32) 同右、一一八－一一九頁（傍点本文）。

(33) 同右、一二六－一二七頁。

(34)「語る行為《ナレーション》の存在論《オントロジー》」（大浦康介編『フィクション論への誘い――文学・歴史・遊び・人間』、世界思想社、二〇一三・一、所収、二九一－二九二頁）。

(35) ライアン前掲書、一二二頁。

(36) 同右、一二〇頁。

(37)『千のプラトー』、宇野邦一ほか訳、河出書房新社、一九九四・九、二七四頁。

(38) 同右、二七五頁。

(39) 同右、二七七頁。

(40)『哲学とは何か』、財津理訳、河出書房新社、二〇一二・八、二七五頁（傍点本文）。

(41) 同右、二七五頁。

(42) 同右、二八一頁。

(43) 同右、二九一－二九二頁。

(44) 同右、二九二頁。

第二章　「心」――行為の主体／罪の主体

（1）　平岡敏夫「「消えぬ過去」の物語――漱石への一序説」（『文学』四一－四、一九七三・四）。
（2）　小宮豊隆『漱石の芸術』、岩波書店、一九四二・一二、二五七頁。
（3）　意志行為における記述と主体の問題を論点に小説を分析したものとして、拙著『横光利一と小説の論理』（笠間書院、二〇〇八・二）、第三部第二章（「寝園」）を参照。
（4）　作田啓一は、ルネ・ジラール〈三角形の欲望〉の理論を作品に適用し、K＝媒介者の御嬢さんに対する欲望を、私が模倣する構造について指摘している（『個人主義の運命――近代小説と社会学』、岩波書店、一九八一・一〇、一三四－一四七頁）。研究史において一定の評価を得た見解と言えよう。
（5）　大澤真幸「明治の精神と心の自律性」（『日本近代文学』六二、二〇〇〇・五）は、他者Kに媒介された主体「先生」（私）において、みずからの選択に対する意識が必然的に遅れること、と同時に、現実には不可能な「ほかでもありえた可能性」が浮上し、それが主体「先生」（私）に「普遍的な罪責」をもたらすことについて論じている。大澤の議論からは大きな教示を受けた。本論は、そこからさらに、「罪責」を引き受ける私の能動性にフォーカスを移していく試みでもある。なお、意識の〈遅れ〉の問題を指摘したものとして、柄谷行人「漱石の多様性――『こゝろ』をめぐって」（『言葉と悲劇』、第三文明社、一九八九・五、所収）など。
（6）　小森陽一は、「先生」の自殺における「自由」について考察したうえで、ヒュームとウィリアム・ジェイムズの「自由意思」に関する思想を参照しつつ、同じく決定論と主体の責任とをめぐる問題系に触れている（『世紀末の予言者・夏目漱石』、講談社、一九九九・三、二一一－二四七頁）。たとえば「創作家の態度」の一節から、この問題に対する小説家漱石の「立場」を確認するなど、示唆に富む内容となっている。ただし、その結論部において、「先生」の「遺書」におけるKとの過去の「物語」が、決定論的記述の側に平板化されている感がある。
（7）　たとえば、「門」（一九一〇年）の宗助を、〈罪責〉の主体となることに失敗した存在として考えることができる。このことについては、久保儀明「『門』とその罪責感情」（『ユリイカ』九－一二、一九七七・一一）、関谷由美子「循環するエージェンシー――『門』再考」（『日本文学』五三－六、二〇〇四・六）。ちなみに、三浦泰生「漱石の「心」における一つの問題」（『日本文学』一三－五、一九六四・五）は、「自己の行為に関わる一切に対して、たとえそれがどのような状況の下で成されようと、あくまで

「己れの責任」をとるという心のあり方」を、作品における「明治の精神」の意味と捉えたうえで、「先生」の自死について、「乃木大将の死が畢竟自己以外の他に殉じたものであるに対して、先生の死はあくまで自己の精神に殉じたもの」と論じている。過去の行為の〈責任〉主体になることと自死の行動との関係については、「明治の精神」の問題も含めて別に考えたい。

（8）　以下の内容を含め、参考となる議論として、たとえば中島義道『時間と自由――カント解釈の冒険』（講談社、一九九九・九、六四－一六三頁）。また柄谷行人『倫理21』（平凡社、二〇〇〇・二、五三－八〇頁）も同様の議論を含むものである。

（9）　坂部恵・伊古田理訳、『カント全集　第七巻』、岩波書店、二〇〇〇・一、二六〇頁（傍点本文）。

（10）　同右、二六五頁（傍点本文）。

（11）　同右、二六五頁（傍点本文）。

（12）　同右、二六五－二六六頁。

（13）　「とはいうものの、かれは、自分に自分の悪事を説明するにあたって、自分自身に注意を向けることを次第次第になおざりにしたことから悪習慣を身に招き、それが嵩じた末に、その悪事をその習慣の自然の結果と見なしうるまでになる。もっともこうしたからといって、それはかれが自分自身に加える自責や非難にたいして、かれの身を安全たらしめるというわけにはいかない。」（同右、二六六頁、傍点本文）

（14）　それゆえに私は、妻にみずからの〈罪〉を告白することができないと言える。もちろん、「遺書」には、「たゞ妻の記憶に暗黒な一点を印するに忍びなかつたから」〔百六〕といった著名な〈理由〉が述べられている。だが、むしろ「妻の前に懺悔の言葉を並べたなら、妻は嬉し涙をこぼしても私の罪を許してくれたに違ない」〔百六〕こと、すなわちみずからの主体性の根拠を奪われることへの怖れが、そこにあると考えられる。このことを指摘したものとして、たとえば山崎正和「淋しい人間」（『ユリイカ』九－一二、一九七七・一一）。ただし、私の妻に「打ち明け」ないことを原－行為と考えるならば、妻に告白しようとすると「自分以外のある力が不意に来て私を抑え付ける」〔百六〕といった記述や、私が過去の〈罪〉を語ること自体の問題性も含めて、また別に議論が必要となろう。

（15）　関谷由美子「『心』論――〈作品化〉への意志」（『日本近代文学』四三、一九九〇・一〇）は、私による「実人生」のアイロニカルな「自己作品化」を批判的に評して、「「私」はやはりここで、ある意味において人間の〈幸福〉を語っている」と述べている。

（16）　林淑美「〈心の革命〉と〈社会の革命〉――夏目漱石と大杉栄のベルグソン」（『文学』一－二、二〇〇〇・四）は、ベルグソン『時間と自由』の〈自由〉概念と接合しつつ、この箇所に示された「先生」の〈自由〉について、本論の文脈とも関わる議論を展開している。林によれば、「心全体から発する基本的自我による自由な決意」を意味するベルグソン哲学の〈自由〉概念に沿うように、ここで「先生」は「自死」という行為の決意を「自由」と呼んでいる（なおここに、手紙＝遺書を書くという行為が、小説においてその決意と行為遂行の間に位置するものとして、問題化されている）。また「先生」は、「自由な決意」としての〈自由〉に最も合致する行為として、「動機というものにおいて決定されない自死」に到達するのであるが、それはベルグソン哲学における「逆理」を示しており、結局のところ「先生」による〈自由〉の追究は、「未来」を構想する道に就くことのない「自己完結的」なものであったとされる。このほか、先生による「自由な死」（＝「自己」に「固有な死」）の不可能性を論じた、松澤和宏「〈自由な死〉をめぐって――『こゝろ』の生成論的読解の試み」（『漱石研究』四、一九九五・五）がある。

(17)　たとえば、小森前掲書は、ジェイムズの「意思の自由」に関する議論を紹介した箇所で、同型の問題を指摘している（二四三頁）。また、木股知史「「こゝろ」――〈私〉の物語」（浅田隆編『漱石――作品の誕生』、世界思想社、一九九五・一〇、所収、二二八頁）は、「「先生」の遺書に根底的な欺瞞があるとすれば、それは、ラカンが指摘したような言表行為の主体と言表内容の主体の分裂という〈私〉のあり方を覆い隠そうとしていることである」との見解を示している。

第三章　「明暗」――お延と漱石の不適切な関係

(1)　「明暗」に「多声《ポリフオニツク》的な世界」の実現をみる柄谷行人（『増補　漱石論集成』、平凡社、二〇〇一・八、四五二頁）はじめ、枚挙にいとまないが、ここではふたつのキーワードを前面に打ち出した池田美紀子「『明暗』〈対話〉する他者」（鶴田欣也編『日本文学における〈他者〉』、新曜社、一九九四・一一、所収）を挙げておく。

(2)　『記号の解体学――セメイオチケ1』、原田邦夫訳、せりか書房、一九八三・一〇、所収。

(3)　同右、六一頁（傍点本文）。

(4)　同右、六一頁（傍点本文）。

(5)　同右、七六頁。

(6)　「廃墟化された詩学」（東浩紀訳、せりか書房編『ミハイル・バフチンの時空』、一九九七・一一、所収）。

(7)　同右、九一頁。

(8)　谷口勇訳、国文社、一九八五・一〇。

(9) 同右、二六七頁。
(10) 同右、二六七頁（傍点本文）。
(11) 『詩的言語の革命　第一部　理論的前提』、原田邦夫訳、勁草書房、一九九一・一〇。
(12) 同右、六六－六八頁。
(13) ただしクリステヴァが想定する「詩的言語」は、前衛的文学表現や病者の言葉などに限定される。
(14) 『詩的言語の革命　第一部　理論的前提』、五九頁。
(15) 同右、一八頁。
(16) 同右、一〇六－一〇七頁。
(17) 「「仕組まれた謀計《はかりごと》」――『明暗』における語り・ジェンダー・エクリチュール」（『国文学　解釈と教材の研究』四六－一、二〇〇一・一）。
(18) 「御住がお延になるとき（『道草』『明暗』）」（『国文学　解釈と教材の研究』四二－六、一九九七・五）。
(19) 「結婚をめぐる性差――『明暗』を中心に」（『日本文学』四七－一一、一九九八・一一）。
(20) 『彼らの物語――日本近代文学とジェンダー』、名古屋大学出版会、一九九八・六、二七七－三一〇頁。
(21) 「女の「愛」と主体化――『明暗』論」（『漱石研究』一八、二〇〇五・一一）。
(22) お延評価の歴史については、柴田陽子「『明暗』研究史ノート――作品全体像とお延像・小林像の変遷」（『文月』五、二〇〇〇・一一）の整理がある。
(23) たとえば、関谷由美子『漱石・藤村　〈主人公〉の影』（愛育社、一九九八・五、一三三頁）では、「明暗」の「模型的状況の設定」が、作品の実験性の角度から説明されている。また本論の後半部とも関わるが、内田道雄は、津田とお延が実の父母以外の手で育てられた設定を挙げ、「『明暗』にも漱石の臍の緒を辿ることはできる」と述べている（『夏目漱石――『明暗』まで』、おうふう、一九九八・二、二八〇頁）。
(24) 『詩的言語の革命　第一部　理論的前提』、一三一頁。
(25) 枝川昌雄訳、法政大学出版局、一九八四・七。
(26) 同右、一九－二〇頁。
(27) 同右、八〇頁。

(28) 同右、九四頁。

(29) 小谷野敦は、「「近代小説」は、やはり父権制的なイデオロギーに根ざすものであって、それを攪乱しにくる何ものか、たぶんクリステヴァがアブジェクトと呼ぶもの、の排除によって成立するはずのものだ。『明暗』の「作者」は、父権制から逸脱するものを捨て去り、父権制と一致した地点で物語を紡ぎだしている。」としたうえで、「父権制的秩序を攪乱してきた「女の媚態」を、「男に自分を愛させるための技巧」と明快に目的論的に規定する」お延は、「「近代小説」のヒロインとなった」と見ている（『男であることの困難　恋愛・日本・ジェンダー』、新曜社、一九九七・一〇、七七頁、傍点本文）。なお、松下浩幸「一九一〇年代における『道草』と『和解』——その〈出産〉が意味するもの」（『明治大学大学院紀要』三〇、一九九三・二）、江種満子「『道草』の妊娠・出産をめぐって」（『漱石研究』三、一九九四・一一）は、『道草』における「アブジェクト」の表象をめぐり、それぞれ対立する評価を提示している。

(30) 『漱石の記号学』、講談社、一九九九・四、一一三頁。

(31) 西川直子訳、せりか書房、一九九四・三。

(32) 同右、二四九－二五〇頁。

(33) 同右、二五五－二五七頁。

(34) 同右、二三二－二三三頁。

(35) 同右、二三四－二三六頁。

(36) もとより本論の枠組みにも限界があることを認めねばならない。クリステヴァの議論には多くの批判があるが、たとえばジュディス・バトラー『ジェンダー・トラブル　フェミニズムとアイデンティティの攪乱』（竹村和子訳、青土社、一九九九・四）は、母の身体という前－言語的領域が特定文化・権力の構築物であるとし、クリステヴァの抜きがたい異性愛主義・母性主義が支配的言説の再生産につながっていると論難する（一五〇－一七一頁）。またメランコリー理論を、異性愛社会のもとで、近親姦と同性愛を同時に禁止される女性のアイデンティティ形成として捉えなおした（一一四－一三六頁）。なお、竹村和子『愛について——アイデンティティと欲望の政治学』（岩波書店、二〇〇二・一〇、二〇〇頁）は、女児における喪失対象の体内化が、あくまで「娘」による「母」というカテゴリーの取り込みを意味する以上、「オルタナティヴな母－娘関係を再生産して、現在の性の制度を「脱－再生産」する」ことが必要としている。

(37) この点については、佐々木充「母の不在、父の不在——漱石小説の基本設定」（『千葉大学教育学部研究紀要』三六－一、一九八八・二）に詳しい。
(38)『出生の秘密』、講談社、二〇〇五・八、『漱石　母に愛されなかった子』、岩波書店、二〇〇八・四。
(39)『出生の秘密』、五二〇頁。
(40)「健三の書く行為《エクリチュール》——『道草』の〈語り〉覚え書き」（『国文学　解釈と鑑賞』七〇－六、二〇〇五・六）。
(41)『漱石論——鏡あるいは夢の書法』、河出書房新社、一九九四・五、一六〇頁。
(42)『漱石　母に愛されなかった子』、三七頁、芳川前掲書、一五三－一五四頁。
(43)『出生の秘密』、四八〇－五二〇頁。

第四章　「うたかたの記」——初期鷗外の美学とヴァーグナー

(1)小堀桂一郎『若き日の森鷗外』、東京大学出版会、一九六九・一〇、五八四－五九四頁、美留町義雄「「うたかたの記」とドイツ美術界の動向について——ミュンヘン画壇の消息より」（『日本近代文学』九〇、二〇一四・五）など。
(2)田中実「「うたかたの記」の構造」（平川祐弘ほか編『講座森鷗外　第二巻　鷗外の作品』、新曜社、一九九七・五、所収、五四頁）。
(3)大塚美保『鷗外を読み拓く』、朝文社、二〇〇二・八、五六－九六頁、美留町義雄「森鷗外『うたかたの記』におけるロマン主義の実相——「女神バワリア」の系譜をめぐって」（『比較文学』五四、二〇一二・三）など。
(4)小堀前掲書、六〇二－六三四頁、清田文武『鷗外文芸の研究　青年期編』、有精堂出版、一九九一・一〇、三二三－三二八頁、金子幸代『鷗外と近代劇』、大東出版社、二〇一一・三、九六－一〇七頁など。
(5)「独逸日記」明治一九（一八八六）年六月一三日の項。
(6)『新著月刊』八、一八九七・一一、原題は「自作小説の材料」。
(7)中井義幸「鷗外文学の淵源（その三）リヒアルト・ワグナー　もう一つの「うたかたの記」」（『鷗外』三六、一九八五・一）、千葉俊二『エリスのえくぼ——森鷗外への試み』、小沢書店、一九九七・三、七九－八〇頁、大石直記『鷗外・漱石——ラディカリズムの起源』、春風社、二〇〇九・三、四二頁。
(8)中村洪介『西洋の音、日本の耳　近代日本文学と西洋音楽』、春秋社、二〇〇二・七〔新装版〕、三六一頁。
(9)美留町前掲論文（1）。

(10) また上野芳喜「鷗外『うたかたの記』攷――瞬間即永遠のパラドクス」(『阪神近代文学研究』一四、二〇一三・五) は、音楽家(バイオリニスト)を主人公とする、鷗外訳「埋木」(シュビン作、『しがらみ草紙』七、一八九〇・四)＝「芸術家小説」を、「うたかたの記」創作の一材料と見ている。
(11) 清田前掲書、三一九‐三二〇頁、大塚前掲書、六六‐七五頁など。
(12) 『ローレライは歌っているか――ハイネの『旅の絵』とバラード』、せりか書房、一九九三・五、一三〇頁。
(13) たとえば、一八七九(明一二)年設立の「音楽取調掛」が、「東京音楽学校」に改組されたのは一八八七(明二〇)年、そこに当時唯一の専用コンサートホール「奏楽堂」が建設されたのは一八九〇(明二三)年のことであった。なお、幕末以降、「奏楽堂」での日本人によるオペラ上演(グルック《オルフォイス》、一九〇三年七月二三日)までのオペラ移入史については、増井敬二『日本オペラ史～1952』(昭和音楽大学オペラ研究所編、水曜社、二〇〇三・一二、一一‐四〇頁)を参照。
(14) なお須田喜代次「ロマンティケル鷗外の出発――「調高矣洋絃一曲」を中心に」(『文学』一四‐一、二〇一三・一)は、鷗外・三木竹二共訳の戯曲「調高矣洋絃一曲」(カルデロン作、『読売新聞』、一八八九・一・三連載開始、初出時の題は「音調高洋箏一曲」)について、作品掲載時の読者はギターを見聞きしていないはずであり、「その意味で「洋絃」は謂わば早すぎた楽器だったということになる。その音色を鷗外は本作から響かそうというのである。」と指摘している。
(15) 渡辺千恵子「『うたかたの記』論――「ロオレライ」の構図をめぐって」(『成城国文学』一、一九八五・三)。
(16) 金子前掲書、一二七‐一四四頁。
(17) 金子幸代「森鷗外のドイツ観劇体験――日本近代劇の紀元」(『文学』一四‐一、二〇一三・一)。
(18) 平高典子「森鷗外と音楽」(『比較文學研究』五八、一九九〇・一〇)、瀧井敬子「森鷗外訳「オルフエウス」をめぐる一考察」(『東京芸術大学音楽学部紀要』二八、二〇〇三・三)、金子前掲論文。
(19) 『しがらみ草紙』三、一八八九・一二、原題は「再たび劇を論じて世の評家に答ふ」。なお続いて、「然れども余が楽劇を好まざるは、自ら以為らく一個人の傾向なりと。故に余は敢て彼ボアロオ、ラシン、ラ、フオンテエン、サン、テフルモンの風を学で楽劇の命脉を断たんことを願はず、又其我邦に輸入せらるゝを禁ぜんと欲せず。」とも述べている。
(20) 安川定男『作家の中の音楽』、桜楓社、一九七六・五、七一‐一五頁、中村前掲書、三六一頁。
(21) 瀧井敬子『漱石が聴いたベートーヴェン』、中央公論新社、二〇〇四・二、一七‐三二頁。なお小林典子「「西楽論争」――森鷗外と上田敏のヴァーグナー論」(『比較文學研究』四四、一九八三・一〇)は、鷗外が現地で実際に聴いた歌について明らかにしている。

(22) 中村前掲書、四七七‐五三一頁、竹中亨『明治のワーグナー・ブーム』、中央公論新社、二〇一六・四、一〇‐一八頁。

(23) 鷗外は、「浦島の初度の興行に就て」(『歌舞伎』三三、一九〇三・二)で、作品とオペラの関係を否定した。他方、当時多くの評者がオペラの観点から作品を語っているように、鷗外にも意識するところがあったものと推測される。この点については、平高前掲論文、伊藤由紀「明治三〇年代のオペラ受容史再考――森鷗外『玉篋両浦嶼』、坪内逍遙『新曲浦島』を中心に」(『超域文化科学紀要』一七、二〇一二・一一)、井戸田総一郎『演劇場裏の詩人　森鷗外――若き日の演劇・劇場論を読む』(慶應義塾大学出版会、二〇一二・四、二一一頁)を参照。

(24) 平高前掲論文、瀧井前掲論文、瀧井前掲書、三二‐四六頁。

(25) 瀧井前掲書、四‐一七頁、井戸田前掲書、一九九‐二〇二頁に詳しい紹介がある。

(26) 『音楽新報』三‐一〇、一九〇六・一一。

(27) 小林前掲論文。

(28) 「楽劇材料」と題され、岩波書店版『鷗外全集　第三七巻』(一九七五・四)に収録されている。

(29) 小林前掲論文、井戸田前掲書、一八二‐一九八頁を参照。

(30) 『しがらみ草紙』二九、一八九二・二、原題は「其十　思軒居士が耳の芝居目の芝居(歌舞伎新報第千三百二十一号)」。

(31) 『めさまし草』三、一八九六・三、原題は「楽塵　西楽と幸田氏と」。

(32) 中村前掲書、二七三頁、竹中前掲書、一五‐一六頁。

(33) 小林前掲論文。

(34) 同右。

(35) 井戸田前掲書、一九二頁。

(36) 当時鷗外がオペラを遠ざけた背景には、「楽劇は糸竹に和して歌ひ且働作するものなれば、殆ど我時代物の芝居と掛合浄瑠璃との間に位す」、「我邦の演劇を西劇に劣らざる純粋の一美術となさんとするには、先づ其楽劇に恰好なる分子を掃ひ去らんとせり」(「演劇改良論者の偏見に驚く」、『しがらみ草紙』一、一八八九・一〇)といった、演劇改良論上の判断があったとも考えられる。

(37) 竹中前掲書、三一五‐三一八頁。

(38)『国民之友』五〇、一八八九・五、原題は「「文学ト自然」ヲ読ム」。再掲（『しがらみ草紙』二八、一九九二・一）にあたって、大幅に改稿された。

(39) 小堀前掲書、四〇一－四〇四頁の検証に詳しい。

(40) 山田晃「鷗外の「伝説」――「うたかたの記」小論」（『古典と現代』三四、一九七一・五）、小泉浩一郎「補注」（『新日本古典文学大系明治編二五　森鷗外集』、岩波書店、二〇〇四・七、四八六－四八七頁）。

(41)『しがらみ草紙』二四、一八九一・九、原題は「其一　逍遙子の新作十二番中既発四番合評、梅花詞集及梓神子（読売新聞）」。

(42)『しがらみ草紙』一四、一八九〇・一一。

(43)『しがらみ草紙』二、一八八九・一一、原題は「現代諸家の小説論を読む」。

(44) 初出「「文学ト自然」ヲ読ム」では、「彫工ノ斧斤、画師ノ丹青ヨリ小説家ノ筆ニ至ルマデ一トシテ然ラザルナシ」というように、絵画造形芸術と留保なく並べられていた。

(45) 山田前掲論文。

(46)『しがらみ草紙』三〇、一八九二・三、原題は「其十二　逍遙子と烏有先生と（『早稲田文学』第九号及第十号）」。

(47) ただし、「余等は散文の音響を借らずして心を動かすものを以て、詩学上比較的に純なるものとなせり。この純なるものは千載の久き何れの国にてもかの琅然戞然たるものに掩はれたるが如き迹なきにあらず。」というように、あくまで「比較的」であることが強調されている。

(48) 水沫子（石橋忍月）「うたかたの記」（『国民之友』九八、一八九〇・一〇）、賽婆須蜜「うたかたの記を読みて」・松東「うたかたの記を読む」（『しがらみ草紙』一三、一八九〇・一〇）の同時代評による。なお千葉俊二「露伴と鷗外――露伴の「うたかたの記」評をめぐって」（長谷川泉編『森鷗外の断層撮影像　愛蔵版』、至文堂、一九八四・四、所収、二二六－二二八頁）は、「賽婆須蜜」が幸田露伴であることを実証している。また「松東」（荘田鷗處）については、竹盛天雄「鷗外の全集未収録『鷗處遺稿』序を紹介し、改めて松東の名で「志がらみ草紙」に掲載されていた鷗處の『うたかたの記を読む』に対面する――『うたかたの記』をめぐって（番外）」（『国文学　解釈と鑑賞』六九－六、二〇〇四・六）に詳しい考証がある。

(49) 千葉前掲書、七三－一〇一頁。

(50) 清田前掲書、三三六頁。ほか同様の批評として、岡崎義恵『鷗外と諦念』（宝文館出版、一九六九・一二〔新版〕、五四－五五頁）を挙げておく。

(51)『ワーグナー著作集　3』、杉谷恭一・谷本愼介訳、第三文明社、一九九三・七、二三三頁。
(52)同右、一九二頁。
(53)同右、二三三―二三四頁。
(54)同右、四八二頁。
(55)同右、四七一頁。
(56)同右、四七三頁。
(57)瀧井敬子「森鷗外のヴァーグナー体験」(『文學界』五八―五、二〇〇四・五)。
(58)古郡康人「森鷗外「うたかたの記」について」(『静岡英和女学院短期大学紀要』二二、一九九〇・二)。
(59)原國人「『うたかたの記』覚書――文藝と歴史との間」(酒井敏・原國人編『森鷗外論集　歴史に聞く』、新典社、二〇〇〇・五、所収、三〇一頁)。
(60)こうした見方は、作品自体の価値を貶めるものではない。周知のとおり、鷗外は、続いて発表した「文づかひ」(一八九一・一)をもって、ひとまず小説創作から離れる。本格的再開となった「半日」(一九〇九・三)以降の作品群には、美学の圏域から解き放たれた小説の諸可能性が確認できよう。こうした点も含めて、小説「うたかたの記」を捉えなおすために有効な視角が、さまざまに存在することは言うまでもない。

第五章　「ヰタ・セクスアリス」――権力と主体

(1)「森鷗外『ヰタ・セクスアリス』からはじまる系譜」(『国文学　解釈と教材の研究』四四―一、一九九九・一)。
(2)「"Vita sexualis"という言説装置――森鷗外におけるクラフト＝エビング受容」(『日本近代文学』八七、二〇一二・一一)。
(3)「性と知、あるいは領土化をめぐる言説の抗争――森鷗外『ヰタ・セクスアリス』論」(『思想』八七五、一九九七・五)。
(4)小森陽一「表象としての男色――『ヰタ・セクスアリス』の〝性〟意識」(平川祐弘ほか編『講座森鷗外　第二巻　鷗外の作品』、新曜社、一九九七・五、所収)、生方智子「『ヰタ・セクスアリス』　男色の問題系」(『精神分析以前　無意識の日本近代文学』、翰林書房、二〇〇九・一一、所収)、黒岩裕市「「男色」と「Urning たる素質」『ヰタ・セクスアリス』の男性同性愛表象」(『言語社会』三、二〇〇九・三)。
(5)田村俶訳、新潮社、一九七七・九。

(6) 同右、一七五頁。
(7) 同右、一九六頁。
(8) 同右、三四頁。
(9) 同右、一八六頁。
(10) 同右、二一六頁。
(11) 渡辺守章訳、新潮社、一九八六・九。
(12) 同右、四六頁。
(13) 同右、七六頁。
(14) 同右、七七頁。
(15) 同右、七九頁。
(16) 同右、九一頁。
(17) 同右、五九頁。
(18) 同右、六〇頁。
(19) 『監獄の誕生』、二〇五頁。
(20) 『知への意志』、一九八頁。
(21) 作品の語りをそのまま受け取ることができない点については、たとえば須田喜代次「『ヰタ・セクスアリス』――「書き手」としての金井湛」(『国文学　解釈と鑑賞』五二－一一、一九九二・一一)、ヨコタ村上孝之「「性的生活」の誕生――『ヰタ・セクスアリス』と自然主義再考」(『比較文學研究』六五、一九九四・七)などが指摘するところである。
(22) 佐藤嘉幸・清水知子訳、月曜社、二〇一二・六。
(23) 同右、三三頁。
(24) 同右、九八頁(傍点本文)。
(25) 同右、一八頁。
(26) 同右、一一五頁。
(27) 井上前掲論文は、「湛による自らの言説の隠蔽は、言説の排除機能の実践、権力性そのものへの否定が認識されている」とし、そこに「テクストの真の壊乱性」を見ている。
(28)『監獄の誕生』、二二二頁。
(29)『知への意志』、一一一頁。
(30)同右、一一〇頁。
(31)同右、一一七頁。
(32)関良徳監訳、勁草書房、二〇一四・九、六八頁。
(33)勁草書房、二〇〇六・五、一四九頁。
(34)『権力の心的な生』、一〇五頁。
(35)同右、一二六頁。
(36)『触発する言葉』、竹村和子訳、岩波書店、二〇〇四・四、二〇七頁。
(37)『知への意志』、一二三頁。
(38)同右、一三〇頁。
(39)『権力の心的な生』、一二二頁。
(40)同右、七五頁。
(41)たとえば水沢不二夫「森鷗外と検閲」(『国文学　解釈と教材の研究』五〇－二、二〇〇五・二)は、文学博士号の授与後に「〈再閲〉」されたとの推測を示している。
(42)このことについては、和田利夫『明治文芸院始末記』(筑摩書房、一九八九・一二、一一九－一四八頁など)に詳しい。
(43)「内務省警保局長陸軍省に来て、Vita sexualis の事を談じたりとて、石本次官新六予を戒飭す」(「日記」一九〇九年八月六日)。
(44)『知への意志』、八〇頁。
(45)『権力の心的な生』、一二頁。
(46)同右、一三九頁。
(47)同右、一四五頁。
(48)同右、二〇頁。
(49)同右、一五二頁。

(50) 同右、一五二頁。
(51) 同右、二四頁。
(52) たとえば、酒井敏「『ヰタ・セクスアリス』をめぐって――その周辺、および、眼差しと〈制度〉・〈差別〉の問題」は、「すなわち、「教育界に、自分も籍を置いてゐる」との判断から公表を断念する臆病で小心な湛は、書く主体が、その営みによって自ら侵犯した結果――自分で意識せぬうちに、そうした存在として自身を意味づけて来た結果――、出現（顕在化）した存在に他ならなかったのである」（鷗外研究会編『森鷗外『スバル』の時代』、双文社出版、一九九七・一〇、所収、八七頁）と述べる。
(53) ヨコタ村上前掲論文は、「森鷗外が性的生活をその作品に表象したのではなく、彼のテキストが「ヰタ・セクスアリス」を作り出している」との見方を示している。
(54) 掛井みち恵「ミミクリーとしての文章――「ヰタ・セクスアリス」試論」（『早稲田大学大学院教育学研究科紀要別冊』八、二〇〇一・三）は、「〈書くこと〉がミミクリーであるとは、書くべき真実（そんなものが本当にあるかないかは別として）を隠すからではなく、〈書くこと〉が自己を通してなされるとき、必然的に解釈（弁護）がなされ、ミミクリーでしかありえないことを意味する」と解釈している。
(55) 清水徹・根本美作子訳、小林康夫ほか編『フーコー・コレクション2　文学・侵犯』、筑摩書房、二〇〇六・六、所収、三九九頁。
(56) 同右、三七八頁。
(57) 同右、三八一頁。
(58) 『瀆神　新装版』、上村忠男・堤康徳訳、月曜社、二〇一四・一、所収、八六頁。
(59) 同右、九一頁。
(60) 同右、一〇三頁。

第六章　「青年」――小説における理想と現実

（1）『毎日電報』、一九一一・一・一。
（2）『毎日電報』、一九一〇・一〇・九。
（3）鷗外のシュティルナー受容に関する評言として、「全面的な共感を覚えたというところまでは行かなかったとしても、

（……）彼が深甚な感銘を受けていることは疑いないように思われる」（重松泰雄『鷗外残照』、おうふう、二〇〇一・九、三四七頁）、「シュティルナーの非妥協的なまっしぐらの個人主義が、現世的な妥協屋として生きた鷗外に、却って気に入ったのではあるまいか。シュティルナーは鷗外が行きたくて、現実には彼の性格の他の側面が行かせないところに、観念的に連れて行ってくれたのであろう。」（向坂逸郎「森鷗外と社会主義」、『唯物史観』二、一九六六・五）などがある。なお柳澤健は、一高生時代に友人たちと鷗外宅を訪問した際の会話内容について、次のように回想している。「ところが、愈々本題に這入つての博士の話題は、西欧に於ける無政府主義の運動なり学説なりであつた！　といふのは、恰度その頃、幸徳秋水一派の大事件で新聞なぞが騒ぎ立てゝゐたので、博士は、我々の聴いたこともない片仮名の名前を夫れから夫れへと並べて、全く我々を煙に巻いた恰好だつた。（その片仮名のうち、マックス・スチルネルの名が、一番多く出て来たことを記憶してゐる。）」（「森鷗外博士」、『印度洋の黄昏　柳澤健遺稿集』、柳澤健遺稿集刊行委員会、一九六〇・四、所収、二七九－二八〇頁）。

（4）　佐々木靖章「辻潤の著作活動――明治・大正期を中心に」（『辻潤全集　別巻』、五月書房、一九八二・一一、所収、二九九頁）。

（5）　廣松渉「解説」（良知力・廣松渉編『ドイツ・イデオロギー内部論争』、御茶の水書房、一九八六・一〇、所収、三三八頁）。

（6）　小堀桂一郎は、鷗外文庫所蔵レクラム文庫版《Der Einzige und sein Eigentum》に触れ、「もっとも彼がシュティルネルをどの程度読んだか、はっきりとはわからない。（……）いつごろ読んだかもはっきりと推測はできない。」としている（『森鷗外の世界』、講談社、一九七一・五、二二三頁）。

（7）　「妄想」などで触れられたハルトマンのシュティルナー言及については、小堀桂一郎による綿密な考証がある（同右、二二三－二二七頁）。そこで氏は、「シュティルネルの自我哲学の要約（鷗外による…引用者注）が何に基づいているのか、結局断定はさけるべきであろうが、いずれにせよ『妄想』の著者がベルリン時代にすでにシュティルネルを読んだというのはフィクションである。」と結論づけている。

（8）　『東洋』五、一九一一・四、原題は「文芸断片」。

（9）　竹盛天雄は、こうしたシュティルナー評価の「差異」を例として挙げながら、「一九一一（明治四四）年春の鷗外は、個人主義における利己的側面を剪除することによって、反動の攻撃をかわそうとする姿勢が目立ってくるが、それだけ利他的側面を強調し、浮き上がらせることを避けられなかった」と指摘している（『鷗外　その紋様』、小沢書店、一九八四・七、二九六－二九七頁）。

(10)　別の文脈だが、小堀桂一郎は、「鷗外がヘーゲル哲学を勉強したかどうかに就いては私には何も断言できない。「鷗外文庫」で見る限り、鷗外はヘーゲルの著作は一点も持つてゐなかつた。」と注記している（『森鷗外　批評と研究』、岩波書店、一九九八・一一、一七三頁）。

(11)　この一節に関連して、翻訳「シユレンテルのボルクマン評」（『国民新聞』、一九〇九・七・一～四、原題「シユレントネルの『ボルクマン』評」を全集収録時に訂正）にある「イブセンの作つた人物は、皆いろ〳〵な名の下に此理想的要求を持つて出て来る。此要求は歴史にも依らず、因襲にも拠らず、人間世界の法律や制裁にも拘泥しない。これは倫理的天則である。自己を犠牲にすることを辞せない霊の範疇的命令法である。」の箇所がしばしば取り上げられる。たとえば清田文武は、「人間精神にあって自由な自律的意志が強制的かつ無条件的な命令を出す「範疇的命令法」を要請するカントの哲理を、鷗外は一応捉えていた」とし、これを「Autonomie」の内容と結びつけている（『鷗外文芸の研究　中年期篇』、有精堂、一九九一・一、二二九頁）。

(12)　たとえば久保田芳太郎「『青年』論」（『国文学　解釈と鑑賞』五七‐一一、一九九二・一一）は、「個と全体の矛盾、背反をいかに統一するかという命題が『青年』を貫く中心軸のひとつ」との見解を示している。

(13)　拊石のイプセン論および「積極的新人」と、「利他的個人主義」との間にある差異を強調し、後者を批判的に捉える論として、樋口正規「「青年」の周辺――「利他的個人主義」と「安心立命」をめぐって」（『文学』四〇‐一一、一九七二・一一）、野村幸一郎「森鷗外『青年』の構造」（『論究日本文学』五八、一九九三・五）など。本論では両者に通底する論理を重視している。また、「利他的個人主義」を当時の文脈に置いて評価したものとして、渡辺善雄「西欧思想の擁護と排斥――大逆事件後の鷗外と井上哲次郎」（『文学研究』一〇〇、一九八二・五）。

(14)　この点については留保をつけねばなるまい。たとえば酒井敏は、「大村の言葉それ自体は、鷗外の思想を代弁していても、その思想は結局、純一とは本質的に無縁なまま」との読みを示している（『鷗外とその文学への道標』、新典社、二〇〇三・三、一七二頁）。

(15)　「青年」における「無意識」とその表象をめぐる問題に関しては、生方智子「表象する〈青年〉たち――『三四郎』『青年』」（『日本近代文学』七一、二〇〇四・一〇）を参照。

(16)　鷗外作品における「刹那」の語に着目した金子幸代は、「「刹那」には現実世界で果たし得なかった秘められた「自我」の表白、「運命」に対する抵抗が凝縮され」ており、「小説の重要な場面で〈作品〉の中心人物がもう一人の自己を発見する時に使われる」と指摘する（『鷗外と〈女性〉――森鷗外論究』、大東出版社、一九九二・一一、七七頁）。

(17)『唯一者とその所有　下巻』、草間平作訳、岩波書店、一九二九・一二、二五五－三二六頁など。
(18)野村幸一郎は、「思想文学遍歴」と「愛欲遍歴」への「主題の分裂」を、「大逆事件後の時代状況が作品世界に反映された結果」とし、それゆえ逆に、「主題の分裂こそが、実はこの作品と作品外の現実とをしっかりと結びつけている」と論評している（前掲論文）。
(19)「シュティルナーの批評家たち」（星野智・滝口清栄訳、良知・廣松編前掲書所収、五〇頁、傍点本文）。
(20)同右、七一頁（傍点本文）。
(21)「青年」の「語り手」の機能について注目したものとして、出原隆俊「森鷗外『青年』――時代思潮の中の小泉純一」（『国文学　解釈と教材の研究』三九－七、一九九四・六）、長島要一「鷗外訳『即興詩人』の系譜学」（平川祐弘ほか編『講座森鷗外第二巻　鷗外の作品』、新曜社、一九九七・五、所収）など。また生方智子は、「語り手」が「未来の時間」を導入することで純一の「無意識」を言語化していると指摘する（前掲論文）。
(22)『太陽』一五－一三、一九〇九・一〇。
(23)この一節の内容を視座のひとつとする作品分析として、須田喜代次『鷗外の文学世界』（新典社、一九九〇・六、八〇－九六頁）、宇佐川智美「森鷗外「青年」論――その構成と意図について」（『山口国文』九、一九八六・三）など。また小泉浩一郎は、「「因襲の外の関係」の思想」について、「それこそ既成の形式を破壊した後も捨ててならない根源的倫理であると鷗外は考えた」と述べている（『森鷗外論　実証と批評』、明治書院、一九八一・九、四三頁）。
(24)たとえば磯貝英夫は、「利他的個人主義」について、「その内実を具体的につめようとすると、途方もない困難が待ちかまえている。鷗外自身、やがて、そのことを、歴史小説のうえでいやというほど思い知るはずである。」と述べている（「大石路花について――森鷗外における虚無（一）」、『国文学攷』一〇八・一〇九、一九八六・三）。
(25)純一の「伝説」を書く決意を、大村の思想と関連づける見方として、磯貝英夫の考察（同編『鑑賞日本現代文学　第一巻森鷗外』、角川書店、一九八一・八、一二四頁）などがある。

Ⅱ

第一章　奥泉光「シューマンの指」――音楽の「隠喩」としてのメタミステリ小説

(1)集英社、二〇〇一・四。以下、引用は同書による。初出は『すばる』二〇－一一～二二－八、一九九八・一一～二〇〇〇・

八（原題は「フォギー　憧れの霧子」）。
(2)　この点については、第Ⅱ部第四章を参照。
(3)　講談社、二〇一〇・七。以下、引用は同書による（傍点等は本文のとおり）。
(4)　『第三の意味――映像と演劇と音楽と』（沢崎浩平訳、みすず書房、一九八四・一一）に収録されている。以下、引用は同書による（傍点等は本文のとおり）。
(5)　以下の整理の参考として、沢崎浩平「身体　このエロチックなもの――ロラン・バルトの音楽論」（『音楽芸術』四三－四、一九八五・四）、花輪光「テクストのなかの音楽」（『現代詩手帖』二八－一四、一九八五・一二）、中地義和「ロラン・バルトと音楽」（『ユリイカ』三五－一七、二〇〇三・一二）。
(6)　バルト前掲書、二〇三頁。
(7)　同右、二五三頁。
(8)　同右、二一〇－二一一頁。
(9)　同右、一九七頁。
(10)　同右、一九七頁。
(11)　同右、一九九頁。
(12)　同右、二二七－二二八頁。
(13)　同右、一七七頁。
(14)　同右、一七八頁。
(15)　この点については、安永愛「ロラン・バルトと音楽のユートピア」（『人文論集』〔静岡大学〕六一－一・二、二〇一一・一）が、伝記的背景も含めて詳しく論じている。
(16)　バルト前掲書、二三五頁。
(17)　同右、二三五－二三六頁。
(18)　同右、二四〇頁。
(19)　同右、二三八頁。
(20)　同右、二三六頁。

(21) 同右、二四〇頁。
(22) 同右、二四五頁。
(23) 同右、二四六‐二四七頁。
(24) 同右、二三九頁。
(25) 同右、二四〇頁。
(26) 同右、一八七頁。
(27) 音楽分析における演奏‐身体経験の重要性と、その記述をめぐる課題については、岡田暁生監修『ピアノを弾く身体』(春秋社、二〇〇三・四)、特に、岡田暁生「序 「Musizieren――音楽すること」の復権を目指して」、近藤秀樹「手の形・響きの形――ジャンケレヴィッチのアルベニス論をめぐって」、伊藤信宏「音の「身振り」を記述する――ハイドンのピアノ・ソナタと楽曲分析」が参考になった。
(28) バルト前掲書、二二一頁。
(29) 同右、二四七頁。
(30) 同右、二四八頁。

第二章　村上春樹『1Q84』、『色彩をもたない多崎つくると、彼の巡礼の年』――小説世界の音楽

(1) 和泉涼一訳、水声社、二〇一二・一二。
(2) 同右、一〇九頁。
(3) 同右、一四八頁。
(4) 同右、一一〇‐一一二頁。
(5) 安川昱訳、関西大学出版部、二〇〇〇・三。
(6) 同右、六四‐六五頁(傍点本文)。
(7) 同右、一二六頁。
(8) 同右、一二五頁。
(9) 同右、一二六頁。

(10) 栗原裕一郎監修、日本文芸社、二〇一〇・一〇。
(11) 「正確に位置づけられた「屑」――村上春樹と「ジャズ」について」(同右、三三頁)。
(12) 「空白と回路――村上春樹の作品にみる〈ポピュラー〉な音楽」(同右、一〇〇頁)。
(13) BOOK1、2、新潮社、二〇〇九・五。BOOK3、新潮社、二〇一〇・四。以下、引用は同書による(傍点は本文のとおり)。
(14) 文藝春秋、二〇一三・四。以下、引用は同書による。
(15) この議論を精査したものとして、三浦俊彦『虚構世界の存在論』(勁草書房、一九九五・四、二七-八五頁)を参照。
(16) 岩松正洋訳、水声社、二〇〇六・一。
(17) 同右、九五-九六頁。
(18) この点については、飯田隆『言語哲学大全Ⅲ 意味と様相(下)』(勁草書房、一九九五・一一、二二〇-二五四頁)を参照。
(19) 八木沢敬・野家啓一訳、産業図書、一九八五・四。
(20) 『可能世界の哲学 「存在」と「自己」を考える』、NHK出版、一九九七・二、九八頁。
(21) 同右、九三頁。
(22) 「そんな生々しい記憶をたどっているうちに、青豆の頭の中にまるでその背景音楽のように、ヤナーチェックの『シンフォニエッタ』の管楽器の祝祭的なユニゾンが朗々と鳴り響いた。」(BOOK1、五八頁)
(23) 「老婦人はクラシック音楽のカセットテープを段ボール箱に詰めて届けてくれた。(……)彼女が頼んだヤナーチェックの『シンフォニエッタ』もあった。一日に一度『シンフォニエッタ』を聴き、それに合わせて激しい無音の運動をした。」(BOOK3、九一頁)
(24) 「つくるは暗闇の中に言葉を探した。(……)洗面所から灰田が戻ってくる前に。しかしそれは見つからない。その間ずっと彼の頭にはシンプルなひとつのメロディーが繰り返し流れていた。それがリストの『ル・マル・デュ・ペイ』の主題であることに思い当たったのは、あとになってからだった。」(一一八-一一九頁)
(25) 『探究Ⅱ』、講談社、一九九四・四、五五-五六頁。
(26) このことについて、村上春樹は次のように振り返っている。
「国境の南(South of the Border)」も彼の歌で聴いた覚えがあって、その記憶をもとに『国境の南、太陽の西』という小説を書いたのだけれど、あとになってナット・キング・コールは「国境の南」を歌っていない（少なくともレコード録音はしていない）という指摘を受けた。「まさか」と思ってディスコグラフィーを調べてみたのだが、驚いたことにほんとうに歌っていない。（……）／ということは、現実に存在しないものをもとにして、僕は一冊の本を書いてしまったわけだ。でも――強弁するわけではないけれど――結果的には、むしろその方がよかったんじゃないかという気がしないでもない。小説を読むというのは結局のところ、どこにもない世界の空気を、そこにあるものとして吸い込む作業だからだ。（『ポートレイト・イン・ジャズ』、新潮社、一九九七・一二、八六頁、傍点本文）

(27) ジュネット前掲書、一三〇頁（傍点本文）。

(28) インガルデン前掲書、六五頁。

(29) 同右、六六頁。

(30) 同右、一二七頁。

(31) ジュネット前掲書、一八五－一八六頁。

(32) もとより、ここで取り上げたジュネット、インガルデンの議論においても、録音技術に対する目配りが示されている。ジュネット前掲書、八一－八三、一八九頁、インガルデン前掲書、一二四－一二五頁を参照。

(33) 『レコードの美学』、勁草書房、一九九〇・九、二一〇－二一一頁（傍点本文）。

(34) 同右、二二七－二四一頁。

(35) 同右、二四四頁。

(36) 同右、二四五頁。

(37) ジュネット前掲書、一三八頁。

第三章　古川日出男「南無ロックンロール二十一部経」――動物とロックンロール

(1) 泉明宏「動物の〝音楽〟認知」（『言語』三三－六、二〇〇四・六）は、「ヒト以外の動物も作風の異なる楽曲の弁別ができると考えられる。しかし、そのような弁別がヒトと同じやり方でおこなわれているとは考えにくいであろう。」としている。

(2) 古川作品に登場する動物の諸相については、池田雄一「古川日出男全著作解題　翻案、動物の声を聞き、襲撃せよ」（『文藝』四六－三、二〇〇七・八）を参照。

（3）『動物とは「誰」か？――文学・詩学・社会学との対話』、水声社、二〇一二・四、一一三頁（傍点本文）。
（4）同右、一一八頁。
（5）たとえば、複数のミュージシャンとの対談を含む『フルカワヒデオスピークス！』（アルテスパブリッシング、二〇〇九・一一）を参照。
（6）この点については、小沼純一「指／音のホケトゥス　あるいは、進化するオートマティスム」（『ユリイカ』三八－八、二〇〇六・八）が論じるところである。
（7）『フルカワヒデオスピークス！』、一四八頁。なお引用は、「ものを作る人に多いのは映画にはまって、映画が自分が作ろうとしている究極の形だみたいなの。それが俺の場合は音楽だって思ってて。」との発言に続くものである。
（8）古川『小説のデーモンたち』、スイッチ・パブリッシング、二〇一三・一二、四二頁。
（9）「うちにはほんとうに年をとった猫がいて、その猫がいちばん心地よさそうにするディスクが、AURORAの「Fjord」だ。それって、どういうことか」（古川）。『エスクァイア　日本版』（二三－七、二〇〇九・七）の特集「未来に伝えたい100のこと。」へ寄せた、音楽家井上薫に関するエッセイより。
（10）新潮社、二〇一〇・四。以下、引用は同書による（傍点等は本文のとおり）。
（11）対談で古川は、最初の草稿で主人公の猫が人間の言葉を喋っていたのを、後に書きなおしたと明かし、「それというのも、猫は喋らない、なぜなら猫だから、と思ったから。そして、あのスタバという猫が誕生した。それは人間中心主義の否定としての「動物の小説」ではなくて、ある意味で人間中心主義を維持しつつ、けれども主人公は猫である、といった物語へのシフトだった。この意味は大きいと思う。」と説明している（『動物とは「誰」か？』、九〇頁）。
（12）河出書房新社、二〇一三・五。以下、引用は同書による（傍点等は本文のとおり）。発表の書誌的経緯については、同書末尾に記載がある。また、その書きなおしの作業については、『小説のデーモンたち』（一六二－一七一頁）に詳しく語られている。
（13）「地獄的な、あるいは天上的なものをこの世にあらしめるために」（柴田元幸との対談、『文藝』五二－三、二〇一三・八）。なお引用中の「ロックンロール十四部作」は、連載時のタイトルを指す。
（14）佐々木敦「変わっていく同じもの」（『新潮』一一〇－七、二〇一三・七）。
（15）福永信「古川日出男が脳内で朗読ギグを敢行します」（『群像』六八－八、二〇一三・七）は、小説全体の終わりが冒頭へと折り返されることで、「読者は、まだこの本の冒頭を読み始めたばかりの読者へと輪廻し、転生していく。いつまでも「終わり」

のない、二十世紀の無間地獄がここにある。」と評している。
(16) 佐々木前掲書評。
(17) 倉本さおり「二十世紀にあった因果の連鎖に打ち克つための命懸けの物語」(『週刊金曜日』二一一二三、二〇一三・六・二一)。
(18) 陣野俊史「ウィルスとしてのロックンロール」(『すばる』三五-七、二〇一三・七)。
(19) 「いったい何がロックンロールによって発動されたのか、について社会学的な論述ではなく、奇想から回答する。そのための力技、一冊。」(湯浅学「何がロックンロールによって発動されたか」、『文學界』六七-八、二〇一三・八)。
(20) 「動物の音声コミュニケーションと音楽との境界」(『芸術工学研究』九、二〇〇八・三)。
(21) 同右。
(22) 巽孝之「伝統と共感覚の才能　古川論ノートパッド」(『ユリイカ』三八-八、二〇〇六・八)は、「古川文学には明確に歴史改変の意志があるが、その基本にロックンロールを据える発想は、おそらく古川が一時期愛読した北米マジック・リアリズム作家のうちでもスティーヴ・エリクソンの二部作『リープ・イヤー』『Xのアーチ』から学んだものと思われる」との見方を示している。
(23) たとえば、バーニー・クラウス『野生のオーケストラが聴こえる――サウンドスケープ生態学と音楽の起源』(伊藤淳訳、みすず書房、二〇一三・一〇)を参照。
(24) 『千のプラトー』、宇野邦一ほか訳、河出書房新社、一九九四・九。
(25) 同右、三四四頁。
(26) 同右、三一三頁。
(27) 同右、四〇二頁。
(28) 同右、三五四頁。
(29) 「リトルネロ／リフの哲学　ドゥルーズ&ガタリの音楽論に寄せて」(『現代思想』三六-一五、二〇〇八・一二)。なお注記において、ここでの「非人間主義(inhumanisme)」は、「抽象的な人間の本質なるものを措定し、そのようにして措定された人間を中心にして思考することを拒否する思考」であるとともに、「(人間が…引用者注)一つの結果＝効果であるからには、限定された存在のありようとしての人間とは異なる他のありようへと変容していくことの可能性を肯定する思考」(傍点本文)を示すものとしている。
(30) ドゥルーズ＝ガタリ前掲書、三四九頁。
(31) 同右、三四九頁。
(32) この可能性については、鈴木前掲論文が示唆的に論じるところである。
(33) ドゥルーズ＝ガタリ前掲書、三四四頁。
(34) 同右、四〇〇頁。
(35) 同右、四〇〇頁。

第四章　文学という不遜、虚構の現在——奥泉光の戦場

(1) 朝日新聞社、二〇〇二・二。以下、引用は同書による。初出は『朝日新聞夕刊』、二〇〇〇・九・四〜二〇〇一・六・三〇。
(2) 毎日新聞社、一九九六・一〇。初出は『サンデー毎日』七三－一九〜七四－二八、一九九四・五〜一九九五・六。以下、引用は文春文庫版（二〇〇〇・一〇）による。
(3) 青土社、一九九八・五。
(4) 小森陽一・成田龍一編『日露戦争スタディーズ』、紀伊國屋書店、二〇〇四・二、所収。
(5) 『石の来歴』、文藝春秋、一九九四・三、所収。初出は『文學界』四七－一二、一九九三・一二。
(6) 「未来への後ずさり　二十世紀を眺め渡せる場所へ」（『朝日新聞夕刊』、二〇〇一・一二・二八）。
(7) 角川書店、一九九八・三。以下、引用は同書による。
(8) 講談社、二〇〇二・一一。以下、引用は同書による。初出は『群像』五七－九、二〇〇二・八。
(9) 柄谷行人「近代文学の終り」（『早稲田文学』二九－三、二〇〇四・五）。
(10) 大塚英志『物語消滅論』、角川書店、二〇〇四・一〇、二二五－二二六頁。
(11) 『倫理　〈悪〉の意識についての試論』、長原豊・松本潤一郎訳、河出書房新社、二〇〇四・一、一一－三三、七一－九八頁。

第五章　闘争／暴力の描き方——現代小説ノート

(1) 萱野稔人『国家とはなにか』、以文社、二〇〇五・六、九－四〇頁。

（2）ミシェル・ヴィヴィオルカ『暴力』、田川光照訳、新評論、二〇〇七・一一、五一―八一頁。
（3）『政治神学』、田中浩・原田武雄訳、未来社、一九七一・九、一一頁。
（4）「暴力批判論」（浅井健二郎訳、『ドイツ悲劇の根源（下）』、筑摩書房、一九九九・六、所収）。
（5）『第一部　泥棒かささぎ編』・『第二部　予言する鳥編』、新潮社、一九九四・四（第一部の初出は『新潮』八九―一〇～九〇―八、一九九二・一〇～一九九三・八）。『第三部　鳥刺し男編』、新潮社、一九九五・八。以下引用は、新潮文庫版（一九九七・一〇）による（傍点等は本文のとおり）。
（6）これを素朴に目的化しているのが、短編「蜂蜜パイ」（『神の子どもたちはみな踊る』、新潮社、二〇〇〇・二、所収）と言えよう。
（7）新潮社、二〇〇二・九（上・下）。以下、引用は同書による（傍点は本文のとおり）。
（8）綾目広治「暴力の欲望とニヒリズム――文学のなかの暴力」（『神奈川大学評論』四七、二〇〇四・三）を参照。
（9）また小森陽一『村上春樹論　『海辺のカフカ』を精読する』（平凡社新書、二〇〇六・五、一〇一―一一六頁）は、「海辺のカフカ」における個人的暴力と戦争の論理の短絡的な結合を批判している。
（10）それぞれ初出は、『エソラ』一、二、二〇〇四・一二、二〇〇五・七。以下、引用は『魔王』（講談社、二〇〇五・一〇）による。
（11）伊坂は次のように発言している。「基本的に僕は、何かに立ち向かう話が好きなんですよね。（……）たとえそれが正しい戦いじゃなくてもいいから、何かに立ち向かっていなければ……」（「『魔王』伊坂幸太郎」、『ダ・ヴィンチ』一三―一、二〇〇六・一、傍点引用者）。
（12）むろん、『半島を出よ』（上・下、幻冬舎、二〇〇五・三）ほかに見られるように、その実践は継続中である。
（13）作家本人の発言としては、インタビュー「古川日出男のカタリカタ　「雑」の力を信じて」（『ユリイカ』三八―八、二〇〇六・八）を参照。
（14）集英社、二〇〇三・九。以下、引用は集英社文庫版（上・下、二〇〇六・九）による（傍点は本文のとおり）。
（15）地震との共振によって呼び覚まされる暴力性は村上春樹を思わせる。なお古川は、「善悪の判断体系そのものが無効であるとわかった上で、（……）なぜ戦わなければいけないのかを書いたとき、初めて世界に発信するに足るメッセージになる」と述べた先で、「ねじまき鳥クロニクル」ほか春樹作品の試みに対する評価と親近感を示している（「柴田元幸による古川ワンダーランド完全「入《new》」園ガイド」、『文藝』四六－三、二〇〇七・八)。

(16) 角川書店、二〇〇五・九。以下、引用は同書による。初出は『月刊ニュータイプ』二〇－六〜二一－一〇、二〇〇四・四〜二〇〇五・七。

(17) 斎藤環『戦闘美少女の精神分析』(筑摩書房、二〇〇六・五)を参照。國子はさしづめ、そこで斎藤が区分した「巫女系」(二二六、三一五－三一六頁)に位置すると言えよう。

(18) たとえば、『論座』一五四(二〇〇八・三)「特集　変貌する象徴天皇制」における森暢平と東浩紀の対談を参照。

(19) 講談社、二〇〇五・五。なお原武史は、皇室と環境保護の結合によって「中沢新一のように、「森の天皇」を称揚するオピニオンリーダーが出てくる」とし、「二十一世紀の皇室にとって、新しいイデオロギーの一端がここにある」と述べている(「二十一世紀の象徴天皇制と宮中祭祀」、『論座』一五四、二〇〇八・三)。

(20) 『少女たちの「かわいい」天皇　サブカルチャー天皇論』、角川書店、二〇〇三・六、七七頁など。池上は、「沖縄人《ウチナーンチュ》」であり、「戦後の天皇タブーのバイアスがかかっていない私」ゆえに、「外国人と同じ視点」から東京の「君主国の顔」を見て取ることができたとする(「東京のシンボルはどこにある?」、前掲『シャングリ・ラ』所収)。こうした世代的自覚に基づくフィクションの可能性と問題点については、鈴木智之「継承と和解――池上永一『僕のキャノン』に見る「沖縄戦の記憶」の現在」(『社会志林』五四－一、二〇〇七・七)を参照。

(21) 大澤真幸『不可能性の時代』、岩波書店、二〇〇八・四、二七二－二七三頁。

(22) ジャック・デリダ『法の力』、堅田研一訳、法政大学出版局、一九九九・一二、九四－九五、一九二－一九五頁。

(23) 市野川容孝「法／権利の救出　ベンヤミン再読」(『現代思想』三四－七、二〇〇六・六)。

(24) 市野川容孝『社会』、岩波書店、二〇〇六・一〇、七七－八四頁。

(25) ジョルジョ・アガンベン『例外状態』、上村忠男・中村勝己訳、未来社、二〇〇七・一〇、一七八頁。

(26) 布施哲『希望の政治学　テロルか偽善か』、角川学芸出版、二〇〇八・一、二五四－二五六頁。

(27) 酒井隆史『暴力の哲学』、河出書房新社、二〇〇四・五、一〇－四一頁。

あとがき

いつごろからでしょうか、朝の情報番組の占いコーナーを、何となく脇目で気にするようになっていました。だいたい同じ月や血液型に生まれた人たちが、今日いっせいに似たような運命をたどるわけがない、などという穿った（?）見方は、占い的なもの一般から意識的に背を向けようとしていたときと変わらないものの、知らず知らずテレビ画面を視界に入れようとしています。そしてどうやら、半ば身体的な反応とも言える占いへの関心は、何か悪いことが起こらないか、といったネガティヴなほうに偏っているようなのです。

ヴァルター・ベンヤミンは、『一方通行路』（一九二八年）中のエッセイ「マダム・アリアーヌ、二番目の中庭左側」（久保哲司訳、浅井健二郎編訳『ベンヤミン・コレクション　3』、筑摩書房、一九九七・三、所収）で、占い師に頼ることを、「来るべきものについての、自分の内面にひそんでいる知らせ」を捨ててしまうものと難じています。そうした「知らせ」（「前兆」・「予感」・「合図」・「予言」・「警告」）はつねに「私たちの身体組織」

を通過しているのであり、それらを「解釈」するのでなく、「当意即妙さ」をもって「利用」し、「行動」するべきなのだ、と。一方、「行動」がなされないときに限り、私たちは「知らせ」を「読む」ことになる。

だが、そのときにはもう手遅れだ。だから、思いもよらぬときに火事があったり、青天の霹靂のように訃報が来たりすると、言葉も出ない最初の驚きのうちにも、ある罪の意識が、次のようなおぼろげな非難が、心のなかに湧きあがってくる。お前はこのことをおおよそ承知していたのではないか？

ベンヤミンは続けて、亡くなった人の名前を最後に口にしたときの響き、火事の前の晩が送った合図などを「非難」の中身として並べ、次のように付します――「生という書物のなかで、その本文の欄外に予言として記されていた見えない文字を、追想は紫外線のごとく、それぞれの人に見えるようにする」。

もとよりエッセイの主意は、「知らせ」がもたらす「運命」を瞬間的に現在の「充実」・「勝利」へと変える、「身体」の力－「当意即妙さ」の強調にあります。それゆえ、占いへの依存とは、（「見えない文字」としてある）「知らせ」というものの「意向を取り違え」た結果とされています。

ただこれとは裏腹に、この文章は、人が占いにその身と心を委ねることの必然を、とても端的に説明していると感じられます。ベンヤミンもそう記すように、私たちにとって、「運命」を我が物とする「身体」の力の実現とは、「奇跡」としか言いようのないものでしょう。私たちは、大切な出来事の際にいつも「手遅れ」で、そうした「運命」を「追想」しては「おぼろげな非難」に苛まれる。どうやら、みずからの「身体」に「奇跡」を起こす力はありそうにない。私たちが、誰か・何かに自分の未来を先読みしてもらいたくなるのは、ごく当たり前のことだとも言えそうです。

数年来、こうしたモチーフをどこかで意識しながら、近現代の小説と向き合ってきたように思います。むろん

「占い」という結果の部分ではなく、その前段にある「知らせ」、「手遅れ」、「追想」、そして「行動」をめぐってのことです。前記エッセイで、「知らせ」は言葉やイメージになったとき、その「最良の力」を失ってしまうとされています。ベンヤミンの見方は、その文脈においてもっともなものです。ただ同時に、「知らせ」の「意向」が、「追想」中で「おぼろげな非難」として「解読」されてこそ、「最良の力」なるものの可能性に触れることができるのではないかとも思うのです。であるならば、「生という書物」に刻まれた「見えない文字」を「手遅れ」にも書き記すこと、すなわち文学のいとなみの意義が再浮上してくると考えられます。少なくとも、私たちの誰もが、「おぼろげな非難」どころか過去の「追想」すらしなくなった世界、権威的なものに身を委ねることで〈コウカイノナイジンセイ〉を生きる世界では、もはや小説など用無しになるはずです。そんなディストピアへの「運命」を覆す「奇跡」が、文学に係わる「行動」として成し遂げられるのだろうか——小著のあとがきにふさわしからぬ、大それた問いとなってしまいました。先々のことは、頼まずとも誰かが占ってくれるはずです。「いまの一秒間のうちに成就するものを正確に知覚することのほうが、遠いかなたのものを予知することよりも、決定的に重要である」（ベンヤミン、同前）との言葉を胸に、この瞬間へとできるだけ近づく努力を続けたいと思っています。

＊

本書は全体を二部構成にまとめているが、夏目漱石論、森鷗外論、音楽小説論、現代小説論といった形で切り離すほうが一般的と言えるかもしれない。しかし、問題意識や論理を共有する各論を別々に置くことはせず、あえて一冊のなかに綴じ入れることにした。各論は部、章を超えて、ときに緊密に、ときに緩やかに結びつくものと考えているが、個別の内容と合わせて、読んでいただいた方々の批正を仰ぐことができれば幸いである。

諸種の発表媒体に十年を超えて執筆してきたこともあり、本書を刊行するにあたって、謝意を記すべき方々は多数にのぼる。とりわけ、自身の身分や所属に異動があった時期でもあり、この間じつに多くの方々に出会い、支えられてきた。今後も、さまざまな形で恩返しすることができればと思う。なお、本書はＪＳＰＳ科研費（15K02103）の研究成果の一部である。

ここでは特に、音楽家小野貴史氏、文学研究者松本和也氏、ともに先達にして畏友と言える二人へ改めて感謝の意を表したい。両氏からの教示と支援なくして、本書を世に出すことは不可能であったはずだ。

水声社の刊行物からは、学生時代から現在に至るまで、多くの知識と刺激を与えられてきた。その水声社から拙著が刊行できることを、とても光栄に感じている。出版にあたっては、飛田陽子氏にたいへんお世話になった。深く感謝申し上げたい。

二〇一八年一月

山本亮介

初出一覧（本書へ収めるにあたり、いずれも修正を行なった）

はじめに………「「フィクション」に魅せられた者たち――蓮實重彦『「赤」の誘惑』を読む」（『近代文学合同研究会論集』六、二〇〇九・一二）

I

第一章………「「語り手」という動物――小説の言語行為をめぐる試論」（『「エコ・フィロソフィ」研究』八、二〇一四・三）

第二章………「夏目漱石「心」試論――行為の主体／罪の主体」（『津田塾大学紀要』三七、二〇〇五・三）

第三章………「『明暗』の〈母〉――お延と漱石の不適切な関係」（『文学』一一－四、二〇一〇・七）

第四章………「「うたかたの記」における不在の音楽――初期鷗外の美学とヴァーグナー」（『国際哲学研究』六、二〇一七・三）

第五章………「『ヰタ・セクスアリス』における権力と主体」（『文藝と批評』一二－二、二〇一五・一一）

第六章………「森鷗外「青年」小論――小説における理想と現実」（『文藝と批評』一〇－三、二〇〇六・五）

II

第一章………「奥泉光『シューマンの指』を読む――音楽の「隠喩」としてのメタミステリ小説」（『文学論藻』八七、二〇一三・三）

第二章………「小説世界の音楽をめぐる一考察――村上春樹作品を題材に」（『文学論藻』八八、二〇一四・三）

第三章………「動物とロックンロール――古川日出男の想像力」（『「エコ・フィロソフィ」研究』一〇、二〇一六・三）

第四章………「文学という不遜、虚構の現在」（『早稲田文学』三〇－三、二〇〇五・五）

第五章………「闘争／暴力の描き方――現代小説ノート」（『文藝と批評』一〇－九、二〇〇九・五）

著者について——

山本亮介（やまもとりょうすけ）　一九七四年、神奈川県に生まれる。早稲田大学大学院文学研究科博士後期課程単位取得退学。博士（文学）。専攻は日本近現代文学。現在、東洋大学文学部教授。主な著書に『横光利一と小説の論理』（笠間書院、二〇〇八年）、『コレクション・モダン都市文化61　旅行・鉄道・ホテル』（編著、ゆまに書房、二〇一〇年）などがある。

装幀——齋藤久美子

小説は環流する──漱石と鷗外、フィクションと音楽

二〇一八年三月二〇日第一版第一刷印刷　二〇一八年三月三〇日第一版第一刷発行

著者──山本亮介

発行者──鈴木宏

発行所──株式会社水声社

東京都文京区小石川二─七─五　郵便番号一一二─〇〇〇二

電話〇三─三八一八─六〇四〇　FAX〇三─三八一八─二四三七

［**編集部**］横浜市港北区新吉田東一─七七─一七　郵便番号二二三─〇〇五八

電話〇四五─七一七─五三五六　FAX〇四五─七一七─五三五七

郵便振替〇〇一八〇─四─六五四一〇〇

URL : http://www.suiseisha.net

印刷・製本──モリモト印刷

ISBN978-4-8010-0328-6